JN274095

古事記のことば

この国を知る134の神語り

井上辰雄 著

はじめに

『古事記』に描かれる日本の神話を取り上げると、多くの方は、作為性に満ちた物語として冷笑され一蹴されるに違いない。

たしかに、天皇家の皇統の由来を説明するためにまとめられた政治性は、いかなる意味でも否定できないが、それに用いられた個々の物語の多くは、あくまで、古くから民間に伝えられた口承伝承にもとづいている。それゆえ、一つひとつの物語をみていくと、現代のわたくしたちの日本人のものの考え方や、感情、はては慣習と少しも変わらぬことを発見して、ビックリさせられることが意外に多い。『古事記』の神話の面白さや現代性は、実はその点にあると考えている。

特に『古事記』の神話を取り上げていくときに、わたくしは「言《こと》は事《こと》」であるという立場を強く意識してきたといってよい。「言《こと》は事《こと》」というのは、一見、言葉の遊びに類するように思われるかもしれないが、わたくしがいいたいことは、初めてそのものを言葉によって名づけることとは、そのものを、どのようなものと見ていたかを端的に示すものだということである。つまり、そのものをいかなるものと認識し、それを具体的にいいあらわしたものが、始原の言葉だったのである。

このような見地に立って、古代の文献に表記される名称を丹念に分析すれば、古代のひとびとが、そのものをどのようなものと見做してきたかがうかがえる可能性が存在するのである。もちろん、それだけではその解釈が正しいか、正しくないかを判断するのは容易ではないが、古代人の生きてきた歴史的現実に照らし合わせることによって、一層、確実性を高めることができるのではないかと、わたくしは秘かに考えているのである。

『古事記』は『日本書紀』と異なり、日本の古語で綴られているから、日本の古代のひとびとの考えや感情が、比較的つよくうち出されている。特に神話は、ものごとの始原を説くものであるから、『古事記』の神話は、日本の古代人の思惟や宗教的感情を探る恰好の史料を提供してくれるはずである。

おそらく、この本を通読されると、意外に古代のひとびとの本質的な考え方や感じ方は、現代のわたくしたち日本人のものの考え方と、さほど変わらないことに気づかれるのではないだろうか。

科学万能の時代といっても、古代から失われずに継承してきたものの考え方や信仰は、現代にも生きつづけているのではないだろうか。高層ビルやダムの建設の「地鎮祭」一つ取り出してみても、古代の習俗は生きつづけている。たとえば、葬儀の終わりに塩をまくことを考えるだけでも、依然として古代の遺制が残されていることがわかるであろう。だから、『古事記』の神話をひもとくことは、わたくしたち日本人の原点を発見することといってよい。

この視点に立って、ご一緒に『古事記』の物語の世界に足を踏み入れ、わたくしたちの精神の源泉を探っていこうではないか。

最後に、このささやかな本をまとめるにあたって、濱田美智子さんに読者の立場にたった編集を施していただいた。あらためてお礼を申し上げたい。

井上　辰雄

目次

能登
越後
高志の沼河
越中
上野
加賀
飛騨
信濃
諏訪神社
越前
白兎神社
若狭
喪山
甲斐
丹後
美濃
因幡
但馬
上賀茂神社
和邇
美作
八上郡
丹波
尾張
播磨
近江
三河
駿河
備前
摂津
山城
遠江
高嶋宮
浪速
伊賀
男の水門
和泉
河内
熱田神宮
讃岐
淡路
伊勢
志摩
伊勢神宮
大和
三輪山
耳成山/畝傍山/天香具山
阿波
二上山
紀伊
神倉神社
竈山神社
潮御崎神社
国府
駅路
神社
山

古代の主要交通路と古事記神話の舞台

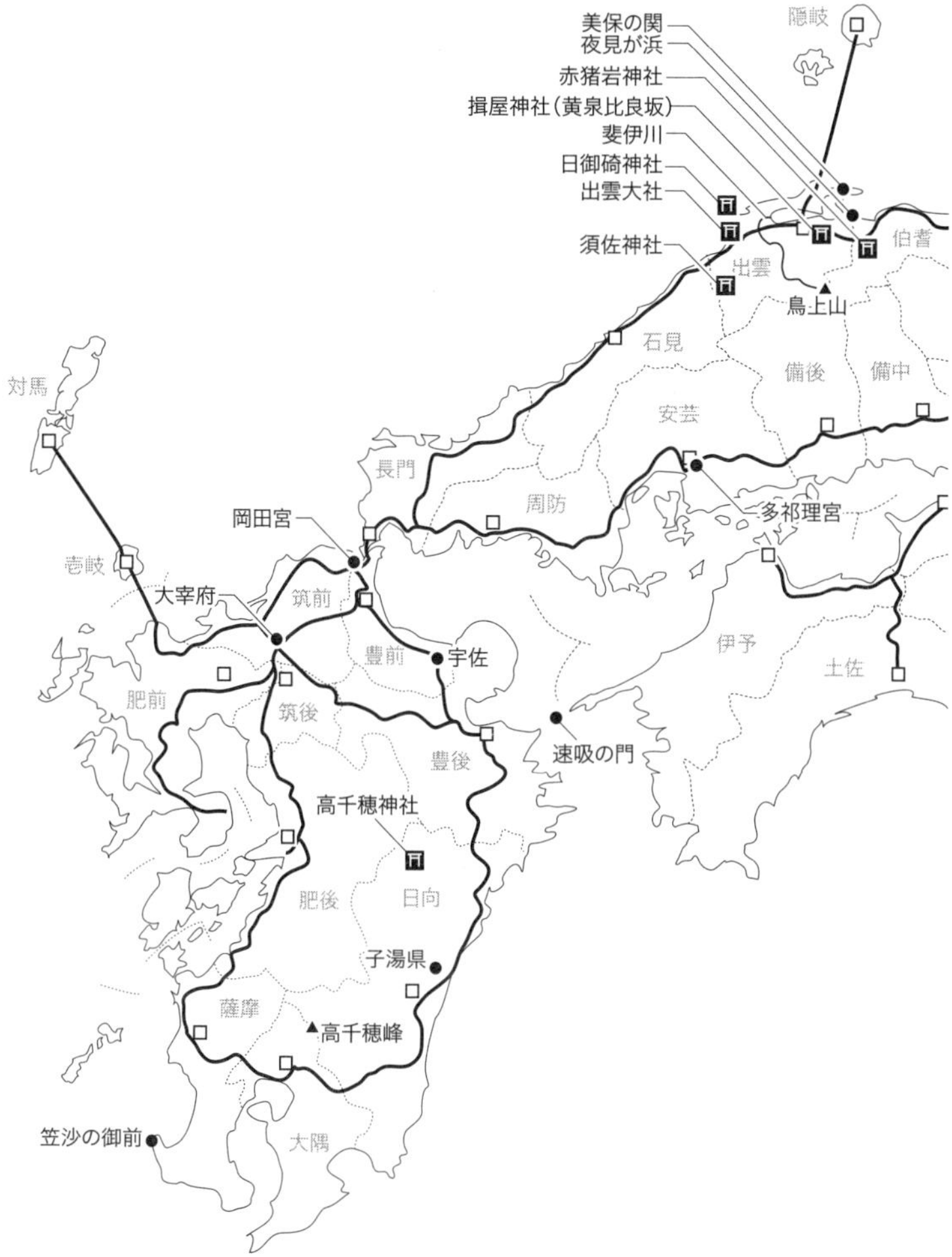

凡例

一、本文中、「○○記」は『古事記』の、「○○紀」は『日本書紀』の記述を示す。

二、神名の表記は、とくに断りのない限り『古事記』における漢字表記と読みを用い、他の文献における表記を用いる場合は、『　』の中に文献名を記した。

三、解説文中での神名の読みは現代仮名遣いとし、頻出するものについては、読みやすさを考慮して片仮名表記とした。

四、神名および引用文中などの旧字体は、常用漢字表にあるものは常用漢字に改めた。

古事記のことば

この国を知る134の神語り

【第1話】

誘う神 〈いざなうかみ〉

どこの国においても、神話のはじめは、必ず宇宙の生成や国土の形成の由来の物語から始まる。『古事記』では、まず、イザナギ（伊邪那岐）、イザナミ（伊邪那美）と呼ばれる男女の二神が〝国生み〟することから物語の幕が開かれる。

天神の命令で、イザナギ、イザナミの二神は天《あめ》の浮橋《うきはし》に立ち、天《あま》の沼矛《ぬほこ》で海をかきまぜると、その海の塩がしたたり落ちて、オノゴロ島（淤能碁呂島）となったという。

この物語で、わたくしが特に興味を引くのは、国生みの主人公が、「イザナギ」、「イザナミ」と呼ばれている点である。この「イザナギ」、「イザナミ」の「イザナ」は、「誘《いざな》う」の意であるからだ。男が女を誘い、女が男を誘うことが、この世の始まりと意識されているからである。

ちなみに、神名の語尾につけられる「キ」と「ミ」は、男と女を示す古い言葉だ。神前結婚式などで、神主が奏上する祝詞《のりと》を耳にされた方は、「神漏岐《かむろぎ》、神漏美《かむろみ》の御言《みこと》を以《も》ちて」という厳めしい言葉をおぼえていられると思う。この「カムロギ」は「神《かむ》の男《ぎ》」、つまり男の神で、「カムロミ」は、女の神を指す。結婚式には、このように始源の男女の二神が、ことはじめに立ち合い、祝福されなければならないのである。かくして、新しい二人のカップルの世界は始められる。

また、矛《ほこ》の先から塩がしたたり落ち、自然に凝り固まって島をなしたという着想も面白いと思うが、それを「オノゴロジマ」、つまり自ら凝り固まった島と呼ぶのも、きわめて即物的な名称である。

このように、古代のひとびとは、端的にものごとを把握し、認識してきた。

オノゴロ島に降り立たれた男女の二神は、ここに「天《あめ》の御柱《みはしら》」を立て、お互いに柱をめぐってプロポーズし合うのである。

イザナミの神は、

「吾が身《み》は、成《な》りなりて、成《な》り合《あわ》ぬひとところあり」

と、イザナギの神に告げると、イザナギの神は
「成《な》り余《あま》るひとところあり」

と答えられ、

「成《な》り余《あま》るひとところを、成《な》り合《あわ》ざるに、刺《さ》し塞《ふさ》ぎて、国土《くに》を生《う》み成《な》さむ」

と告げられたという。

このように赤裸々な表現で初《しょ》っ端《ぱな》から神話が語られるのは、あまり他の国々ではみられないようだ。世界中において唯一絶対の神が、ただ一人で宇宙をはじめ、すべての生物を作り出す神話も少なくないが、日本ではあくまで、男女の二神が〝性交〟で、国土や神々を次々と生み出されていくのである。少なくとも、古代の日本においては、「性」はあくまで、「聖」なる行為だった。それにしても、日本神話に登場される神々は、これでも神かと思われるほど人間臭いのである。

【第２話】

天の御柱〈あめのみはしら〉（一）

オノゴロ島（淤能碁呂島）に、天の御柱を立てる国生み神話を想起するたびに、わたくしは、不思議と、立花《りっか》のことを頭に想い浮べる。

水が湛えられた水盤の中心に剣山が置かれ、そこに草木が立つ姿である。

立花は、もともと仏前に供するものであったが、室町時代の頃、京都の六角堂《ろっかくどう》の池《いけ》の坊《ぼう》の僧侶たちによって、華道として大成されたものである。今日、六角堂の名で親しまれている寺は、正式には頂法寺《ちょうほうじ》と呼ばれている。この寺は、聖徳太子のゆかりの寺と伝えられ、親鸞上人《しんらんしょうにん》の夢告《むこく》の寺として有名である。

この六角堂にお参りされた方は、その六角堂のすぐ前に、〝臍石《へそいし》〟と呼ばれる奇妙な穴をあけた石をご覧になられるだろう。この臍石は、大地の中心に置かれた臍穴《へそあな》の意である。「臍」という字を注目してご覧になると、肉月《にくづき》に「斉《ひとしい》」という字がつけられていることに気づかれるだろう。つまり、「臍」は、わたくしたちの肉体のどこからも等しい位置、中心に存在すると考えられていた。

かりに、わたくしたちの身体を一つの宇宙にたとえれば、その中心は「臍」ということになる。とすれば、六角堂は、大地の中心だと意識されていたわけである。その地で立花が盛んとなるのは、このように考えれば、むしろ当然だったのかもしれない。なぜならば剣山に刺された草木は、文化人類学にいう「宇宙木《うちゅうぼく》」そのものだからである。

もうおわかりのことと思うが、『古事記』にみえるオノゴロ島の「天の御柱」は、宇宙木そのものなのである。

多くの民族の神話に登場する宇宙木は、大地の中心にあり、そこに天から、あらゆる生命や食物などを次々と生み出す女神が降りてこられると伝えている。後世になっても、たわわに実った果物の木の下に美人が立つ画題が好まれるのも、その信仰の系譜を引くものと考えられている。正倉院御物の有名な鳥毛立女《とりげりゅうじょ》の像も、その類《たぐい》の一つとみなしてよい。この絵は、シルクロードを伝わってきた西域の影響が濃厚であるといわれるが、西域には、宇宙木の神話は少なくない。

わたくしは、宇宙木をオノゴロ島の天の御柱と結びつけたが、それは単に神話の世界だけに存在するものではなかったようである。

たとえば、五月の鯉幟《こいのぼり》の柱を、わたくしは天の御柱の一種だと考えている。いうまでもなく、鯉幟の鯉は中国の登竜門《とうりゅうもん》の故事にもとづくもので、男の子の出世を願う気持ちをあらわしたものである。だが、鯉とともに、五色の吹流しがつけられていることに注目していただきたいのである。この五色の幡《はた》は、本来、天から降臨される際の目標《めじるし》なのである。

西洋の五月柱《メイ・ポール》は、まさにこれに類するものであろう。この柱につけられた色鮮やかなテープを握って、男と女が踊りながらまわるのである。

【第3話】

天の御柱〈あめのみはしら〉（二）

日本では、古代から天上に住まわれる神々は、時を決めて地上に降臨され、ひとびとに祝福を与えると考えられてきた。その場合、神のやどられる聖なるところは、ひとびとの居場所より一段高いところが選ばれなければならなかった。

一般に神の座《くら》は、大木の先端や、ひとびとが常に仰ぎ見る山の頂が選ばれる。神がやどられる大木が御神木《ごしんぼく》であり、神が籠《こも》られる山は神奈備山《かんなびやま》である。神奈備とは、神が山の隈《くま》に身を隠されるということだ。

ご存知のように、日本の神々は、人目にさらされることを厳しく忌《い》むものと考えられていた。そのため、古代の祭りの多くは真っ暗な真夜中に行われ、夜明けとともに終了する。このように、夜明けが一日のひとくぎりとされているから、朝《あさ》は、明日《あした》と呼ばれたのである。

御神木や、それに類する聖なる柱の頂点には、神がやどり籠られる特殊な器《うつわ》が取りつけられていた。五月の鯉幟《こいのぼり》の柱の先端に竹籠状のものが取りつけられているが、これが、神の籠られるものである。一説には、竹籠の編目は多くの目（多眼《たがん》）をあらわし、矢車とともに悪霊を祓うものとされるが、原義的には、神のやどり籠られる場所と考えてよいであろう。

群生する森林の中から、神の依代《よりしろ》として一本選ばれ、切り出された木が御柱《みはしら》である。切り出されてきた御柱が、村落共同体の祭りの場に運ばれ立てられる。現在でも、信州の諏訪神社の御柱《おんばしら》は有名であるが、このように聖なる柱に神々がやどられるから、現在でも神様を一柱《ひとはしら》、二柱《ふたはしら》と数えるのである。

だが、当時は鬱蒼として森林が生い茂っていたから、神迎えをするひとびとは、必ず、降りていただく特定の大木や柱に、目標《めじるし》の吹き流しをつけなければならなかったのである。

ひとびとは、識別しやすい色彩や、長い布を取りつけることに留意してきた。この長い布が幡《はた》である。ちなみに、旗《はた》は、矩形状のものをいう。おそらく、八幡宮《はちまんぐう》の名称は、このような幡が多く立てられた神に由来するものであろう。古代では「八」は八百万《やおよろず》の神《かみ》というように、「多い」ことを意味する。

昼間は、かかる幡が降臨の目標とされるが、夜の祭りには、当然、木の枝を燃やして、神に知らせたのである。これが、いわゆる「迎《むか》え火《び》」である。仏教が盛んになると、祖霊《それい》を迎えるためにも、この「迎え火」が用いられるが、その起源は、むしろもっと古い時代からあったのである。

京都の夏の風物詩とされる大文字焼の火祭りは、いうまでもなく、祖霊を迎えるためのものであった。家々でも玄関先で迎え火をたくが、そのとき、茄子などの野菜に割り箸などを刺し、馬をかたどる。それは、祖霊が馬に乗って、一刻も早く帰って来てほしいと願う気持ちをあらわしたものである。

【第4話】

淡路島〈あわじしま〉

イザナギ（伊邪那岐）、イザナミ（伊邪那美）の神がはじめに「国生み」をされるが、『古事記』などが伝えるところによれば、淡路島が一番最初に生まれた島とされている。

「淡路《あわじ》」という地名は、ヤマト王権の玄関口であった難波《なにわ》の港から、四国の阿波《あわ》（徳島県）に赴く、中継ぎの島という意味である。

だが、それにしても、どうしてこの島が、島々の生誕のトップを占めるのであろうか。

それにお答えするのは簡単ではないが、少なくとも、この淡路島を中心とした海域が、古くから、国土形成の舞台とされていたことだけは事実だったようである。

『日本書紀』や『旧事本紀《くじほんぎ》』などに、淡路島を「胞《え》」となすと記していることに、わたくしは注目したいのである。この「胞」は、いうまでもなく胎児を蔽う肉膜《にくまく》である。このことは、国々の胞衣《えな》が淡路島とされていたことになり、淡路島が国生みの基盤であったことを示唆している。

一説には、「胞《え》」は「兄《え》」で、長男をあらわすとも解されているが、いずれともあれ、一番最初の島の意が込められていたようである。

このように、淡路島を中心とする海域が国土生成の舞台とされるのは、ヤマト王権の玄関口で、いわゆる八十島《やそじま》の形成が見られたことと密接な関係があったと、わたくしは考えている。

当時の難波の海には、北から淀川が、南からは大和川《やまとがわ》が流れ込み、盛んに多くの土砂を堆積していたといわれている。

この土砂が、しだいに少しずつ寄り集って小さな島状となり、それがやがて、いくつか合わさり、大きな島を形成する。そこにいつの間にか葦《あし》が根づき、葦の島となっていくのである。このような多くの葦島の群れが八十島と呼ばれ、この風景を見なれたひとびとにとって、国土形成のモデルとなっていくのである。淡路島を基地とする船人たちを中心として、これらの話が広く伝えられていったのではないだろうか。

それに加えて、淡路島は、古くからイザナギの神の島と考えられていた。

旧淡路国津名《つな》郡に、式内社《しきないしゃ》の淡路伊佐奈伎《あわじいざなぎ》神社が祀られているが、この神社の由来は『日本書紀』などによれば、イザナギの神が、国生みの大事業を終えられた後にここに「幽宮《かくれみや》」を置かれたと伝えられている。

淡路島が、このように生誕にゆかりの島であったと伝えられていたから、初期の天皇家の産湯の泉も、ここに求められたのである。仁徳天皇の御子、反正《はんぜい》天皇（瑞歯別皇子《みずはわけのみこ》）は淡路島で生誕されたが、そのときに用いられた井が「瑞井《みずい》」と呼ばれたという。産湯をつかわれた際に、多遅《たぢ》の花（いたどりの花）が井の中に浮かんだので、産湯をつかわれた皇子は多遅比《たぢひ》の瑞歯別《みずはわけ》の天皇と呼ばれるようになったと伝えられている（「履中紀」）。

【第５話】

男女の国々〈だんじょのくにぐに〉

このように、イザナギ（伊邪那岐）の神とイザナミ（伊邪那美）の神が性交によって国々を次々と誕生させたので、これらの国々には人間と同じように、一つひとつ個人名がつけられた。たとえば、四国の国の一つ、伊予《いよ》の国の名は愛比売《えひめ》である。いうまでもなく、現在の県名、愛媛はこれに由来する。それにしても、愛らしい乙女とは、この国が最もイザナギの神やイザナミの神からいとしまれた国であることを物語っている。

それに対し、讃岐《さぬき》の国は、「飯依比古《いいよりひこ》」と呼ばれる飯《いい》の霊が依憑《いひょう》する神、つまり穀霊神とされている。旧讃岐国鵜足《うたり》郡に式内社《しきないしゃ》の「飯《いい》神社」が祀られているが、この祭神が飯依比古なのである。

讃岐が、男性の穀霊神であるのに対し、阿波《あわ》の国は、大宜都比売《おおげつひめ》という女性の穀霊神である。この「オオケヅ」の「ケ」は、「毛《け》」ke、または「禾《か》」kaの意で、穀物をあらわす言葉である。わたくしたちの身体から生えてくるものも「毛」と称しているが、同様に、大地から生える穀物も「毛」の類《たぐい》であった。現在でも、「二毛作」などと呼ぶのは、そのためである。「禾」は、中国で、稲などの穀類の字の偏となっているように、穀物全体をあらわす。この「禾」kaが訛した言葉が、「毛」keである。日本語は、子音に母音がつけられるのを特徴とするが、その母音はしばしば不安定で、変わりやすいとされている。「毛」が穀物の意味とすれば、東国の毛野国《けののくに》は、扇状地帯にくりひろげられる穀物の豊かに稔る土地という意味であろう。

ちなみに、毛野国は後に二国に分かれ、現在の群馬県が「上毛野《かみつけの》」と呼ばれ、栃木県が「下毛野《しもつけの》」とされてきた。『風土記』が進撰される頃には、すべての地名は、嘉《よ》き字で二字にせよと命令されたので、上毛野は上野《こうづけ》とあらためられ、下毛野は下野《しもつけ》となるのである。いうまでもなく、都に近い方が「上」であり、遠い所が「下」である。

ところで、「阿波」の国名は、五穀の一つ、粟《あわ》にちなむ地名といわれるが、瀬戸内を介して、相対する国の吉備《きび》の名は、同じく五穀の一つの「黍《きび》」にちなむ国名である。この稷の連想から黍団子《きびだんご》ゆかりの桃太郎の故郷が、岡山県に付会されてしまうのである。

近いところに同類の地名が並ぶのは、植物名として、山口県の萩《はぎ》と津和野《つわの》をあげることができる。森鷗外の生誕地で有名な津和野の盆地は、石蕗《つわぶき》の群生するところより起こるといわれている。

それはともかく、国々は人間扱いされていたから、国々はまた肉体を有するものとみなされてきた。たとえば、吉備は、吉備の前《くち》の国（備前国）、吉備の中《なか》の国（備中国）、吉備の後《しり》の国（備後国）などに分かれるが、京に近い方から、前（口）、中（腹《なか》）、後（尻）と呼ばれている。

もちろん、大地を人間的に呼ぶのは日本特有のものではない。世界中の人が自分たちの国を、「祖国」とか「母国」と、親しみと敬愛を込めて呼んでいる。だが国々に男女の愛称名をつけるのは、やはり日本に特有と考えてよいであろう。

【第6話】

大地と家屋の形成〈だいちとかおくのけいせい〉

イザナミ（伊邪那美）の神は日本の国土を生むと、次にいろいろな神々を誕生させていく。まず、オオコトオシオ（大事忍男）の神が誕生されるが、この神名は、大きな事業を起こし、完成させる男の神の意である。この「忍《おし》」は、「押し」「圧《お》し」の意味で、上から支配することである。その大事業とは、ひとびとの住む家屋の造営であったと想像している。なぜなら、そのあとに続いて登場される神々は、家屋の建築にゆかりのあると考えられる神名を有しているからである。

イワツチビコ（石土毗古）の神と、イワスヒメ（石巣比売）の神の対偶神は、家屋の土台石や石砂を象徴する神である。日本の古い家屋は、いわゆる掘立式《ほったてしき》であるが、その柱穴の底には砂利や石をしきつめて置いたといわれている。

次のオオトヒワケ（大戸日別）の神は、その名が示すように家屋の入口の戸の神である。入口にもうけられる戸は、家屋にとって大切なものであり、外光を取り入れるものであったから、日と呼ばれたのであろう。ちなみに、「別《わけ》」は、日本の五世紀代に盛んに男性の名称の末尾につけられた呼称である。本義的には、父から霊を別《わ》けられた者が、「別」である。

ついで、アメノフキオ（天之吹男）の神は、家屋の上にのせられる屋根を葺《ふ》く神であろう。掘立式ではまだ中国風の瓦は用いられず、板葺《いたぶき》や茅葺《かやぶき》が主流であった。

その次がオオヤビコ（大屋毗古）の神である。おそらく大きな家屋の神であろう。

このように、神々の誕生の順序にも一つのストーリーが存在している。

たとえば、大地生成の神話でも、一番最初に、ウヒヂニ（宇比地邇）の神とスヒヂニ（須比智邇）の女神が対隅神として登場する。この「ウヒヂニ」は「泥土」の意であり、「スヒヂニ」は「沙土」の意と解されている。「比地《ひぢ》」は泥で、「邇《に》」は埴《はに》である。「須比《すひ》」は沙土であり、まだ良質の土地に化する以前の状態を示すものと考えられている。

次に、ツノグイ（角杙）の神とイクグイ（活杙）の女神が現れるが、これは泥状の土地の四隅に材を打ち込み、土地の崩壊を食い止めることをあらわすものであろう。

そして次に、オホトノヂ（意富斗能地）の神とオオトノベ（大斗乃弁）の女神が出現する。この神々は、『日本書紀』ではそれぞれ「大戸之道尊《おおとのじのみこと》」とか「大苫辺尊《おおとまべのみこと》」（大戸摩姫尊《おおとまひめのみこと》）と表記されるから、家屋の神であろう。「苫《とま》」は、茅《かや》などを編んで屋根を覆うものである。

最後にオモダル（於母陀流）の神と、アヤカシコネ（阿夜訶志古泥）の女神が現れるが、「オモダル」は、容貌の整い満足する意である。人間の住む大地や家屋が見事に完成したことをあらわすものであろう。アヤカシコネは、『日本書紀』に惶根尊《かしこねのみこと》と表記されているように、畏敬することをあらわす。つまり、不可思議な神の力が働いて、大地がしだいに固められ、人間の安住する家屋が見事に整えられていくことを、畏敬をもって讃美する過程《プロセス》を、神々の生成で表現していると考えている。

【第７話】

火の恐れ〈ひのおそれ〉

イザナミ（伊邪那美）の神は、海の神（大綿津見神《おおわたつみのかみ》）、水の神（天之水分神《あまのみくまりのかみ》）、山の神（大山津見神《おおやまつみのかみ》）、野の神（鹿屋野比売神《かやのひめのかみ》）などの自然神を次々と生み出され、それを受けて食物の神（大宜都比売神《おおげつひめのかみ》）を生誕させるが、最後に「火のカグツチの神」（火之迦具土神）と呼ばれる火の神を生んだとき、「女陰《ほと》」を焼かれて亡くなられてしまうのである。

この物語にも、海の幸、山の幸をひとびとに供給する舞台となった大自然の神々を順にかかげ、それを受けて、動植物を人間に食料として与える供える神（オオケヅヒメ）を登場させている。そして、その締めくくりとして、調理に欠かせぬ火の神をあげているのである。

火の神である「火のカグツチ」は、「カグの霊《ち》」と解してよいだろう。「水霊《みずち》」（蛇神）、「厳つ霊《いかち》」（雷神）と同じく、「霊」はいわば精霊《スピリット》である。原始的な神といってよい。「カグ」は、「めらめらと照りかがやく」さまをあらわす言葉である。たとえば「カギロイ」（陽炎《かげろう》）などの「カグ」は、それにあたり、「炫火《げんか》」などの言葉が用いられている。そのため、『古事記』でも「火《ひ》の炫毗古《かかびこ》の神」とも称している。

いうまでもなく、火は、わたくしたちに多大の恩恵を与えてきてくれた。人間は火を使用することを発見して、飛躍的に発展をとげたといわれている。ギリシア神話の、プロメテウスが天上の火を盗み出して人類に与えた話も、火がいかに人間にとって重要な役割を果たしてきたかを示している。だが、その反面、火は人間に恐ろしい災害をもたらすものであった。そこで、ひとびとは、しだいに火を恐れ、やがて遠くして敬するようになる。たとえば九州の「火《ひ》の国」は、律令時代の『風土記』進撰を契機に、ことさらに「肥《ひ》の国」にあらためている。いうまでもなく「肥」は、農作物の豊かをあらわす縁起のよい呼び名であったからである。

もちろん、火を忌むといっても、火に対する尊崇の念を忘れたわけではない。現在でも「聖火」が重要な働きをしていることからも、それは理解されるだろう。

実は「火の国」の火は、その聖火に由来する。「景行紀」によれば、景行《けいこう》天皇は、日流《ひながれ》の浦《うら》(熊本県日奈久《ひなぐ》)から船出されたが、いつの間にか真夜中となり、着船する港がどこにあるかわからず、大変、困惑された。すると、暗黒のかなたに、ただ一か所、かがり火がともされているのを発見し、それを目指して船を進め、やっとの思いで海岸に到着することができた。早速、その火元のひとにお礼を述べようと思ったが、誰もが、その火を知らないと答えたという。そこで天皇は、この火を「不知火《しらぬい》」と呼ばれ、その国を「火の国」と命名されたと伝えている。

ちなみに、この物語の原型は、海の彼方から来訪される「常世《とこよ》の神《かみ》」を迎える聖火であると、わたくしは秘かに想像している。神を迎える聖職者がただ一人、真夜中に海岸で「迎え火」、つまり聖火を灯したのである。

【第８話】

地母神〈ちぼしん〉

イザナミ（伊邪那美）の神は、火の神にミホト（美蕃登）を焼かれ、その痛みに耐えかね、反吐《たぐり》をされる。その嘔吐されたものから、カナヤマビコ（金山毗古）の神、カナヤマビメ（金山毗売）の神が生まれ出てくる。また屎《くそ》からは、ハニヤスビコ（波邇夜須毗古）とハニヤスビメ（波邇夜須毗売）の対偶神を、次いで尿《ゆまり》の中から、ミツハノメ（弥都波能売）の神を生み出している。

つまり、人間の生活にとって必需品である金属と埴《はに》と水を化生せしめている。イザナミの神は、死にいたる直前まで、人類に恩恵を与えつづけられていたのである。

その終わりに、ワクムスビ（和久産巣日）の神を生み出されるのである。この「ワクムスビ」は、いうまでもなく若い「ムスビ」の神の意味である。「ワクムスビ」は、『日本書紀』に「稚産霊《わくむすび》」と表記されるように、若々しいものを生み出す霊力である。ちなみに、古代では「霊」は一般には「チ」と訓《よ》むが、最も優れた力を有する神に限って「ヒ」と訓んでいた。換言すれば、最高神の「日《ひ》」に準ずる聖力を示すといってよい。アマテラス大神《おおみかみ》（天照大神）と並んで、高天《たかま》の原《はら》の最高神がタカミムスビの神（高御産巣日神）であったことからもうかがうことができよう。

古くから生産の根元の霊力が、「ムスヒ」であると考えられたから、わたくしたち人間の子供たちも、すべてこの神から授けられたものと意識されていた。それゆえ、男の子は、「ムスコ」（息子）と称し、女の児は、「ムスメ」（娘）と呼ばれたのである。産後、一か月ぐらいたつと、必ず両親そろって宮参りするのは、神から授かった子の無事成長を報告し、神の子の確認を行うためであった。幼児《おさなご》は、神から授かったと考えられていたから、両親はもちろん、村落のひとびとも生まれてきた子供を大切に育てた。現代の世相のように、親が子を殺すなどということは、少なくとも、古代では考えられないのである。古めかしい信仰といわれるかもしれないが、子は神の授けものということは、もう一度よく考えるべきだと、わたくしは思っている。

このような聖なる神の子を生み出す大切なところにあたるから、女陰は、「ミホト」と、古代のひとびとから呼ばれていた。いうまでもなく、「ミ」は「御《み》」で、敬語である。「ホト」の「ホ」は、先端やトップにあるものを指す言葉である。「炎」（ホノオ）の「ホ」、「稲穂」（イナホ）の「ホ」、「国《くに》の真秀《まほ》ろば」の「ホ」などはすべてこの意である。特に「ホ」の字に「秀」をつけるように、最も優れたものであると意識されてきた。女陰（ホト）も、神から授けられた若々しい生命を生み出す場所であり、また、肉体の先端部にあったから「ホ」と呼ばれたのである。「ホト」の「ト」は、「戸」である。つまり、神聖な戸口が「ホト」であったから、さらに「御秀戸《みほと》」と丁重に称したのである。

ご存知のように、世界中の原始的地母神《ちぼしん》像のほとんどが妊婦の姿であるが、その像に女陰を意識的に刻みこむことが少なくないのは、やはりこのような意識にこだわっていたと考えてよいと思う。イザナミの神も、典型的な地母神の系譜をひく神であったのではなかろうか。

【第９話】

夜見の国〈よみのくに〉

イザナミ（伊邪那美）の神は、かくて、ついに亡くなられ、黄泉《よみ》の国に赴くのである。

この「黄泉《こうせん》」は、いうまでもなく中国風の名称である。『春秋左氏伝《しゅんじゅうさしでん》』の註に、「地下の泉を、黄泉という」とあり、死後に赴くところと記している。日本では、「黄泉」を、古くは「夜見《よみ》の国《くに》」とか、「常夜《とこよ》の国《くに》」と呼んでいた。常に暗闇のイメージがつきまとっていて、恐ろしい国であった。

イザナギ（伊邪那岐）の神は、愛する妻のイザナミの神を忘れられず、もう一度この世に連れ戻そうと、夜見の国を訪問する。これは、「夜見の国から帰る」こと、つまり〝ヨミガエリ〟（甦り）を願うためである。

しかし、イザナミの神は、すでに「黄泉《よも》つ戸喫《へぐい》」を済ませてしまったので、再びもとの世に戻れないと答える。だが、諦め切れぬイザナギの神が一緒に帰ることを懇願すると、イザナミの神はその情にほだされて、黄泉の神に相談すると言い、奥に引き返すが、そのとき決して中をのぞかないように、イザナギの神に厳しく約束させた。

この話にみえる「黄泉つ戸喫」というのは、おそらく、古墳に死者が葬られる際に、古墳の戸口に供せられる特別の供物であろう。

横穴式古墳の入口には、扉石《とびらいし》が置かれているが、その前に、特殊な土器類が散乱して発見されることが少なくない。ときには土器の底に穴をあけたものも存在する。これらの器具が、いわゆる「黄泉つ戸喫」の食物を供した器《うつわ》であろうと考えられている。それは、一つには、葬るひとびとと死者との決別の儀礼であったと考えられている。わたくしはそれに加えて、これは黄泉の神と死者が、共に食事をとることだと思っている。

共食することは、いわゆる「一味同心」の儀礼で、仲間内に入ることである。一味とは、同体化が原義なのである。

横穴式古墳では追葬も行われていたため、死者が朽ちゆくさまを目にすることもままあったようである。おそらく、『古事記』のこの記事は、横穴式古墳の埋葬を念頭において描かれたものであろう。ひとびとは、扉石を開き、長い羨道《せんどう》をくぐり抜けて、石棺が安置される玄室《げんしつ》に到達する。そしてときには、前に葬られた人の死骸を整理して片づけることもあったようである。

この玄室にいたる羨道が、神話でいう黄泉の比良坂《ひらさか》であろう。この道は、真っ暗であったから火を灯しながら歩かなければならないのである。一つは、悪霊を祓う意味もあったのであろう。

イザナギの神も、左の美豆良《みずら》に刺してあった爪櫛《つまぐし》の男柱《おばし》を折り、それを燭《ともしび》として、中に入っていったという。美豆良は耳鬘《みみつら》の意で、古代の男性は髪を真中で左右に分け、耳のあたりで束ねて垂らしていた。耳鬘は、奈良朝頃からは少年に限られるようになっていくが、後世でも、その伝統は女性に受け継がれ、総角《あげまき》となって伝えられていく。

【第10話】

約束破り〈やくそくやぶり〉

イザナギ（伊邪那岐）の神は、イザナミ（伊邪那美）の神が長時間現れないので、心配になり、「中をのぞくな」という約束も忘れてしまい、ついに中をのぞいてしまうのである。

イザナミの神は、醜悪な姿を夫のイザナギの神に絶対に見せたくなかったから、厳しくのぞくことを禁じたのであるが、その約束は破られてしまった。

このように、「禁止の約束」が破られたことにより、二人が永遠に逢うことが許されなくなる話は、神話や民間伝承に少なくない。この黄泉《よみ》の国のイザナギ、イザナミの話もその一つであるが、『古事記』の神話にはほかにも伝えている。

ホオリノミコト（火遠理命）、つまり「山幸《やまさち》」の物語である。山幸が、海神の娘のトヨタマヒメ（豊玉比売）を妻として迎えるが、トヨタマヒメはお産の際に、夫の山幸に、決して産屋《うぶや》をのぞかないでほしいと頼んだ。それにもかかわらず、出産が大変遅れたのを心配して、我慢しきれなくなって山幸は、ついに産屋をそっとのぞいてしまうのである。産屋の中に八尋《やひろ》の和邇《わに》に化したトヨタマヒメの姿を見て、山幸は驚きの声をあげてしまう。それを知ったトヨタマヒメは、生まれたばかりの赤児をその場に残して、故郷の綿津見《わたつみ》の国に帰ってしまったという。

ギリシア神話でも、オルフェウスが愛する妻を求めて冥府に赴くが、決して後を振り返るなという戒めを最後の一歩のところで破ったため、妻を取り戻すことに失敗した話をお聞きになったことがおありだろう。

あえて外国の物語を取りあげるまでもなく、日本の民話にもこの類《たぐい》の話は少なくない。たとえば、有名な鶴の恩返しがそれである。男は中をのぞくことを妻に禁じられていながら、ついに耐えられなくなって、機織《はたおり》の部屋をうかがう。すると、恋する女房は鶴の姿でせっせと羽根をくわえて、美しい布を織っていたという。だが、それを知った女房は鶴に化して、飛び去って行くのである。

ちなみに、このように何かに専念し、夢中になっていると、必ず本性にもどると語られる点も注意さるべきであろう。トヨタマヒメは「八尋の和邇」と化し、恋する女性は鶴に変身している。「恋しくば　尋ね来てみよ　和泉《いづみ》なる　信太《しのだ》の森の　うらみくずの葉」の歌を、わが子に残して去って行った安倍保名《あべのやすな》の妻は、狐に化したのである。

蛆《うじ》たかる醜い姿を夫のイザナギに見られたイザナミが、「黄泉津大神《よもつおおかみ》」に変身し、醜女《しこめ》などを率いてイザナギを追いかけるのも、裏切られた女性は、愛から突如、恨みの魔性に変ずる性格を秘めていることを示唆しているのかもしれない。

というより、深い信頼や愛情が裏切られた悲しみが、女性をいっきに奈落の底につき落し、般若《はんにゃ》に化身させたというべきかもしれない。般若の面は、真正面は恐ろしいが、うつむきの面は底知れぬ哀愁に満ちている。

【第11話】

桂の呪能〈かつらのじゅのう〉

イザナギ（伊邪那岐）の神は、妻のあまりにも変わりはてた姿を見て恐ろしくなり、一目散に逃げだした。

それを知ったイザナミ（伊邪那美）の神は、黄泉《よも》つ醜女《しこめ》に命じて、イザナギの神を追わしめる。イザナギの神は、醜女にあやうく捕まえられそうになると、黒《くろ》の鬘《かずら》を投げ捨てたという。それは葡萄《ぶどう》の蔓《つる》に変わり、醜女が争って食っている間にイザナギの神は遁走したという。

古代では、王者や勝利者などは、よく頭の髪に桂《かつら》の蔓を巻くことがあった。長い蔓状の植物を頭に巻くのは、単なる飾りではなく、永遠なるもの、不朽なるものの象徴を身につけることであった。長く切れずに連なる蔓は、永世や子孫繁栄を顕示しているとみなされていた。この信仰は、シルクロードを経て中国に伝来し、さらに日本にももたらされたものといわれている。このような図柄が、唐草文様《からくさもんよう》と呼ばれているのをご存知であろう。

唐草文様のなかでも、特に、葡萄唐草文様が好まれ、唐鏡《とうきょう》に盛んに描かれてきた。長い蔓そのものが、すでに永遠を意味するが、その蔓にたわわに実る葡萄は子だくさんを象徴し、それがたくさん連なることは、子孫繁栄を示すものと考えられた。

このように、葡萄の蔓は永世を保証すると考えられてきたから、生命を奪うとする醜女の害を避ける呪術的な植物とされたのであろう。

日本では、この葡萄唐草のみならず、いろいろな唐草文様が珍重されてきた。たとえば、現在でも、嫁入り道具の箪笥《たんす》の油単《ゆたん》（箪笥にかける覆いの布）に、きめられたように唐草文様をつけるのは、嫁入り先の家の永遠と子孫繁栄を願う気持ちを表示したものといってよい。

古代の日本では、桂の長い枝が蔓に用いられたようである。というより、桂は蔓の木の意味であろう。これは、あるいは中国の影響かもしれないが、中国では、月の世界に植えられたという月桂《げっけい》が好まれた。この蔓がいわゆる月桂冠であった。オリンピックにおいて勝利者に冠せられる月桂冠もこれに類するものであろうが、世界中で、桂に類する長い枝や蔓を頭に巻くことが好まれていた。

このように、植物の長い蔓や枝は永世の願いを示すものであったから、中国では、旅行く人に柳の枝を与えて別れを惜しんだという。しかも、その枝を丸く編んで手渡す。「環《かん》」は「還《かん》」に通じ、無事に帰ることを願うものであったからだ。

現代でも旅行する人に「蛙」の持物を渡すことがあるが、これも無事に〝カエル〟ことを願う気持ちを端的にあらわしたものであろう。

どちらの方が優雅であるかは別として、言葉の綾に託して願いを込めるのは、全く同じ行為といってよい。一見、ばかげたような行為でも、その由来をたどっていくと、意外に、宗教的な行為にたどりつくことが少なくない。

【第12話】

月の桂〈つきのかつら〉

月桂樹にふれた際に、月の世界に桂の木が植えられているという中国の伝承を述べておいたが、この話は、古くから日本の文人たちに大変好まれたとみえ、月の名所を桂に結びつける傾向が強かったようである。

たとえば、紀貫之は、土佐から京に帰ったとき、わざと桂川の十六夜《いざよい》の月を見て、京に入ったと伝えられている（『土佐日記』）。桂川が古くから、月の名所でなければならなかったのである。

あるひとの歌として

「久方《ひさかた》の　月に生《お》ひたる　桂河《かつらがわ》　底《そこ》なる影《かげ》も　変わらざりけり」

をあげているが、ここでも「月に生いたる桂」と述べている。

ここは古くから楓渡《かつらのわた》りと呼ばれ、西に赴けば大枝山《おおえやま》を経て丹波路に通じ、南は山崎にいたる交通の要衝であったが、また月の名所としても有名であった。そのため早くから、文人として有名な貴族たちは、桂の風景を愛し、この地に山荘をもうけていた。右大臣清原夏野《きよはらのなつの》は、「楓《かつら》の里第《だいり》」を置いたと伝え、また、藤原道長も桂の地に「桂山荘」を営んでいた。

さらに、源経信《つねのぶ》も「桂荘」を置き、この地で風雅な生活を常に愉しんでいたから、ひとびとから桂大納言の名で呼ばれたという。また、歌人の伊勢の桂の宮が置かれていたとも伝えられている。

その伊勢に、七条皇后が贈られた歌にも

「月の中の　桂の人を　思ふとて　雨に涙の　添《そ》ふて降《ふ》るらむ」（『後拾遺集』）

と「月の中の桂」と歌っている。

これらの流れを受けて、八条宮智仁《ともひと》親王、智忠《ともただ》親王の二代によって、徳川時代の初期に築かれたのが桂離宮である。当然ながら、書院に月見の台がもうけられ、古書院の北の小高い所に月波楼《げっぱろう》が置かれている。

このように、桂川は、月の名称にふさわしいとされてきた。

桂と月を結びつける傾向は、京都にとどまらず、各地に波及している。土佐の〝よさこい節〟で歌われる浦戸《うらと》の浜は桂浜《かつらはま》と呼ばれ、歌詞にあるように月の名所とされている。奇しくも、この浦戸は、紀貫之の『土佐日記』にも、「大津《おおつ》より浦戸をさして漕《こ》ぎ出《い》づ」と記されている。

このように月桂《げつけい》は、貴族のひとびとに愛されつづけてきたが、中国では、科挙《かきょ》という高官任用の試験に合格することにもたとえられていた。それは、晋《しん》の郤詵《げきせん》が、武帝に答えて己の対策は天下第一とし、「桂林の一枝」「崑山《こんざん》の片玉」にたとえたことに由来するという。それより科挙の及第人を、「月桂を折る」というと伝えている。

このことは、名誉の表章として、勝者の頭に月桂冠をかぶせる古代ギリシアの風習と通ずるものがあるといってよいだろう。

【第13話】

櫛と呪術〈くしとじゅじゅつ〉

醜女《しこめ》の追跡を一時的に逃れたイザナギ（伊邪那岐）の神は、たちまちに、また醜女の一隊に追いつかれてしまった。

イザナギの神は、急いで右の耳鬘《みずら》に刺してあった竹櫛《たけぐし》の一部を折り、後ろめがけて投げ棄てた。すると、たちまちのうちに笋《たかむら》に変わったという。

この竹櫛は、今日、一般によく用いられる横櫛ではなく、刺《さ》し櫛《ぐし》の類《たぐい》である。このように、「鬼やらい」に櫛が用いられるのは、古代から櫛は、その名の「クシ」が示唆するように、「奇《くす》しき」ものと考えられていたからだ。

もともと、櫛（串《くし》）を刺すことは、占有を示す呪的行為であった。たとえば、自分の串を田畑に刺せば、その土地は自らのものであることを顕示することであった。そのため「六月《みなづき》の晦《つごもり》の大祓《おおはらえ》」の祝《の》詞《と》では、他人の田畠に断りなしに竹串を刺すことは、重大な違法行為としている。

串（櫛）を刺すことが占有権をあらわすから、神が神妻としての処女を選定するとき、その娘の頭の髪に刺し櫛を刺した。それより刺し櫛は、聖女のシンボルとなった。

皇女が斎宮《いつきのみや》に卜定《ぼくてい》され、野宮《ののみや》などで斎戒《さいかい》の期間を経て、伊勢に赴くとき、天皇が斎宮の髪に「別れの櫛」を刺されるという。斎宮は、アマテラス（天照）大神《おおみかみ》を斎《いつ》く最高の巫女であった。

このように櫛は聖なる女性のシンボルと考えられていたから、スサノオノミコト（須佐乃男命）が八岐《やまた》の大蛇《おろち》を退治するとき、クシナダヒメ（櫛名田比売）を湯津《ゆづ》の爪櫛《つまぐし》に化して、髪に刺すのである。クシナダヒメは、その名が示すごとく稲田を育成する女神で、その象徴が櫛であったみてよい。

この湯津の爪櫛の「ユツ」は、「斎《ゆ》つ」の意味で、信仰の対象とされる聖なるものをあらわしている。たとえば、今日、受験の守り神として有名な東京の湯島《ゆしま》の天満宮の湯島は、もちろん湯泉が湧く島の意ではなく、信仰の対象とされる神聖な一画という意味である。

さて、前の竹櫛の問題に戻らなければならないが、竹櫛が「たかむら」（竹群《たかむら》）に化すという話は、「中臣《なかとみ》の寿詞《よごと》」という祝詞《のりと》にもみえている。その一節に

「神漏岐《かむろぎ》、神漏美《かむろみ》の命《みこと》の前《みまへ》に申せば、……この玉櫛を刺し立てば……五百《いほ》篁《たかむら》生《お》い出《いで》む、その下より
天《あま》の八《や》井《ゐ》出《い》でむ」

と天の神よりお告げがあったと記している。

この祝詞から想像してみると、あるいは、イザナギの神が投げ棄てた竹櫛は、ただ、それが笋《たかむら》（篁）と化しただけでなく、その笋の下から渾々と水が溢れ出たのではないだろうか。この洪水のように流れる水が醜女を阻んだと、わたくしは考えている。また、篁《たかむら》も、竹が群生する竹叢であるとすれば、それこそ、迷路となったのではあるまいか。

【第14話】

桃

〈もも〉

黄泉《よみ》の大神となったイザナミ（伊邪那美）の神は、醜女たちのもたつきに苛立たれ、最後に雷神たちに多くの黄泉軍《よもつぐん》をそえて、イザナギ（伊邪那岐）の神を追いかけさせた。

イザナギの神は、十拳《とつか》の剣《つるぎ》を必死になって振りまわして逃げるが、黄泉の出口である黄泉の比良坂《ひらさか》のところで追いつかれてしまった。そこで、その坂の坂本に植えられていた桃の木より桃の実をちぎり、これを後手に投げつけ、イザナギの神はやっとのことで虎口を脱出した。

イザナギの神は、桃の実に向かって、「葦原《あしはら》の中国《なかつくに》のひとびとが苦しい瀬に落ち、思いなやむとき、必ず助けてやってくれ」と、命ぜられたという。このように、遁走の手段として三つの呪物が用いられている。三つの呪物が登場するのは、世界中の遁走の物語にしばしばみられる話だ。

最後の呪物である桃は、中国から導入された信仰である。南中国の年中行事や民間信仰を記録した『荊楚歳時記《けいそさいじき》』には、「桃は五行《ごぎょう》の精《せい》で、邪鬼《じゃき》を厭伏《えんぷく》し、百鬼《ひゃっき》を制《せい》す」と記している。

漢代においても、夏至の頃に陰気《いんき》が萌え出てくるとして、門前の桃の木に文字を書いてはり出す、いわゆる「桃印《とういん》」が行われていた。また戦国時代には、桃の木で造った人形《ひとがた》で悪鬼を祓う風習があったという。それが「桃梗《とうこう》」または「桃人《とうじん》」である（『戦国策』）。

さらに、桃の節句には、桃の花をひたした桃花酒を飲み、百病を除いたという。

中国の伝承にも、漢の武帝が西王母をおとずれ、三千年の長寿を保つとされる桃をご馳走になった話が伝えられている。『西遊記』でも、孫悟空が天帝の桃国から大切な桃を盗み出し、たらふく食ったため不死の身となったと述べている。

このような桃の呪能は早くから日本にも招来されていて、イザナギの神の遁走の呪具とされたのであろう。

日本人に最も親しい御伽噺《おとぎばなし》にも、桃太郎が登場する。桃から生まれた桃太郎は、当然ながら鬼退治に出かけるのである。実はこの物語では、桃太郎が犬、雉《きじ》、猿に次々と同じように黍団子《きびだんご》を与えているが、ここでも桃太郎を助け、守護する三種の動物が現れていることは、興味を引く点である。

さらに、桃太郎伝承で注目しなければならないのは、桃太郎が、桃の実という聖なる器《うつわ》から生まれ出たという点である。

『日本書紀』の一書には、天孫ニニギノミコトは、「真床《まどこ》の覆衾《おぶすま》」にくるまれて天降《あまくだ》ったと伝えている。それはいわば、〝聖なる母胎〟といってよい。つまり、聖なる御子は、神聖な器に籠《こも》り、やがて生誕されなければならなかったのである。桃太郎の場合は、破邪《はじゃ》の力をもつ桃から生まれたのである。

このように中国の民間信仰で、比較的早く日本に伝わり、多くのひとびとに愛好されつづけたものの一つが、桃に関する信仰であったといってよいだろう。

【第15話】

黄泉の比良坂〈よみのひらさか〉

イザナギ（伊邪那岐）の神が、黄泉《よみ》の国から脱出するのを知って、イザナミ（伊邪那美）の神が自ら追いかけてきた。

そこで、千引《ちびき》の石《いわ》を、黄泉の比良坂《ひらさか》に引き据えて、お互いにその石の両側に立って、「事戸度し《ことどわた》」を行ったという。「コトド」とは、異《こと》にすることを宣言することで、離縁の言葉を言い渡すことだ。『日本書紀』では、「絶妻の誓」と記している。

そのとき、イザナミの神は、イザナギの神に怨みを込めて、次のように言い渡した。

「愛《うつく》しき我《あ》が那勢命《なせのみこと》、かくせば、汝《いまし》の国の人草《ひとぐさ》、一日《ひとひ》に千頭《ちがしら》絞《くび》り殺《ころ》さん」

わたくしは、この言葉を耳にするたびに、離れいく夫に対する激しい詛《のろ》いの気持ちの陰に、隠すことができぬやるせない未練がのぞいているように思って、仕方がないのである。怨んでも怨み切れないから、「愛しき、我が那勢の命」と呼びかけている。いうまでもなく「那勢」はいとしい夫（背《せ》の君）を意味している。それに答えて、イザナギの神は

「吾《あれ》は、当《まさ》に、日《ひ》に千五百《ちいほ》の産屋《うぶや》を立てむ」

と告げたという。

日に千五百人の子が生まれ、逆に千人のひとびとが死んでいくのは、イザナギ、イザナミの神の

「コトドワタシ」に由来するると、ここで説明しているわけである。神話の大きな機能の一つは、現在行われている風習や慣行などの由来を、原始の神々の行為に擬して説明することだ。

黄泉の国と、この世の境界に据えられた千引の石は、それより「道反《ちかえし》の大神《おおかみ》」と呼ばれたという。死者を黄泉の国から出さぬように、冥府に送り返す大岩の神である。おそらく、横穴式古墳の扉石《とびらいし》がイメージされたのであろう。

だが『古事記』では、黄泉の比良坂を、出雲の国の伊賦夜《いふや》の坂にあてている。

『出雲国風土記』意宇《おう》郡の条にみえる式内社《しきないしゃ》の伊布夜《いふや》の社《やしろ》（揖屋《いうや》神社）が祀られているところである。現在の島根県八束《やつか》郡東出雲町揖屋《いや》の平賀地区にあたる。ここは伯耆《ほうき》の夜見島から出雲国に渡る港にあたり、夜見（黄泉《よみ》）の津と呼ばれていたところである。

どうも古代から、出雲の国は、死者の国との結びつきが強かったようである。『出雲国風土記』出雲郡の条にも、出雲郡の北の磯に脳《なぎつ》の磯《いそ》と称されるところがあり、そこの窟戸《いわと》に穴があり、夢にこの窟のほとりに来るものは必ず死ぬと伝えられ、土地のひとびとは、この穴を「黄泉《よみ》の坂《さか》、黄泉《よみ》の穴《あな》」と呼んでいたという。

オオクニヌシ（大国主）の大神が、黄泉の国の試練を終えて脱出したところが、伊賦夜の坂とされているから、出雲の国は黄泉への往還の地と、古くから観念されていたのであろう。日出るヤマトに対し、出雲は、日の沈めの地であったからであろう。

【第16話】

日の沈む国〈ひのしずむくに〉

イザナミ（伊邪那美）の神がなくなられたとき、葬られたところも、出雲国と伯伎《ははき》（伯耆《ほうき》）の境の比婆《ひば》の山《やま》と伝えられている。

現在の島根県安来市伯太《はくた》町横屋《よこや》の比婆山《ひばさん》に比定されている。この東北の山麓に、式内社《しきないしゃ》、久米《くめ》神社が祀られるが、比婆山神社と通称され、イザナミの神を祀ると伝えられてきた。

ここは、黄泉《よみ》の入口とされた伊賦夜《いふや》の坂（島根県八束《やつか》郡東出雲町揖屋《いや》）の南十五キロほどに位置している。あるいは、この地の北の方に黄泉の国が存在すると考えられていたのかもしれない。ちなみに現在の弓浜《ゆみがはま》は、古名は「夜見《よみ》が浜」である。

また、出雲大社の北の御崎に鎮座する日御崎《ひのみさき》神社は、式内社の御崎神社にあたるが、この下宮は日の神を祈り、「日《ひ》の沈《しづめ》の宮《みや》」と呼ばれていた。ヤマト王権が斎《いつ》く伊勢神宮が日の出る宮と観念されるに相対する社であった。

それに対して、伊勢は、「常世《とこよ》の浪《なみ》の重浪《しきなみ》の帰国《よするくに》」（「垂仁紀」）と称えられる日向《ひむか》の国であった。いうまでもなく、太陽（日の神）が昇る直向《ただむ》きの国と考えられていたから、この地はヤマト王権によって日の神、天照大神が祀られる聖なる土地、太陽の更生のところであった。

逆に、出雲の地は〝日の沈む国〟、つまり、「死の国」と観念されていたようである。

そのことが、ヤマト王権が勝者となり、出雲の勢力が服属する者の代表として選ばれる素因の一つとなったのだろう。国譲りの舞台が出雲に設定されるのも、出雲が〝日の沈む国〟とみなされていたことと無関係ではない。

また、杵築《きづき》の大社、つまり出雲大社は、古くは、〝日隅《ひすみ》の宮《みや》〟とも呼ばれていたという。ここは、いわゆる「幽事《かくしごと》」をつかさどるところで、「顕露《あらわ》し事《ごと》」はヤマト王権が掌握するところであった（『日本書紀』第九段第二の一書）。〝陽〟は常にヤマト王権であり、〝陰〟は出雲に割りあてられていた。太陽の昇る「生」の国と、太陽の沈む「死」の国の対比が、早くから、ヤマト王権の祖神を祀るという東の伊勢と、西の出雲にそれぞれ割り当てられていたといってよい。

出雲は、また「根《ね》の堅洲《かたす》の国《くに》」ともいわれるが、根の国は黄泉の国と解されている（『弘仁私記』）。植物の根が深く大地にはることから、「地下の国」が「根の国」と考えられたのであろう。この地下に死者を葬ったので、「根の国」こそ死者の赴く国とされたわけである。

だが、逆説的に思われるかもしれないが、根の国（大地）にひとを葬るということは、大地という母胎に帰し、そこにくるまれて、再生を願うことでもあったのである。前方後円墳の姿が、一説には母胎をかたどるといわれるが、わたくしは、その意味から大変興味を引かれる。前方部が地母神《ちぼしん》の胸で、後円部をお腹とみなすからである。その後円部に埋葬するのは、地母神の母胎に帰し、そのお腹にくるまれて妊娠（身籠り）し、新しい生命が誕生すると考えたのだろう。

【第17話】

塞の神 〈さえのかみ〉

黄泉《よみ》の国と、この世の境とされる黄泉の比良坂《ひらさか》に置かれた塞《さえ》の大石は、「道反《ちかえし》の大神《おおかみ》」と名づけられ、黄泉戸《よみど》とも呼ばれたという。

この「塞《さえ》」は、遮ることである。今日でも道祖神《どうそじん》を「サエノカミ」と訓《よ》むのは、村の入口に悪霊が侵入するのを遮る神とされたからである。

古代、蝦夷《えみし》と称された東北地方の化外《けがい》の民《たみ》がヤマト王権に服属すると、「佐伯《さえき》の民《たみ》」と呼ばれ、大伴《おおとも》氏の支配下に置かれ、日本の各地に分置された。

この「サエキ」も、この「塞《さえ》ぎる」に由来するのではないかと、わたくしは秘かに想像している。日本の東北地方の蝦夷と西南周辺の隼人《はやと》は、「蝦《えび》」とか「隼《はやぶさ》」とかいう動物名で呼ばれるように、蔑視されていたが、その反面、彼らが特殊な呪力を秘かに有していると怖れられていた。

隼人は、律令時代にいたるまで、「犬吠え」のような声を発して悪霊を鎮める呪能があるとされ、天皇の行幸の際には、道の巷《ちまた》で必ず「吠声《はいせい》」を行っている。

同じように蝦夷は、「佐伯」ともいうように邪霊を塞ぎる霊能をもっていたようである。古代の化外の民に対しては、蔑視と怖れという全く相反する認識が、常につきまとっていた。

それはともかく、『古事記』にみえる「道反の石」は、塞の石である。

「道饗《みちあえ》の祭り」という祝詞《のりと》にも「大八衢《おほやちまた》にゆつ磐《いは》むらの如《ごと》く、塞《さや》ります」神を、八衢比古《やちまたひこ》、八衢比《やちまたひ》売《め》、久那斗《くなと》の神と呼んでいる。いうまでもなく、「衢《ちまた》」は道又《みちまた》の意で、道が交わるところである。

久那斗は、『古事記』に

「衝《つ》き立つ船戸《ふなど》の神」

とも書かれるが、おそらく「クナ」は「来るな」の意で、戸で塞ぎり、再び来るなと告げる塞戸《さえど》の神であろう。

「御門《みかど》の祭り」という祝詞の一節にも

「奇《く》し磐牖《いはまど》、豊《とよ》の磐牖《いはまど》」

が宮中の四門にもうけられ、麻我都比《まがつひ》の神の災いを塞ぎることを祈る斎部《いんべ》（忌部）氏の祝詞が伝えられている。『説文《せつもん》』に、「牖」は、壁を穿《うが》ち木を交えた窓、つまり連子窓《れんじまど》を指すとされるが、おそらく、悪霊の姿をのぞき見る窓であるとともに、木を交差して厳重に悪霊の入るのを防ぐ窓であったのだろう。

中国の『詩経』にも、「牖戸《いうこ》を綢繆《ちゆうびゆう》す」とあり、窓や戸を繕うことで、転じて禍を未然に防ぐ意に用いられている。「祈年《としごい》の祭り」の祝詞にも、宮廷の御門を守る御巫《みかんなぎ》が祈る神にも

「櫛磐間戸《くしいはまど》、豊磐間戸《とよいはまど》」

という二つの岩窓《いわまど》の神がみられる。

【第18話】

唾をはく〈つばをはく〉

イザナギ（伊邪那岐）の神と、イザナミ（伊邪那美）の神が、千引《ちびき》の石《いわ》の両側に立ち、〝事戸度《ことどわた》し〟（絶妻の誓）をされたとき、『日本書紀』（第五段第十一の一書）では唾《つばき》をはいたと記している。

このような唾をはくことは、一種の呪法であったようである。同じく『日本書紀』（第十段第四の一書）には、ヒコホホデミノミコト（彦火火出見尊）が、海神の助けでやっと探し出した鉤《ち》を兄神に返したときも、「貧鉤《まちぢ》、狭々貧鉤《ささまちぢ》」と呪文を唱え、三たび下唾《つば》きて与えたという。漁《すなど》りの収獲が少しも上がらぬという呪文は、唾をはくことで一層、確かなものになると考えられていたようである。『日本書紀』の他の一書では、この鉤を兄神に返すとき「貧鉤《まちぢ》、滅鉤《ほろびち》、落薄鉤《おとろえち》」ととなえ、後手《しりえで》に投げ棄てて与えたとある。

本来なら、面と向かってものを手渡すのが正常であるのに対し、後手に投げ棄てるのは、返すものの効力を失わせる呪術と考えてよいだろう。つまり、正常性の否定の行為である。

これに対し、「貧鉤」ととなえ、唾をはくのは、その言葉に一層の効能を与えることになるのだ。唾《つばき》の「ツ」は「吒《したう》つ」で、口の中の液とも解されているが（『色葉字類抄《いろはじるいしょう》』）、わたくしは、むしろ、唾の「ツ」Tuは「チ」Ti（霊《ち》）をあらわすと考えている。「ハキ」は吐きで、霊力を一気に吐き出し、効力を一層強めたのであろう。

『古事記』では、ホオリノミコト（山幸）が鉤を求めて海神の宮を訪れたとき、自分の頸にまかれていた玉をとり、口に含み、婢のささげる玉器に唾とともに吐き出したという。すると玉器に玉はしっかり付着して、離れなかったと伝えている。この玉器に付着した玉《たま》はホオリノミコトの魂《たま》であり、唾《つばき》は霊吐《ちは》きであるとすれば、相手に自分の真心を密着せしめたことを示すこととなるのではないだろうか。

現代でも俗に、〝ツバをつける〟というが、これは占有権を明示することだ。唾を付着させることによって、自分のものにする行為であろう。

また、唾を吐きかけることは、他人に対し侮辱または嫌悪の情を示すことになるが、これも、相手を自分の支配下に置き、一個の独立性を認めないことを示す行為なのかもしれない。

『日本書紀』（第七段第二の一書）には、スサノオノミコトを神避《かむやら》いされたとき「唾《つばき》を以《も》て白和幣《しろにぎて》とし、洟《よだり》を以《も》て青和幣《あおにぎて》とし、此《これ》を用《も》て解除《はらひ》」を終わったと記している。

この唾や洟《よだれ》は、スサノオノミコトの身体から出された呪的な液であるから、これを祓具《はらえのもの》として差し出させ、その効能を失わせたのであろう。スサノオノミコトが追放された際に、アマテラス大神《おおみかみ》方によって手足の爪を切りとられるのも、スサノオノミコトの身体の一部を入手することによって、スサノオノミコトを支配下におくことができると考えたからである。

【第19話】

禊ぎ〈みそぎ〉

イザナギ（伊邪那岐）の神は、黄泉《よみ》の国からかろうじて脱出するが、穢《きたな》き国から帰って来て、禊祓《けいばつ》（みそぎ）をされた。その禊祓の場とされたのが、筑紫《つくし》（竺紫）の日向《ひむか》の橘《たちばな》の小門《おど》の阿波岐原《あはきはら》であった。

筑紫の日向は、古代の日向国、つまり現在の宮崎県に限定されるというよりも、むしろ現在の九州の東側、つまり太陽の昇る海に面した海岸地帯を広く考えるべきであろう。日向は、朝日に直面する地域の意味である。つまり、東の地をいう。「東」は、『万葉集』の柿本人麻呂の歌に

「東《ひむがし》の　野《の》に炎《かぎろひ》の　立つ見へて　かへり見すれば　月かたぶきぬ」（『万葉集』巻一ノ四八）

とあるように、「ヒムガシ」と訓《よ》まれていた。つまり、日向と東は語源が一致する。

この九州の東海岸にある橘の小門の阿波岐原が太陽の生誕の地、東であったから最も禊ぎにふさわしい地であった。

橘は蜜柑《みかん》の類《たぐい》であるが、古代では、「常世《とこよ》の非時《ときじく》の香菓《かぐのみ》」（「垂仁紀」）とされていた霊木であった。聖武天皇が、天平八（七三六）年十一月に、左大臣葛城王《かつらぎおう》に、橘の姓を賜わった歌にも、

「橘《たちばな》は　実さへ花さへ　その葉さへ　枝に霜降《しもふ》れど　いや常葉《とこは》の木」（『万葉集』巻六ノ一〇〇九）

と讃えられる橘は、常磐木《ときわぎ》であった。

ちなみに、橘は〝但馬《たじま》の花〟の意味で、非時の香菓を常世の国まで探し求めた田島《たじま》（但馬）守《もり》の名にちなむ名称である。

阿波木《あはき》は、樫《かし》やもちの木、それに青木などと考えられているが、いずれも成長力の強い木で、常に青々とした葉を繁らせている樹木である。回復の呪能が期待される聖木の類といってよかろう。

あるいは、「阿波木」の「アハ」は、禊ぎの際に生ずる海の泡を連想させたものかもしれない。

「禊《みそ》ぎ」は、「身滌《みそぎ》」で、身体に付着した穢《けが》れを清らかな河の水や常世の国から流れてくる海水で、洗い流すことである。

もとより、日本人は、キリスト教で説く原罪という意識はもたず、身に着く穢れは、塵や埃のようなものと考えていた。だから、水で洗い、または払い除けば、容易にもとの清浄の身体にもどると考えられていた。神社で行うお祓いは、いわば、一種の「叩《はた》き」であった。

ただし、古代では禊ぎは、かなり厳格に行われていた。早朝、太陽の昇る海岸で、常世の国から押しよせる海水で禊ぎをしなければならないのである。

だが、時代がたつにつれ、日本人は禊ぎの観念をしだいに安易なものとし、政治の失策も口先だけの「ミソギ」で清算されるようになる。また、葬儀などで渡される「浄めの塩」は、実は禊ぎの海水をインスタントにしたものだ。こうなると、すでに原義がどこにあるかもさだかでなくなってくるのである。

【第20話】

潜り〈くぐり〉

イザナギ（伊邪那岐）の神が、禊《みそ》ぎの際に、次々と脱ぎ捨てられた衣類は、例によって、いろいろな神となった。

海に入ったイザナギの神は、
「上瀬《かみつせ》は速《はや》し、下瀬《しもつせ》は弱《よわ》し」
といわれ、中瀬《なかつせ》、つまり中流で禊ぎしたという。禊ぎの場合、中流まで身体を潜《くぐ》らせることが、重要だったことを示唆している。現在のように頭を水上にのぞかせ、肩まで海水につかるのではなく、海中に潜ることが大切だったのだ。『日本書紀』では、その際、「菊理媛《くくりひめ》」が誕生されたと記しているが、「菊理」は「潜《くぐ》り」の意である。

ここにも、「潜り」の信仰があったことを物語っている。「潜り」と「籠《こも》り」は、かなり共通した宗教的な行事であった。「胎内潜《たいないくぐ》り」という言葉をお聞きになられたことがおありと思う。たとえば、鎌倉の大仏の「胎内潜り」などである。胎内をめぐり、そこから出ることは、再生する行為であった。長野の善光寺の堂の下の真黒闇の中をくぐり、仏の真下にあるとされる鍵に手を触れるとよいといわれたことがおありと思う。

太陽も、東から西へと運行し、海や山の峰に沈むが、その太陽は、大地や海をくぐって再び東にもどり、そこから新しき太陽が昇ると古代のひとびとは考えていた。また、神社の鳥居や茅輪《ちのわ》をくぐるのも、あるいは弥次喜多のように東大寺の柱の穴をくぐるのも、いわば潜りの呪術の一種であった。

イザナギの神が、水底まで潜って身をすすいだとき、生まれた神が底津綿津見神《そこつわたつみのかみ》であり、中流で身をすすいだ際、生まれ出た神が中津綿津見神《なかつわたつみのかみ》とされ、海面近くですすいだとき、生まれた神が上津綿津見神《うわつわたつみのかみ》と呼ばれたという。

「綿津見」の「綿《わた》」は「海《わた》」であり「津《つ》」は現代語の「の」に近い古い格助詞である。「見《み》」は「霊《ちみ》」で、海神を意味する。天智天皇の歌に

「渡津見《わたつみ》の　豊旗雲《とよはたぐも》に　入日《いりひ》さし　今夜《こよい》の月夜《つくよ》　さやけかりこそ」（『万葉集』巻一ノ一五）

とある「ワタツミ」である。一説には、海は舟で渡るものであるから、海を「ワタ」と呼んだとも解かれている。

『新撰姓氏録《しんせんしようじろく》』という現存する最古の氏族の祖先を記した記録には、山城国神別の条

「安曇宿祢《あづみのすくね》

海神、綿積豊玉彦神《わたつみとよたまひこのかみ》の子、穂高見命《ほたかみのみこと》の後《すえ》なり」

などとあり、先の三神は安曇《あずみ》氏が斎《いつ》く神とされている。もともと、この三神は「筑紫《つくし》の斯香神《しかのかみ》」（『旧《く》事本紀《じほんぎ》』神代本紀）とあり、筑前国糟屋《かすや》郡志賀島《しかのしま》に祀られていた。ちなみに安曇（阿曇、安積）氏の本拠は博多湾の東岸の筑前国糟屋郡阿曇郷（福岡県糟屋郡新宮町）である。

【第21話】

阿曇（安曇）氏〈あずみし〉

阿曇《あずみ》（安曇）の一族は、ワタツミ（綿津見）の神（海神）を祀ることから知られるように、海人《あま》を率いる大豪族であった。

「応神紀」によれば、日本の各地にいた海人たちがヤマト王権になかなか従わなかったので、応神天皇は、阿曇氏の祖、大浜宿祢《おおはますくね》に命じ、平定させたという。その功で、阿曇氏が「海人《あま》の宰《みこともち》」に任ぜられ、全国の海人を統率することとなったと伝えている（「応神紀」三年十一月条）。

だが、応神天皇の孫にあたる履中天皇が即位したとき、皇位継承をめぐる争いが起こり、履中天皇の皇弟の住吉《すみのえ》の仲皇子《なかのおうじ》が、履中天皇の暗殺を計画したが、阿曇連浜子《あずみのむらじはまこ》（一説には阿曇連黒友《くろとも》）が住吉の仲皇子方についていたので捕えられたという。阿曇連浜子は、一応死を免れたが、目のまわりに墨刑がほどこされてしまった。つまり黥《めざき》されたので、当時のひとびとは、これを「阿曇目《あずみめ》」と称したという。そして、阿曇連浜子の領有していた淡路の野島の海人は、倭の蒋代《こもしろ》の屯倉《みやけ》に配されたと記している。

確かに、阿曇氏は一時的に没落したようであろうが、刑としてほどこされたという阿曇目は、おそらく、もともとは海人が海中に潜るとき、魚類をよく識別したり、あるいは海の害を防ぐために目のまわりにつけられた入れ墨ではなかったかと考えている。

『魏志倭人伝』には、日本の海人の風俗を記し、男子は、大小となく黥面《げいめん》（入れ墨）をし、海人に断髪文身《だんぱつぶんしん》し、もって大魚《たいぎょ》、水禽《すいきん》を厭《はら》うと伝えているからだ。

「神武記」には、オオクメノミコト（大久米命）が、神武天皇の皇后を見出すため大和の高佐士野《たかさじの》において イスケヨリヒメ（伊須気余理比売）を選んだとき、ヒメはオオクメノミコトの「黥る利目《さけとめ》」を見て、何ゆえ、そのように目のまわりに入れ墨するのかと問いただすと、オオクメノミコトは、ものごとをはっきり見分けるためだと答えたという。

このようにみてくると「阿曇目」と呼ばれるものは、海人たちが海中で魚類を目敏く識別するためにほどこした呪的な文身《ぶんしん》と考えるべきであろう。

もともと文身は、単なる装飾ではなく、あくまで宗教的なものであった。

阿曇氏は、後に許されたとみえ、大化の改新後は東国の国司に任ぜられている。中央の阿曇氏は阿《あ》閉《へ》氏の後裔である高橋氏とともに宮廷の内膳《ないぜん》などの職につくが、延暦十（七九一）年に高橋氏と職掌をめぐる争いを起こし、阿曇宿祢継成《つぐなり》は佐渡に流されている。それより中央での勢力を失った阿曇氏は、地方に新天地を求めることとなった。

その一派は天竜川を遡り、信濃国の安積郡の土地を開拓したようである。安積郡の式内社《しきないしゃ》穂高《ほだか》神社は安積《あずみ》氏が祀る社と考えられている。『新撰姓氏録《しんせんしょうじろく》』にみえる安積氏の祖を穂高見命《ほたかみのみこと》としているが、その名を冠した神社であろう。

【第22話】

住吉の神〈すみよしのかみ〉

イザナギ（伊邪那岐）の神が禊《みそ》ぎしたとき、綿津見《わたつみ》の三神につづいて底筒之男命《そこつつのおのみこと》、中筒之男命《なかつつのおのみこと》、上筒之男命《うわつつのおのみこと》の三柱の神が出現された。この神々は、摂津の墨江《すみのえ》（住吉《すみよし》）の三前《みさき》の大神である。

この神々の「筒《つつ》」がいかなる意味であるかは、必ずしも詳《つまび》らかではない。一説には、宵《よい》の明星（金星）を「夕《ゆう》づつ」と呼ぶので、星の意味ではないかといわれ、オリオン座の三星に擬されたりしている。また、「ツツ」の「ツ」は「津」、つまり船つき場、つまり津《つ》の神とされ、住吉の津の神と考えられている。

あるいは、船の筒状の帆柱の根元の部分の穴がいわゆる「筒」で、そこに収められる航海安全の神、つまり船玉《ふなだま》（船魂）とみなす考えも、提示されている。

さらには、禊ぎの際の水泡ではないかともいわれているが、どの説が妥当であるかは、にわかには決められないのが実情である。ただ、ヤマト王権の外港として重要視された住吉の海神であったことだけは、間違いない。

神功皇后は、仲哀天皇が筑紫《つくし》の橿日宮《かしひのみや》でにわかに崩ぜたとき、神託をうかがうと、「日向国の橘小門の水底《みなそこ》に所居《い》て　水葉も稚《わか》に出《い》で居《い》る神」（「神功皇后摂政前紀」）と名のられて出現された神が、住吉三神とされている。

この神を祀ることを命ぜられたのは、津守連田裳見宿祢《つもりのむらじたもみすくね》であった。この津守という氏の名は、住吉の津を守る職掌から賜姓されたのであろう。この「タモミ」は、「手揉《たも》み」の意で、神に祀る際に手を激しく揉《も》むことを示すもので、住吉の神の祭祀の法からつけられた名ではないかと考えている。

津守連は、海上安全の神を奉祀していたので、朝鮮半島や中国にしばしば派遣されていた。「欽明紀」に引く『百済本記』にも、津守連が百済へ使者として赴いたと記し、「皇極紀」でも、津守連大《おお》海《うみ》が高句麗に出向いている。

津守氏の本拠地は、摂津国西成《にしなり》郡津守郷で、現在の大阪市西成区、浪速《なにわ》区一帯である。古代では淀川の川尻一帯が、津守郷であった。

天平五(七三三)年に、入唐使に贈る歌にも、

「難波《なにわ》に下《くだ》り　住吉《すみよし》の　三津《みつ》の船乗り　直渡《なおわた》り　日の入る国に　遣《つか》はさる　わが背《せ》の君《きみ》をかけまくも　ゆゆし畏《かしこ》き　住吉のわが大御神《おおみかみ》　船《ふな》の舳《へ》に　領《うしは》きいます　船艫《ふなとも》に御立《みた》たしまして」

(『万葉集』巻十九ノ四二四五)

と歌われるように、住吉の神は海ゆく船を守護する神であった。

そのため、瀬戸内から筑紫にかけて、この社はひろく祀られていた。『延喜式』巻九神祇には、長《なが》門《と》国豊浦《とよら》郡の「住吉荒魂《あらたま》神社」と、筑前国那珂《なか》郡の「住吉神社」などがあげられている。一つは下関市にあり、一つは博多湾に置かれるように、交通の要衝の地をおさえている。

【第23話】

和歌の神・住吉の神〈わかのかみ・すみよしのかみ〉

住吉の神は、古代においてあくまで海上交通の守護神であったが、しだいに〝和歌の神〟としても尊崇されていく。

おそらく、一つには、住吉の地が風光明媚な土地であり、早くから文人墨客《ぶんじんぼっかく》に知られ、この地で和歌がよく詠まれたことと関係があるだろう。『伊勢物語』第六十八段には、男が友人と連れ立って住吉の浜に遊んだとき、「住吉《すみよし》」という歌を詠めとすすめられた。そこで、

「雁鳴《かりな》きて　菊の花咲《さ》く　秋あれど　春の海辺《うみべ》に　すみよしの浜」

と歌ったという。この歌の「秋」は「飽《あ》き」にかけ、「海」は「憂《う》み」にかけるという。つまり、春の海辺は人によっては住み憂いところというが、決してそうではなく、わたくしには住みよいところだと歌っているのだ。

また、同じく『伊勢物語』第百十七段には、帝《みかど》が住吉に行幸され

「われ見ても　ひさしくなりぬ　住吉の　岸の姫松《ひめまつ》　いく世《よ》へぬらん」

と歌われると、住吉の大神がお姿を現され、

「むつまじと　君は白浪《しらなみ》　瑞垣《みずがき》の　久《ひ》しき世《よ》より　いはひそめてき」

と歌われたと記している。わたくし、つまり住吉の大神は天皇家と長い間、親しい間柄だと、帝はご

存知ないでしょうが、わたくし（住吉の大神）は久しき世から皇室を崇め、お守りして来ましたよと歌われたのである。

このように、住吉の神は皇室の守護神として現れるが、ここで注目したいのは、住吉の神が託宣として和歌を交すことである。このようなことから、住吉の神は、和歌の神として崇められていく。

たとえば、世阿弥の作と伝えられる謡曲『白楽天《はくらくてん》』がある。それによれば唐の皇帝から、日本人の知恵がいかほどか探れと命ぜられた白楽天（白居易《はくきょい》）が筑紫《つくし》に来ると、一人の漁翁がいた。

白楽天が詩を詠ずると、すぐに漁翁がそれに答えて和歌を詠んだ。白楽天が、日本人の歌の才能に驚嘆すると、漁翁は、日本では生きとし生きる者がすべて歌を詠むと告げたという。その漁翁は、実は住吉の大神であり、白楽天は神風に吹きもどされて唐に帰ったという。

住吉の神が和歌三神の一つとされるとともに、これを祀る津守氏からも、多くの優れた歌人が輩出している。三十九代の神主とされる津守国基《くにもと》をはじめ、勅撰和歌集に入集する者も少なくなかった。

それはともかくとして、海上交通の神が一転して和歌の神として尊崇されるのは、いかにも日本的だとわたくしは考えている。

日本では、古くから和歌の型の託宣があったのではないかと思っている。

それに加えて日本の神々は、むしろそれを祀るひとびとの願望の変遷にともなって、神格を変えていく傾向が強い。住吉の神もまさにその代表例を示すといってよいであろう。

【第24話】

貴き三神〈とうときさんしん〉

イザナギ（伊邪那岐）の神の禊《みそ》ぎの最後に、いわゆる「三柱《みはしら》の貴《とうと》き子」が誕生されることになる。左の目を洗われたとき、所生《な》りませる神が、アマテラス（天照）大神《おおみかみ》であり、右の目を洗われたとき、所生りませる神が、ツキヨミノミコト（月読命）である。それに続いて、鼻をかまれたとき、所生りませる神が、タケハヤスサノオノミコト（建速須佐之男命）であった。

左目の瞳《ひとみ》から太陽が生まれ、右の瞳から月が生まれるという話は、中国の『五運暦年記《ごうんれきねんき》』などに伝える盤古《ばんこ》（盤瓠《ばんこ》）という巨人伝承に記されているから、その影響によるものと考えてよいだろう。

『日本書紀』の神話にも参照されたという『三五暦記《さんごれっき》』によれば、盤古は、「いまだ天地有らざるときに、混沌《こんとん》あたかも鶏子《とりのこ》（鶏卵《とりのたまご》）のような状態から生まれ出た」と記している。

だが日本の神話では、両目から太陽と月だけが所生されるのでなく、そこにスサノオノミコトが加えられて、三神とされている。

ご存知のように中国では、古くから「陰、陽」の二元論が行われていた。そのため、あらゆるもの、あらゆる現象が、この陰と陽の二つに配されてきた。太陽は、文字どおり「陽」に、月つまり「太陰」は「陰」とされている。一日でいえば、午前中が陽で、午後は陰とされている。茶道などで現在でも、早朝に清らかに湧き出る泉や河の水をくみ、それを「陽水」と称して尊ぶのは、陽水が新生の水とみなされたからである。

季節では、春と夏が陽の月に配され、秋と冬が陰の月である。そのため、日本の律令時代では、死刑を執行する時期は陰月に限られていた。生は陽、死は陰であったから、陽月に「死刑」を行うことは世の中の正常の運行を乱すと考えたからである。

逆におめでたいことやお祝いごとは、必ず「陽」とされる時期に行うのが、最も望ましいのである。たとえば、結婚式の結納を持参するのは午前中がよいとされるのも、それゆえである。

節句も本来なら月の数と日の数が一致する日であるから、一月一日から十二月十二日まで十二回存在したが、現在では、すべて陽月の一月、三月、五月、七月、九月に限られている。ちなみに、奇数が陽で、偶数が陰である。陰数は二つに割り切れるので、弱い数（偶数）と考えられていた。

だが、中国ではしだいに、この陰と陽とを生み出す、「太極《たいきょく》」という考え方が出現してくると、「三」が聖数となっていく。

太極〈 陽
　　　陰 〉は、ヘーゲル哲学の弁証法の〈 正
　　　反 〉合　と類似するといってよい。

日本の神話でも、基本的には

アマテラスオオミカミ（天照大神）〈 ツキヨミノミコト（月読命）
　　　スサノオノミコト（須佐乃男命）　であろう。

【第25話】

月読の神〈つきよみのかみ〉

いわゆる貴き三神として、アマテラス（天照）大神《おおみかみ》とツキヨミノミコト（月読命）は、一見、陽、陰の関係に立っているようにみえる。だが日本では、太陽神であるアマテラス大神は女性神とされ、ツキヨミノミコトは男性神で、陰陽は逆となっている。

それだけでなく、ツキヨミノミコトは、神話においてきわめて影が薄く、ほとんど目立った活躍をみせていない。むしろ、アマテラス大神に対立し、盛んに争いを仕掛けるのは、スサノオノミコト（須佐之男命）である。『日本書紀』では、アマテラス大神がツキヨミノミコトに命じて保食神《うけもちのかみ》のもとに発遣されたとき、ツキヨミノミコトが不条理に保食神を殺されたので、アマテラス大神より「悪《あ》しき神なり」といわれ、「一日《ひとひ》一夜《ひとよ》隔《へだ》て離《はな》れて住《す》まん」と言い渡されたと伝えている。

ツキヨミノミコトは、日本の神話ではあまりかんばしくない神とされているが、本来は「月読《つきよ》み」で、月の運行や満欠《みちかけ》を調べる神である。

太陰暦では、月の満欠を観察して日を決めた。一日《ついたち》は月立《つきた》ちで、新しい月が旅立ちする日である。だから、月のはじめが「ツキタチ」つまり「ツイタチ」といわれた。中国では「朔日《さくじつ》」が、それにあたる。それがやがて三日月《みかづき》となり、しだいに月の姿を大きくしていき、十五日には満月となる。これが望月《もちづき》である。この「望」は、中国の十五日を「望《ぼう》」と訓《よ》んだことにちなむものだ。そして、十六夜《いざよい》などの月を経て、ついに月隠《つごもり》にいたる。月が完全に姿を消すのを、古代のひとは月が再生のために籠《こも》るのだと考えた。この月隠の後に、再び新月が誕生し、それより翌月となる。中国では月隠が「晦《かい》」である。日本でも、晦日を〝ミソカ〟と訓むが、この「ミソカ」は、三十日《みそか》の意である。

いうまでもなく、日本では古く、一、二、三、四はヒ、フ、ミ、ヨ……と訓んでいた。日は、八日《ようか》、十日《とおか》の「カ」である。ヤマトタケルノミコト（倭建命）が、甲斐の酒折宮《さかおりのみや》（山梨県甲府市酒折町）で、火焼《ほたき》の老人《おきな》と連歌を交されたとき、

「新治《にいはり》　筑波《つくば》を過ぎて　幾夜《いくよ》か寝つる」

とヤマトタケルノミコトが歌うと、火焼の老人は

「かかなべて　夜には九夜《ここのよ》　日には十日《とをか》を」

と歌ったという。この「かかなべて」は、〝日々を並べる〟意である。つまり、「旅された日日を数える」ことである。ちなみに、これが連歌の祖とされ、連歌を「筑波《つくば》の道」ともいうことになる。また、連歌の最初の撰集も『菟玖波《つくば》集』と名づけられたことは衆知のことであろう。

それはともかくとして、〝月読み〟は、農作にとっても重要であった。いつから田畠を耕作するか、などということは、すべて月読みによって決せられていたといってよい。神話においてツキヨミの神が、保食神と交渉をもつのは、そのためではないだろうか。ウケモチは、宇迦持《うかもち》で宇迦《うか》＝神聖な穀物を支配する神である。稲荷《いなり》、つまり稲《いな》成りの神は、「宇迦《うか》の御魂《みたま》」の神と呼ばれている。

【第26話】

暦〈かよみ〉

実は、「ツキヨミ」に対する言葉が「日読《かよ》み」である。太陽が、東のどの地点から昇るかを観察して、日を数えた。

村落の東に位置する山の頂のどこの位置から朝日が顔をのぞかせるかを、毎日、丹念に観察することを職掌とするひとがいた。多くは長年にわたって村落の生活経験を積んできた長老が選ばれた。彼らは、そのため、「日知《ひぢ》り」と呼ばれて、尊敬されてきた。後に儒教や仏教思想が導入されると、「日知り」は、聖《ひじり》に転ずる。古代においては、天皇を「ヒヂリの天子」と訓《よ》んでいるのは、その両義を含むものである。

このように、日の動きをよく知り、それによって、農業暦を定めた村の長老が、「日知り」であった。また日の動きを観察することを「日読《かよ》み」と称した。この「日読み」が、暦《こよみ》の原義である。「日読み」にとって、一月一日の元旦、農作の開始される春分の日、農作物の収穫の日、さらには穀霊の〝死と生〟を演ずる冬至の日などが、最も重要な日とされていた。

奈良盆地は、ヤマト政権の発祥の地であるが、その東の山の三輪山は、まさに朝日の昇る聖山であり、それに対して、西の二上山《にじょうさん》（ふたかみやま）は太陽の没する山と意識されてきた。

二上山の山頂に、大津皇子の墓が置かれ、その西山麓一帯に聖徳太子をはじめ推古朝にゆかりのあるひとびとの奥津城《おくつき》（墓所）がもうけられるのも、西山は〝死の国〟であったからだ。二上山の山麓の当麻寺《たいまでら》の中将姫の蓮糸の曼荼羅《まんだら》は、阿弥陀の西方浄土欣求《ごんぐ》をあらわしたものである。

それに対し、三輪山は、朝日の昇る山、太陽の新生の聖なる山であった。この山麓の磯城《しき》郡一帯がヤマト王権の故郷であったから、自らの領域をヤマトと称した。ヤマトは山跡《やまと》、山門《やまと》（戸）、山本《やまもと》の意で、山麓をあらわす言葉である。

だが、ヤマト王権は、狭小な盆地からさらに拡大進出し、近畿地方全体を完全に領域下に収めると、太陽の昇る聖地は、近畿地方の東海岸の伊勢に移されていき、ここにアマテラス大神《おおみかみ》を祀る伊勢神宮が置かれるようになった。

地図をひろげてご覧になると、三輪山の真東が、三重県多気郡明和《めいわ》町である。この明和町に、伊勢神宮の斎宮《いつきのみや》が置かれていることに注意さるべきであろう。

この伊勢の国は、日向《ひむか》の地である。伊勢の国の名は、「磯《いそ》」による。それゆえ、伊勢神宮に海の幸を献ずる部民は、磯部《いそべ》と呼ばれていた。

万葉集にも、

「神風の伊勢の海」（巻十三ノ三三〇一）

と歌われるように、神風の吹き寄せる国であった。

古代の日本では、あくまで、太陽の運行する東西線が基本であった。

【第27話】

女性としての太陽神
〈じょせいとしてのたいようしん〉

先に陰陽の問題を取り上げた際に、当然ながら太陽は「陽」であり、月（太陰）は陰に配されると述べておいた。だが、日本の神話では、それとは全く逆で、太陽神と考えられているアマテラス（天照）大神《おおみかみ》は女性神で、月の神のツキヨミノミコト（月読命）が男性神とされている。

世界の多くの神話をみても、太陽神は男性神とされることが圧倒的に多い。ギリシア神話の太陽神アポロンは男性の神である。それなのに何ゆえ、日本の最高神であり、太陽神の性格を持つアマテラス大神が、女神とされなければならなかったかという疑問が、当然提示されるだろう。

この問題は、いままで多くの学者の頭を悩ましてきたものだけに、もちろん、簡単に答えを出すことは難しい。

今のところ、わたくしは、日本の神話を貫く重要のテーマの一つが〝生殖〟にある点に注目している。万物を〝生み出す力〟を象徴とする女神が、日本では、少なくとも縄文時代から尊崇の対象とされてきた。

縄文時代の地母神《ちぼしん》像とされる土偶《どぐう》がそれである。土偶の多くは、お腹を大きくふくらませ、陰部を刻む妊婦像である。学者によると、その土偶のいくつかは、身体をばらばらにされて埋葬されている。それはあたかも保食神《うけもちのかみ》がばらばらにして殺され、その死体の部分ごとにいろいろな食物を生み出す神話を想起せしめるという。

弥生時代になって水田耕作が盛んになると、その地母神は、稲作を豊かに稔らせる神に変身していく。稲作にとって重要なのは、太陽と豊かな水であった。そこに太陽神と水神を崇める信仰が高まってくる。だが、縄文時代の原始的農耕の伝統が水田耕作にも継承されるように、縄文時代の地母神信仰は、弥生時代以後にも永らくその底流として残されていった。その上に、万物を育成する太陽神が重層的に尊崇されていくと、太陽神を男性神とみなすより、女神とする傾向が強まったのではないだろうか。

もちろん、多くの学者が主張されるように、日の神を祀る〝日《ひ》の巫女《みこ》〟、つまり「ヒミコ」が、祀るものから祀られるものへと上昇したことも、見落してはならないと思う。つまり、日の神に日の巫女の姿が投影されていったという点も充分に考えなければならない。

アマテラス大神は、神に捧げる神御衣《かんみそ》を織る巫女として、『古事記』に描かれている。卑弥呼《ひみこ》も、人目に触れぬ場に奥深く籠《こも》り、神託を男弟などに伝えていたとされる。そのため卑弥呼はしだいに神秘化され、神と同一視されていったようである。ちなみに、この「ヒミコ」は〝日の巫女〟の意である。神を祀り、託宣を受けるヒミコの「マツリ」（祭祀）と、その託宣を取りつぎ、多くの民衆に伝える男弟のマツリゴト（政治）が常に協力し合う男と女の共治体制が、日本の政体の基本をなしていく。

【第28話】

須佐乃男の神〈すさのおのかみ〉

日本の主神、アマテラス（天照）大神《おおみかみ》のもっぱら相手役を務めたのは、スサノオノミコトである。

スサノオノミコトは、『古事記』では「速須佐乃男命《はやすさのおのみこと》」と表記され、『日本書紀』の一書では

「神素戔鳴尊《かみすさのおのみこと》、速素戔鳴尊《はやすさのおのみこと》」

と書かれている。おそらく、すさまじき威力を発揮する荒振《あらぶ》る神であろう。イザナギ（伊邪那岐）の神が、鼻をかまれた際に生まれた神と伝えられるように、鼻息の激しさが、この神の性格にまとわりついていた。

イザナギの神より海原の統治を命ぜられたが、スサノオノミコトは、八拳鬚髯《やつかひげ》が心前《こころまえ》（鳩尾《みぞおち》）にのびるまで泣き騒ぎ、「青山《あおやま》を枯山《かれやま》如《な》す、泣《な》き枯《から》し、河海《かわうみ》は悉《ことご》とく、泣《な》き乾《ほ》」したと伝えられている。

それによって、悪神どもが跳梁し、世の中がざわめくようになった。

イザナギの神が、スサノオノミコトに対し、なぜ、命令どおりすぐに海原の国に赴かないのかと詰問すると、スサノオノミコトは

「妣《はは》の国《くに》　根《ね》の堅州《かたす》の国《くに》」

に行きたいのだと駄々をこねたという。

この「妣の国」というのは、亡くなった母、つまり「妣」のいます国、黄泉《よみ》の国を指す。『礼記』

にすでに亡くなった父を「考《こう》」とよび、亡くなった母を「妣《ひ》」というと記している。

だが、よくよく考えてみると、スサノオノミコトは、イザナミ（伊邪那美）の神より誕生した神ではない。イザナギの神が禊《みそ》ぎの後で生まれた神である。それにもかかわらず、スサノオノミコトが、ことさらに、イザナミの神を「妣」と呼ぶのは、明らかに父神イザナギの神へのあてつけであろう。

それはともかく、スサノオノミコトは、「根の堅州の国」の支配者となる道を選んだ。この「根の堅州の国」は、学者によっていろいろと解釈されているが、わたくしは、文字どおり、木の根がしっかりと大地に張る地下を意味すると考えている。

実は、古代のひとびとにとって、大地は植物をはじめあらゆる生命を再生させるところであった。だから、死者も大地に返すのである。死者を生命の母胎である大地に葬ることは、死者の再生を願う気持ちからであったといってよい。

スサノオノミコトも、かかる大地の矛盾した両義性をもつ神であった。つまり、草木を枯らす荒振る神であるとともに、草木を育成する神でもあったと描かれている。

『日本書紀』に、スサノオノミコトは、自らの鬚髯《ひげ》を抜いて杉となし、胸毛を檜《ひのき》、尻の毛を柀《まさき》、眉毛を櫲樟《くすのき》と化し「杉や櫲樟で浮宝《うきたから》（舟）を造り、檜で瑞宮《みずのみや》の材とし、柀を棺材とせよ」とひとびとに教えたという。また、御子神の五十猛命《いそたけるのみこと》に命じて、紀伊の国に盛んに植林させている。そのため、その国を「木《き》の国《くに》」（紀伊）と呼ぶのである。

【第29話】

荒振る神〈あらぶるかみ〉

だがスサノオノミコト（須佐乃男命）は、本義的にはやはり荒振《あらぶ》る神であった。

後世でも荒振る神は、多くはスサノオノミコトに付会されていく。たとえば、『釈日本紀《しゃくにほんぎ》』巻七に引く『備後国風土記』逸文の武塔神《ぶとうしん》は、その一例であろう。

武塔の神が、南海の女性に求婚されるために、備後《びんご》の国を旅された。だが日が暮れ、一夜の宿を求めた。そのとき蘇民将来《そみんしょうらい》は、家が貧しかったが、喜んで武塔の神を迎え供応した。それに対し、弟の巨旦《こたん》将来は、立派な家屋や多くの倉を備えながら、武塔の神に一夜の宿りも、にべなく断ってしまった。

武塔の神は帰り路に、兄の蘇民将来の家族に茅《ち》の輪《わ》を腰につけるように教えた。そして、武塔の神を冷遇した者どもを、すべて疫気《えやみ》で殺してしまったと伝えている。それより村々のひとは疫癘《えきえい》を防ぐには、必ず蘇民将来の子孫を名のり、茅の輪を腰につるしたという。

その疫気を起こす武塔の神は、自ら「速須佐乃雄《はやすさのお》の神」と称したと伝えている。一説には、武塔の神は、仏典にある「武答天神王《むとうてんじんおう》」ともいわれるが、荒振る神そのものである。

この話は、京都の八坂《やさか》神社、つまり祇園社の牛頭天王《ごずてんのう》が、須佐乃男命に習合させられるのに、きわめて類似する。

この茅の輪の神事は、現在でも、祇園社において行われている。茅《ちがや》で輪を作り、そこをくぐりぬける神事を、いろいろな神社でご覧になられたと思うが、これも一種の〝潜《くぐ》り〟の神事である。特に、茅で輪が作られるのは、「チガヤ」の「チ」が、「霊《ち》」に通ずるからであると思う。つまり、〝霊の輪《ちわ》〟であるから、悪気を祓うことができるのだ。

西国の土地を旅行すると、今でも民家の玄関に、「蘇民将来」と書かれたお札が飾られているのを目にするし、各地の神社で小正月に、疫病の御守として「蘇民将来之宿」と書いた札をひとびとに授けている。特に、京都の八坂神社の末社である蘇民社や、石清水八幡宮《いわしみずはちまんぐう》の疫神堂《えきしんどう》は有名である。また、小さな茅の輪が、「厄難解除《やくなんかいじょ》」のお守りとして神社から出されている。

このように、古代から伝わる厄祓いの呪法が、現在まで依然として行われている。これを単に迷信とか陋習《ろうしゅう》といってしりぞけることは簡単であるが、それが現在まで根強く継承されてきた理由はどこにあったのかと、じっくり考えてみる必要があるだろう。

旅人をもてなすことは、外つ国《とつくに》、つまり常世《とこよ》の神（マレビト）を迎え入れることであった。このような日本人の心の深層に、もう一度、探りを入れてみることが大切なのではあるまいか。

言葉をかえていうならば、『古事記』を中心とした神話の世界は、決して、現代のわたくしたちと、隔絶した迂遠のものではないということである。

【第30話】

試練の神〈しれんのかみ〉

かくして、根《ね》の堅州《かたす》の国の主となったスサノオノミコト（須佐乃男命）は、いかなる神として活躍したのであろうか。

『古事記』によれば、オオナムチ（大穴牟遅）の神が、兄の八十神《やそがみ》たちの迫害を受け、生死の線をさまよっていたとき、御祖《みおや》の神は、木《き》の国（紀伊国）のオオヤビコ（大屋毗古）の神のもとにオオナムチの神を避難させた。だが、オオヤビコの神は不安をおぼえたのか、オオナムチの神に根の堅州の国の主である自分の父神、スサノオノミコトのところに行くようにすすめた。

オオナムチの神は、スサノオノミコトのもとに身を寄せたが、スサノオノミコトは、オオナムチの神に、次々と過酷な試練を課していく。しかし、オオナムチの神に一目惚れをしたスサノオノミコトの娘、スゼリヒメ（須勢理比売）は、父神の目をぬすんでオオナムチの神を必死になって助けたという。

このスゼリヒメの名は、『古事記』にも登場するホスセリノミコト（火須勢理命）の「セリ」と同じく、ものごとが素早く進行する意味である。つまり、一目で惚れ、相手を好きになると、こちらから夢中になって行動する性格を端的に示した名前である。その名のとおり、オオナムチの神が、ひとたび難局に面すると、スゼリヒメは父神にさからっても、オオナムチの神を懸命になって助けている。このようにして、試練からあやうく脱出したオオナムチの神は、スゼリヒメをぬすみ出し、スサノオノミコトがもつ生大刀《いくたち》と生弓矢《いくゆみや》、および天《あま》の詔琴《のりごと》を盗み、黄泉《よみ》の国から逃れ出る。それを知ってあとから追いかけて来たスサノオノミコトは、黄泉の比良坂《ひらさか》で、オオナムチの神に、生大刀と生弓矢をもって、オオナムチを苛め抜いた兄神の八十神たちを徹底的に滅し、自らオオクニヌシ（大国主）と名のれと命じたという。

この話からすれば、スサノオノミコトは、死の国の試練を課す神である。

このように冥府のような暗い部屋に若者を閉じこめて行う試練は、文化人類学者が説くように、成人となるための一種の通過儀礼とみてよい。

『古事記』では、黄泉の国（根の堅州の国）が試練の舞台として設定されているが、成人式は、いわば死からの再生の秘儀だったからである。

この試練を課す者は、自らがかつてその試練に耐えてきた者でなければならなかった。

スサノオノミコトも、高天《たかま》の原《はら》から追放され、あらゆる苦難を克服した神であった。つまり、〝神《かむ》逐《やら》い〟を受けた神である。

試練を受ける若者も、いわば仲間から神逐いされ、ただ一人でのぞまなければならないのである。

しかし、試練の物語には必ず試練を助ける女性が現れる。ダンテが『神曲』でベアトリーチェによって救済されるように、オオナムチの神もスゼリヒメがその役を引き受けている。

【第31話】

宇気比〈うけい〉

スサノオノミコト（須佐之男命）は、父神イザナギ（伊邪那岐）の神の命にあくまで逆らい、妣《はは》の国の根《ね》の堅州《かたす》の国に赴かれるが、その前に、姉神のいます高天《たかま》の原《はら》にお別れの挨拶をされるために赴いた。

だが、荒振《あらぶ》る神にふさわしく、山川がことごとく動《どよ》み、国土が地震のごとく大いにゆれた。アマテラス（天照）大神《おおみかみ》は、それをご覧になって、てっきり弟神が高天の原を奪わんとしてやって来たと思われた。そこで、ただちに髪を美豆良《みずら》に分け、左右の手には、美須麻流《みすまる》（玉類）を巻き、背中には、千本入りの靫《ゆき》を負い、弓をかまえて、スサノオノミコトを迎えた。

この靫は、弓矢をさして、背や腰につける弓矢の入れものである。後世には、胡簶《ころく》（やなぐい）に変えられていくが、五世紀代頃までは、もっぱらこの靫に弓矢を入れて戦った。

特に、大伴氏の一族は、靫を背負った靫負《ゆげい》の軍隊を率いて戦闘に参加し、はなばなしい功績をあげている。

しかし、スサノオノミコトは、高天の原の国を姉神のアマテラス大神より奪う意志の全くないことを告げた。そこで、それが事実であるかどうかを明らかにするため、天《あめ》の安河《やすかわ》をはさんで、「宇気比《うけい》」を行うことになった。

「宇気比」は、一般に誓約と解されているが、お互いに誓約を交すというより、神に対して誓約するものと考えるべきものと思っている。自分の行為の正当性を明証するため、神に誓って正否を占うことだ。〝正〟ならばA、〝否〟ならば非Aとあらかじめ決めて占ったようである。

アマテラス大神は、まず、スサノオノミコトの十拳《とつか》の剣をもらい受け、三段に打ち折り、玉をゆらゆら振りはらい、天《あめ》の真名井《まない》に振りすすぎ、剣を噛みくだくと、宗像《むなかた》の三女神が出現されたという。

次に、スサノオノミコトが、アマテラス大神の左の美豆良に巻いた美須麻流《みすまる》の珠を乞い受け、天の真名井ですすぎ、これを口に入れ吹きつけられると、アメノオシホミミノミコト（天之忍穂耳命）をはじめ五人の男神が生まれた。

その結果、スサノオノミコトは、早速「宇気比」の勝利を宣言されたという。自分の所持したものから、女神（宗像三女神）が生まれたから、自分には決して高天の原を収奪せんとする荒々しい野望がないことが、明らかに証明されたと主張されたのである。

アマテラス大神は、自らの美豆良の玉から男神たちが生じた結果、負者とされたわけである。

この場合、男は荒々しきもの、女はやさしきものと考えられたことになる。おそらく「宇気比」には、必ず、はじめる前にどういう結果が現れたら「正」であると決め、神の前でお互いに誓約したのであろう。また、清なる川や泉をはさんで宇気比が行われるのは、宇気比には、〝浄め〟が不可欠であったからである。

【第32話】

乱行とタブー〈らんこうとタブー〉

「宇気比《うけい》」は、神に誓って行われるため、どのような結果となってもそれに従わなければならないと考えられていた。アマテラス（天照）大神《おおみかみ》も、〝宇気比〟に勝利したスサノオノミコト（須佐之男命）のすべての行動や要求を容認されなければならぬ立場に追いやられることになる。

勝ち誇ったスサノオノミコトは、この宇気比を契機に、わがもの顔に勝手な行動をとり、次々と乱行を重ねられていく。

その手始めは、アマテラス大神の営田《つくりだ》の「畔離《あは》ち」であった。畔離ちは、畔《あぜ》をこわし、田作りを妨害することである。村落共同体において、他人の畔を勝手にこわすことは、最大の悪行とされていた。次いで、「溝埋《みぞう》め」を行ったという。溝を埋められれば田に水を引くことができなくなるので、畔離ちと並んで、許すべからざる大罪であった。

「六月《みなづき》の晦《つごもり》の大祓《おおはらえ》」という祝詞《のりと》にも、「天《あま》つ罪《つみ》」として「畔放《あはな》ち、溝埋《みぞう》み、樋放《ひはな》ち、頻蒔《しきま》き、串刺《くしさ》し、生《い》け剥《は》ぎ、逆剥《さかは》ぎ、屎戸《くそへ》、許多《ここだく》」などを列挙している。

「樋放ち」は、水田に水を引く樋をとりこわしのぞくことである。「頻蒔き」は、『古語拾遺』に「重播《しきま》き」と書かれているが、播《ま》かれた種の上に、さらに種を播く行為で先に種を播いたひとの耕作を妨害することであろう。

「串刺し」は、他人の田畑に、自分の串を刺し、勝手にその土地の占有権を誇示することである。つまり、勝手に榜示《ぼうじ》（牓示）し、自分のものであることを示すことだ。

「生き剥ぎ」、「逆剥ぎ」は、いかなる行為を指すか必ずしも明らかでないが、スサノオノミコトが「天の斑馬《ふちごま》を逆剥《さかは》ぎ」して、アマテラス大神の忌服屋《いみはたや》を穢《けが》されたと記されているから、おそらく、なまなましい生血のついた動物の毛皮を投げこみ、聖なるものを穢す行為ではあるまいか。動物の生血の穢れであろう。

日本の古代では、血を出すことは、〝気枯《けか》れ〟であった。

穢れの忌みが、厳格に行われたという伊勢の斎宮《いつきのみや》においては、「血」は「阿世《あせ》」と呼び変えられている。

ちなみに、『延喜式』巻五斎宮によると、斎宮で用いられた「忌詞《いみことば》」は次のようなものであった。「仏《ほとけ》を中子《なかご》、お経《きよう》を染紙《そめがみ》、塔《とう》を阿良良岐《あららぎ》、寺《てら》は瓦葺《かわらぶき》、僧《そう》は髪長《かみなが》、尼《あま》は女髪長《をんなかみなが》、斎《とき》を片膳《かたしき》」また、死は「奈保留《なほる》」、病は「夜須美《やすみ》」と称したといわれている。

日本人のいわゆる〝縁起かつぎ〟の伝統は、このように早くからみられている。

このように、あらゆるタブーをおかして、スサノオノミコトの乱行は続けられたのである。

【第33話】

巫女と神〈みことかみ〉

スサノオノミコト（須佐之男命）の最大の乱行は、大嘗《おおにえ》（新嘗《にいなめ》）の祭りに特別に建てられた御殿の屋根をこわし、屎《くそ》をまきちらしたことである。

これも、先の祝詞《のりと》にみえる天《あま》つ罪《つみ》の一つ、「屎戸《くそへ》」の罪を犯したことになる。

大嘗または新嘗と呼ばれる祭りは、いうまでもなく、稲作の農業を行う社会においては、最高の祭りと位置づけられていた。新嘗の祭りは旧暦十一月に、神田から収穫された新穀を、米倉にうずたかく積み、これを依代《よりしろ》として新しい穀霊を降臨させる。そしてこの新しい穀霊神を迎え、これを祀るひとびとがともに共食する祭りである。

当然ながら、新しい穀霊神のやどられる御殿は、清浄でなければならなかった。その大嘗（新嘗）の神殿を屎で穢《けが》すことは、許され難い大罪であった。

それにもかかわらず、大嘗の主催者であるアマテラス（天照）大神《おおみかみ》は忍従され、スサノオノミコトが屎をまき散らされるのは、酒を飲み過ぎたことによってなされたもので、決して悪意からでないと、かえって弁解につとめられた。ついでにまたスサノオノミコトが畔をこわされたのも、姉神の田地を少しでも拡大しようとした善意による行為だと、かばわれるのである。

これは、アメテラス大神が、宇気比《うけい》に負け、スサノオノミコトに忍従しなければならない結果であるが、それにしても最高神がかかるやさしさを示されるのは、各国の神話のなかできわめて異例であるだろう。世界中の神話においては、最高神は、敵対者を完膚なきまで打ち殺しているのが通例である。それにくらべて、アマテラス大神は大変、柔和で恵み深い神として描かれているのは日本的だといってよいだろう。

だが、最後に、アマテラス大神が忌服屋《いみはたや》に籠《こも》られ、神御衣《かんみそ》と呼ばれる神に捧げる衣服を織られたときに、スサノオノミコトが、生馬《いきうま》を逆剥《さかは》ぎされて投げこまれたときだけは別であった。その乱行に驚いた天の服織女《はとりめ》が、陰上《ほと》（女陰）を梭《ひ》で衝《つ》きさして死ぬと、アマテラス大神は耐えかねて、ついに天《あま》の岩戸《いわと》に籠られたという。

ここで注意したい点は、アマテラス大神が忌服屋に籠り、神御衣を織られたと記されていることであるが、これは明らかに、アマテラス大神が「日《ひ》の巫女《みこ》」であったことを物語るからであろう。なぜなら、『延喜式』巻四伊勢太神宮の神衣《かんみそ》の条には、四月と九月の二回、服部《はとりべ》氏と麻績《おみ》氏に率いられる服織女が、神御衣を織り上げると記している。

とすれば、アマテラス大神は、神御衣を織る織女を率いる巫女の長として描かれているわけである。このように、祀る巫女が祀られる神と、常にオーバーラップして語られるところに、日本神話の独自性は存在する。その意味からいえば、日本の神々は神であり、人間であった。また優れた人間は常に神に祀られていくのである。

【第34話】

棚機乙女〈たなばたおとめ〉

アマテラス（天照）大神《おおみかみ》が、神御衣《かんみそ》を織る織女《しょくじょ》たちと関係が深いと述べたが、実は、神話に登場する女神たちも、織女的性格を有していたようである。

『日本書紀』第九段第六の一書では、天孫ニニギノミコト（瓊瓊杵尊）の妻に召されたコノハナノサクヤヒメ（木花開耶姫）は、「八尋殿《やしろとの》を起《た》てて、手玉《てだま》も珍瓏《もゆら》に織経《はたお》る少女《おとめ》」と表現されている。

古代では、どのような村落においても、清らかな河のほとりに忌小屋《いみごや》を建て、神妻に選ばれた巫女《みこ》が一人で籠《こも》り、機織《はたお》りして、神御衣を織り上げていた。

このような棚機《たなばた》の祭りが日本の各地で行われていたから、中国の星祭りである織女星の信仰が伝えられると、いつの間には、話は付会されていった。神御衣を棚機で織り神に捧げる巫女が、中国の織女に見立てられていく。そのため、七月七日の星祭りの節句「七夕」を、日本では「タナバタ」と称した。

中国では、「七夕」を「乞巧奠《きこうでん》」と呼ぶのは、特に女性の手芸が巧みになることを乞う祭りであるからだ。日本でも、盥《たらい》に清らかな水を入れて月影を浮かべ、その水をとり、墨をすって文字を書く。そして、習字や文章の上達を願った。あるいは、五色の布を並べ、織物が巧みになることを祈願するのは、この乞巧奠の風習を受け継いだものである。

日本でも旧暦七月を「フミヅキ」と訓《よ》むのは、おそらく、五色の短冊に乞巧の願いの文を書いて捧げたことにもとづくものであろうが、天の河をはさんで互いに恋文を交す織女星と牽牛星のイメージがこれに加わったことが、ことさら日本人に愛好された素因ではないかと考えている。

日本でも、天上界にかかる棚機姫《たなばたひめ》がいたと考えられていた。アジスキタカヒコネ（阿遅須岐高日子根）の神の妹、タカヒメ（高比売）が

「天《あま》なるや　弟棚機《おとたなばた》の　項《うな》がせる　玉《たま》の御統《みすまる》」

と歌っているからである。

この「弟」は、年齢が、兄姉にくらべて劣る意で、「若い」ことをあらわす言葉である。山城の国の乙訓《おとくに》郡は、古くは「弟国《おとくに》」と書かれているが、それは領域が「小さな国」の意である。神話や伝説などによく登場する弟姫様《おとひめさま》は、高貴な身分のうら若き処女を指す。

「項《うな》がせる」は、項《うなじ》に一連の玉をかけることだ。多くの玉を身につけることは、数多くの魂《たま》の威力を付着させることである。それゆえ、古代の聖職者は、頸だけでなく、手頸、足頸にいたるまで玉類を巻いていた。

しかしそれは、現代のネックレスやブレスレットの類《たぐい》の装飾品ではなく、あくまで宗教的な呪具であった。というより、宗教的な呪具が、しだいに信仰が薄れるにつれ、装飾品化したと考えるべきかもしれない。

【第35話】

神集い〈かみつどい〉

アマテラス（天照）大神《おおみかみ》が天《あま》の岩戸《いわと》に籠《こも》られたので、急にこの世は真暗闇となってしまった。

これを知った悪神たちは、一斉に騒ぎ出し、その声は、「狭蠅《さばへ》なす」有様であったという。わたくしは、この「サバヘナス」という、古代のひとの実感のこもった表現にいつも感心している。

それは、陰暦五月《さつき》の田植の頃に、急に発生して、ブンブンと音をたて、顔などにたかり農民を悩ませた蠅《はえ》の大群が目に浮かぶからだ。

『万葉集』では、「五月縄《さばへ》なす」は、統制もなく、わめき騒ぐの意とされていく。

「頼《たの》めいし　皇子《みこ》（安積親王）の御門《みかど》の　五月縄《さばへ》なす　騒ぐ舎人《とねり》は」（『万葉集』巻三ノ四七八）

と歌われ、主人とつかえていた安積親王の薨《こう》したのを知って騒ぐ舎人の姿を描いている。

同じく、『万葉集』の山上憶良《やまのうえのおくら》の「沈痾自哀《ちんあじあい》の文《ふみ》」の一節にも、

「さばへなす　騒ぐ子どもを　打棄てては　死ななと思へど」（『万葉集』巻五ノ八九七）

と歌って、騒ぐにかかる枕詞のように用いている。この歌は、病床に伏した憶良が、頑是《がんぜ》ない子供を残しては死んでも死に切れない気持ちを詠じたものである。

それにしても古代のひとは、身近な体験を端的に言葉であらわし、巧みにそれを比喩表現としている。

アマテラス大神が神籠《かみごも》ると万《よろず》の妖《わざわい》がことごとく発ったという。八百万神《やおよろずのかみ》は、ただちに天《あめ》の安《やす》の河原に集い、会議を開くこととなった。このように、ことあるごとに、すべての共同体員が呼び集められ論議する社会は、いまだ独裁的な統一政権が形成される以前であることを示している。

また、彼らが参集する場所は、当然ながら、大勢のひとが会合するのに適した広場である。後世でいえば、京都の四条の河原のようなところがよい。

『日本書紀』の一書では、「天《あめ》の高市《たけち》」に、八百万神が集められたと記している。高市とは小高い丘で、ひとびとが物々交換を行うところである。そのような市《いち》は、村落の交通の便利な地が選ばれた。

その一つが、道の巷《ちまた》である。「チマタ」は、道の又《また》状のところで、道の交差するところを指している。

たとえば、ヤマト王権の発祥地でいえば、大和の三輪山の山麓の海石榴市《つばいち》である。大和の東の山麓沿いに南北にはしる山《やま》の辺《べ》の道と、長谷《はせ》（泊瀬）路などが交わるところである。

ここは、『万葉集』にも

「海石榴市《つばいち》の　八十《やそ》の衢《ちまた》に」（『万葉集』巻十二ノ二九五一）

と歌われている。

また市は、一説に「厳《いつ》」の地で、神の支配下にある聖なる場所と解されている。ひとびとが、神の監視のもとで公平に取り引きをするところという。とすれば会議が公平に行われることが期待され、共同体員にとって、最も好ましい場所であった。

【第36話】

市と神木〈いちとしんぼく〉

神々の会合の場所が「高市《たけち》」とされているが、おそらく神話の世界には、ヤマト王権の故郷である大和の国が常に投影されていたようである。

この高市も、大和国高市《たけち》郡高市里《たけちのさと》（『類聚三代格《るいじゆうさんだいきやく》』神護景雲元年十二月官符）がイメージされた。この「高市」は「倭《やまと》の　この高市に　小高《こだか》る　市の高処《つかさ》」（「雄略記」）と歌われるように、小高い広場の市であった。

高市郡には、式内社《しきないしゃ》の天の高市神社が祀られて、明らかに神話との結びつきを示している。この天の高市神社は、現在の奈良県橿原《かしはら》市曽我《そが》町宮の森付近にあった旧社である。今日でも、「竹市《たけいち》」の地名が残されている。

大化前代の「市《いち》」は、『記紀』（『古事記』『日本書紀』の略）にいくつかみえるが、それらは、交通の要衝であり、広い場所が獲得できる河原に置かれていた。

「雄略紀」に登場する「餌香《えが》の市」は、河内《かわち》国志紀《しき》郡長野《ながの》郷（大阪府藤井寺市国府町）にあった。この餌香の市は、餌香川《えががわ》（石川の下流）の流域にあり、後には国府が置かれるように、河内国の中心地であった。

また、河内国渋川《しぶかわ》郡の「阿斗《あと》の桑市《くわいち》」（「敏達紀」十二年是歳条）は、現在の大阪府八尾《やお》市跡部《あとべ》付近にあったが、この地域は、旧大和川に沿い、かつては物部氏の別業《べつぎょう》（別邸）や、外交交渉に用いられる館もうけられたところである。

ところで、これらの古代の市には、聖木がその中心に植えられていた。「桑市《くわいち》」には、「桑《くわ》」が、海石榴市《つばいち》には「椿《つばき》」が、それらの市の中心に植えられ目標《めじるし》とされている。桑の「クワ」とは「霊妙」、つまり奇《くわ》しき木であった。蚕《かいこ》がこの桑の葉を食べ、脱皮をくり返して繭《まゆ》を作り、霊妙な絹糸を産するから、「クワ」と名づけられたのであろう。中国でも、桑は聖木で、『山《せん》海経《がいきょう》』に、東海の日出るところにある神林を、扶桑《ふそう》の木と称している。ちなみに、日本を「扶桑の国」と呼ぶのも、中国からみて東海にある島国だったからである。扶桑は仏桑花《ぶっそうげ》を指すが、その葉は桑に類すという。

また、海石榴《つばき》は「椿」の字をあてるが、文字どおり、春の木で春の神が出現するときの採物《とりもの》の植物である。実は木偏に、春、夏、秋、冬をつけた椿、榎《えのき》、楸《ひさぎ》、柊《ひいらぎ》は、すべてそれぞれの季節の神木とされている。

椿は、八百比丘尼《はっぴゃくびくに》が白玉椿を奉じて各地に植えて歩いたという伝承に象徴されるように、聖木であった。椿は、冬の霜や雪にも耐え、春先に花をつける木であったから、春の再来を占う木と考えられていた。日本の朝廷では、正月に卯杖《うじょう》と呼ばれる木が献ぜられるが、これには必ず、この椿が用いられている。卯杖の卯《う》は、十二支で東の方《かた》、つまり春にあてられているからである。

【第37話】

鳥の空音〈とりのそらね〉

八百万神《やおよろずのかみ》が、天《あめ》の安《やす》の河原に集まって相談がなされたが、第一番に、タカミムスビ（高御産巣日）の神の御子であるオモイカネ（思金）の神が、早速、次のように提案されたという。

まず、このような真夜中のような状態を脱するためには、常世《とこよ》の長鳴鳥《ながなきどり》を集めて、鳴かせなければならぬというのである。長鳴鳥は、長くときを告げる鶏《にわとり》のことである。たとえ、真夜中でも、ひとたび鶏声を聞けば必ず夜明けが到来するという、いわゆる「類似の呪術」が行われた。擬似的な行動を起こせば希望する状態が出現するという呪法である。

「夜《よ》をこめて　鳥《とり》のそらねは　はかるとも　よに逢坂《おうさか》の関《せき》は　ゆるさじ」

という「百人一首」の清少納言の歌を、わたくしは想起するが、これはいうまでもなく孟嘗君《もうしょうくん》が、函《かん》谷関《こくかん》の関守を鶏声の上手な従者にだまさせ、窮地を脱したという『史記』の故事にちなむ歌である。

この清少納言の歌は夜の語らいで、口実をもうけて退席するひとに、上手にいいつくろっても、逢坂の関守は許しませんといっている歌である。いうまでもなく、逢坂の関は京都から滋賀の大津に抜けるところにもうけられた重要な政府の関所である。

『古事記』でも、鶏声の呪術で、夜明けを出現させようとしたことは、その意味からも面白い。

また日本では古来から、夜明けとともに、すべての魑魅魍魎《ちみもうりょう》も退散すると考えられていた。それは、瘤取《こぶと》り爺《じじい》の鬼の話からもおわかりいただけるだろう。

オモイカネの神は、次に、天の安の河原の堅石《かたしわ》を集めさせ、これを鉄《まがね》を鍊える台とし、天《あま》の金山《かなやま》から鉄を採らしめしている。その鉄を、鍛冶《かぬち》の天津麻羅《あまつまら》に鍛えさせた。

それを、さらに、イシコリドメノミコト（伊斯許理度売命）に命じて、鏡を作らせたと伝えている。

このように古代の製鉄の話が伝えられているが、一般に製鉄が普及するのは五世紀から六世紀にかけてであるといわれている。とすれば、この神話はそれ以後のものと考えなければなるまい。

四、五世紀の頃までは、朝鮮半島南部の新羅や百済の国々から、鉄鋌《てってい》と呼ばれる鉄の板を輸入し、それを原料として、鉄製品を製造していたという。また、朝鮮半島から、鍛冶と呼ばれる技術者を招き入れ、その指導のもとで錬鉄が行われるようになっていく。

日本では、鉄の原料は山より掘り出す方法も行われたが、川砂の中に含まれる砂鉄を採取するほうが比較的容易であったから、この方法が主流となっていったようである。砂鉄を踏鞴《たたら》で火力を上げて溶かし、砂と鉄を分離させる方法である。

この鍛冶集団が奉ずる神は、「天目一神《あまのまひとつのかみ》」（『播磨国風土記』託賀郡荒田条）とされるが、この一目は、踏鞴の火加減を片目でのぞく姿に由来するといわれている。

【第38話】

鏡・神の依代〈かがみ・かみのよりしろ〉

鍛冶《かじ》の神は、『風土記』では天目一神《あまのまひとつのかみ》といっているが、『古事記』では「天津麻羅神《あまつまらのかみ》」と称している。

「麻羅《まら》」（閛）は、陰茎である。『日本霊異記』の中巻第十一の説話に、紀伊国の文《ふみ》の忌寸《いみき》は、妻が十一面観音の悔過《けか》に加わったのを罵《ののし》った報いとして、

「にわかに閛《まら》に蟻著《ありつ》きかみ、痛《いた》み死にき」

と伝えている。この陰茎が、砂鉄を溶解させるため火力をあげる筒状の羽口《はぐち》に似ているので、神名とされたのであろう。わたくしは、古代のひとびとが類似性に着目するセンスに驚かされるが、どれもこれも、身近なものを用いて端的に表現している。

さて、その次にイシコリドメノミコト（伊斯許理度売命）に鏡を作らせたと記されているが、『日本書紀』ではこの女神を「石凝姥《いしこりどめ》」と表記している。

おそらく、石に鏡の鋳型を刻み、そこに溶かした銅を流しいれ、それを凝《かた》めて鏡を作る工程から名づけられたものであろう。いうまでもなく、「トメ」に「姥」の字があてられるように、イシコリドメは鏡の製造に習熟した老女の意である。この神が、鏡作部《かがみつくりべ》の遠祖である（『日本書紀』第九段の一書）。

大和国城下郡《しきのしも》の鏡作郷（奈良県磯城郡《しき》田原本町）が、その本拠地だ。この地には、式内社《しきないしゃ》の鏡作坐天照御魂神社《かがみつくりにいますあまてらすみたま》や鏡作伊太《いた》神社、および鏡作麻気《まけ》神社などが祀られている。

鏡作坐天照御魂神社の神名が示すように、鏡は太陽の光を受けて反射するから、鏡に太陽神がやどるものと考えられていた。さらに、鏡は人の姿を鏡中に映し出すから、神もこの鏡にやどると考えられるようになっていった。つまり、鏡は最も優れた神の依代《よりしろ》であった。

それゆえ、卑弥呼《ひみこ》が中国の魏の国に銅鏡百枚という多量の鏡を請求したのも、それは、決して化粧用の鏡ではなく、あくまで祭祀のための鏡であった。卑弥呼の鏡の多くは、いわゆる三角縁神獣鏡《さんかくぶちしんじゅうきょう》の類《たぐい》であろう。現代でも神社にお参りすると、社殿の中央に必ず鏡が安置されている。その鏡こそ神の依代である。

ちなみに、社殿は神のお住いではない。神はいつもは天上界にいられるから、祈願するごとに、降臨を願わなくてはならない。降臨の願いを告げるものが、一つは「鈴」であり、もう一つは「拍手《かしわで》」である。だから神社では必ず、鈴を鳴らし、拍手を打たなければならないのだ。神社の巫女が、祭りに際し鈴を鳴らしながら舞うのは、神の降臨を願う姿である。

それはともかく、考古学の遺物の中に、数多くの中国鏡や、仿製鏡《ぼうせいきょう》が含まれているのをみると、古代のひとびとが、鏡をいかに大切に斎《いつ》いてきたかということが、よくわかるのである。鏡が割れることを忌むのも、神がその依代から離れていくと考えたからである。

【第39話】

曲玉

〈まがたま〉

オモイカネ（思金）の神は、ついで、タマノオヤノミコト（玉祖命）に命じて、「八尺《やさか》の勾璁《まがたま》の五百津《いほつ》の御須麻流《みすまる》の珠《たま》」を作らせている。

この勾璁は、勾玉《まがたま》（曲玉）である。「五百津」は「五百の」の意であるが、数の多さを示す言葉だ。「ミマスル」（御統）とは、多くの玉を一本の糸に貫き、環《わ》にしたものをいう。つまり、「ミ」は敬語の「御《み》」であり、「スマル」は、貫くという古語と解されている。

つまり、勾玉を中心にして、いろいろな丸玉《まるたま》、管玉《くだたま》を連ねた頸輪《くびわ》である。玉は「魂」の象徴であるから、数多くの威力を身につけることになる。

このうち勾玉は、日本ではじめて作られた特殊の玉ともいわれるが、一説には、この勾玉は、胎児の姿をかたどるものといわれる。あるいは、動物の剣歯を模すとも考えられている。

かりに胎児説に立てば、新しい生命が母胎にやどる姿をうつしたもので、生命の誕生を願い、新鮮な生命力を身につけることになる。一方、動物の剣歯と考えるならば、敵対するものを噛みくだき、威《おど》す力を身につけることになろう。その威力で、邪霊や魔力を遠ざけることを願ったものだ。民族によっては髑髏《どくろ》（しゃれこうべ）などを胸元に飾るのも、一面では多くの敵を打ち取ったことを誇示するとともに、その恐ろしい形相で悪魔を追い払うという呪力を示すものであろう。

日本では、古代から、特に翡翠《ひすい》の勾玉が愛好されてきた。翡翠は、越後国の姫川《ひめかわ》などきわめて限られた地域で産出されるから、もともと大変稀有な宝石であった。それに加えて、その石の澄んだ緑色がとりわけ好まれてきた。

日本でも中国でも、緑の色は生命の誕生を象徴する色である。たとえば新生児を緑児《みどりご》と呼んでいるのは、そのためである。ちなみに、古くから日本では、「緑」は青に含まれている。つい最近まで、交通信号でも緑色を青信号と呼んでいたことは、よくご存知であろう。中国の五行《ごぎょう》説では、東を青（緑）や春に配している。「青春」の言葉の由来はここにある。青（緑）は、青葉、若葉の言葉どおり、生命の新しさを象徴している。緑の玉は、〝若々しい生命の魂〟そのものであった。

ちなみに、赤色の玉は、生命力の盛んなさまをあらわすものであった。五行説では、南の方《かた》に夏や朱《あか》が配されていた。「朱夏」の季節名はこれにもとづいている。生命の旺盛さを示す色といってよい。赤は文字どおり「明《あか》るい」色である。

ついでにいえば、白玉は、長寿と清浄の象徴の玉である。白は、白髪にいたるまで長生きを願う象徴の色である。また、白は清浄な色とみなされてきた。さらに、「白」は新しく生まれるものの象徴である。たとえば結婚式に白無垢の着物をつけるのは、婚家の人として新しく生まれ変わることを示すのである。現在では、いかようにも染めてほしいという嫁の気持ちをあらわすと考えられているが、白は新生が本義であった。

【第40話】

榊〈さかき〉（一）

古代では神を祀るとき、榊《さかき》に鏡や玉などを飾って神前に置いた。

だが、服従を誓う際にも、このような榊は用いられている。「景行紀」には、景行天皇が諸国を巡行したとき、周芳《すおう》（周防）の国で、神夏磯媛《かむなつそひめ》という魁帥《ひとごのかみ》は、磯津山《しつやま》の賢木《さかき》を抜《こじ》とり、上枝《かみつえ》に八握剣《やつかのつるぎ》、中枝《なかつえ》に八咫鏡《やたのかがみ》、下枝《しもつえ》に八尺瓊《やさかに》の勾玉《まがたま》をとりつけて、降伏してきたと記している。

「仲哀紀」でも、筑紫《つくし》の岡県主《おかあがたぬし》の祖、熊鰐《わに》は、五百枝《いほえ》の賢木の、上枝に白銅鏡《ますみのかがみ》、中枝に十握剣《とつかのつるぎ》、下枝に八尺瓊の玉をつけ、服属を誓っている。

これらの行為は、祭祀権を相手に委ねることによって、服属の意を示すものだ。鏡と剣と玉がセットとなって祭祀権の象徴であったことは、現在でも、皇位継承の際に、いわゆる〝三種の神器《じんぎ》〟が伝えられることからも知られよう。

簡単にいうならば、鏡は神の依代《よりしろ》であり、剣は武力、玉は魂《たま》の霊力を示すものである。

また、これらを自ら祀る神の前に捧げることは、祀るひとたちが、その神に完全に従うことを誓い、神の命に従うことを示す行為であった。

これらの三種の神聖なシンボルを取りつけ飾る賢木は、現在では、もっぱら「榊」という文字が用いられている。「榊」は木偏に神という字を付した和製の文字である。このように、古くから二字の漢字を一つにまとめることは少なくない。たとえば「采女《うねめ》」は「婇」と書かれている。逆に梅は「木《もく》母《ぼ》」と二字に表記している。謡曲の「隅田川」で有名な梅若を祀る寺は、「木母寺」と号していることはご存知であろう。

それはともかくとして、榊は「サカキ」と訓《よ》むが、栄木《さかき》の意である。冬でも緑の葉を保つ常磐木《ときわぎ》で、一年中、葉を凋落させず栄えている木を指す。だから、必ずしも「おさかき」は、現代でいう榊に限られなかった。

奈良の春日大社の「おさかき」は、椰《なぎ》（竹柏）が用いられている。「なぎ」は「凪《な》ぐ」に通じ、世の中が平静となり、鎮まることを示すものであろう。おさかきに麻などの幣《みてぐら》をとりつけてお祓いをするのは、この御神木の威力で、身についた悪霊や病の神をはらい捨てることだ。

注意さるべきは、これらの榊は、必ず、聖なる山から、木を根ごと掘り出されねばならなかったことだ。『古事記』の天の岩戸の前に置かれた榊は、天《あま》の香山《かぐやま》の賢木と記されている。この高天《たかま》の原《はら》の天の香山は、大和の天の香具山がそのまま投影されているが、香《か》（具《ぐ》）山《やま》は、神坐《かみくら》の山の意であろう。つまり、天の神が降臨される聖山である。大和の香具山は、大和三山《やまとさんざん》の一つであるが、耳成山《みみなしやま》と畝傍山《うねびやま》には「天」が冠せられないが、三山の東に位置する香具山だけが、特に「天の香具山」と呼ばれている。これは、天の神の坐《いま》す山として、特に尊崇されていたからである。

それゆえ、最も重大な祭りには、この山の榊がぜひとも必要だったのである。

【第41話】

榊〈さかき〉（二）

この榊《さかき》に飾られた神器の御幣《みてぐら》を、フトダマノミコト（布刀玉命）がとり持ち、アメノコヤネノミコト（天児屋命）が祝詞《のりと》を奏上する。

このフトダマノミコト（布刀玉命、太玉命）は、『新撰姓氏録《しんせんしょうじろく》』右京神別上に

「斎部宿祢《いんべのすくね》
　高皇産霊尊《たかみむすひのみこと》の子《こ》　天《あま》の太玉命《ふとだまのみこと》の後《すえ》なり」

と記されるように、斎部（忌部《いんべ》）の祖神とされている。

律令時代においても、中臣氏が祝詞を奏上し、忌部が祭祀に必要な祭具を奉持することが職掌されていた。たとえば、『神祇令』でも、践祚《せんそ》（天皇の即位）の日には、中臣氏が「天神の寿詞《あまつかみのよごと》」を奏上し、忌部が神璽《しんじ》の鏡と剣を奉ずる役を務めていた。

それに続いて、アメノウヅメノミコト（天宇受売命）が登場する。「ウヅメ」は、髻華《うず》をつけて神祭りする女性の意であろう。髻華は、木草の枝葉や花を髪にさした挿頭《かざし》をいう。『万葉集』にも

「斎串《いぐし》たて　神酒《みわ》するまつる　神主部《はふりべ》の　髻華《うず》の玉蔭《たまかげ》　見ればともしも」

（『万葉集』巻十三ノ三二二九）

と、「髻華の玉蔭」をして神を祀る神主《はふり》が歌われている。「玉蔭」の玉は美称であり、蔭《かげ》は「日陰《ひかげ》の

蔓《かずら》」という植物である。ウズメノミコトも、天《あま》の香山《かぐやま》の「日影《ひかげ》を手次《たすき》に」かけたと記されている。

この日陰の蔓は、山地に自生する蔓《つる》状の植物である。ここで、ことさらに「日陰」の名にこだわるのは、アマテラス（天照）大神《おおみかみ》が岩戸に隠れる、つまり「日陰」の祭りにふさわしい植物と考えられたからであろう。それを襷《たすき》としたり、手に巻くのは、おそらく定められた巫女《みこ》のスタイルである。なぜならば、埴輪の巫女像は、異様な髪形をし、必ず襷をかけているからである。

蔓《かずら》状に巻くことは、その輪の中に神が降臨されるからである。定家葛《ていかかずら》のように、巻きつきながら長くのびていく姿は、また永遠や永生を象徴すると考えられていた。

そして、ウズメノミコトは、小竹《ささ》を手にして歌うというが、この「ササ」という言葉は、行動を促す言葉に通じていることに注意さるべきであろう。神功皇后が、御子の応神天皇を迎えられ御酒《みき》をすすめられたとき、「あさず　飲せ　ささ」と歌われている（「神功皇后紀」）。

つまり、小竹（笹）は、神の降臨をうながす呪能をもった植物だったのであろう。

現代にいたるまで、新鮮な魚などの下に笹が敷かれて、殺菌の効果が期待され、また見た目を美しくする役目を果たしているが、やはり、古くは「さあ召し上がれ」と勧める意志を暗示するものであろう。

また、笹葉をつけた竹を四方に刺し、それに注連《しめなわ》をめぐらして神迎えの場とするが、笹竹に神の降臨をうながす意が込められていたのだろう。

【第42話】

面白し〈おもしろし〉

アメノウズメノミコト（天宇受売命）が踊るのは、桶を伏せた上である。桶を踏みとどろかせて、踊り狂うのである。

桶を伏せて、踏み鳴らすことが、重要なのである。なぜなら、大地を眠りから目覚めさせ悪霊を鎮めなければならなかったからである。つまり、踏みとどろかすことが鎮魂《ちんこん》の要件であった。

能舞台の下に瓶がいくつか並べられているが、舞台で踏む音を大きく反響させる目的からである。悪霊の調伏を主題とする能において、踏み音を大きくさせるのは、能が鎮魂の儀礼であったからである。

『日本書紀』では、アメノウズメノミコト（天鈿女命）は、「手に茅纏《ちま》きの矟《ほこ》」を持つと記しているが、その矛（矟）で、桶の底を突く行為が、踏むことともに行われたことを示唆している。

茅纏きは、茅《ち》の蔓《つる》を巻いた矛であるが、茅は先述のように「霊《ち》」と通ずるから、霊力の寄りついた矛であろう。

この矛でつくのは、わたくしには〝啐啄《そったく》〟という言葉を想起せしめる。いうまでもなく、啐は殻の中から雛がつつく音であり、啄は母鶏が殻を割ることだ。機の成熟をともに知ることである。

この天の岩戸の物語は、籠《こも》るものを割ることに重点がかかっている。

ウズメノミコトが、胸乳をあらわに、裳を臍下《へそした》まで降ろし、女陰《ほと》を露出するのも、女陰の〝割れ目〟を顕示し、天の岩戸を開かしめる呪法であろう。女陰露出の呪法は、多くの学者が指摘するように、ギリシア神話のデメテルなどに登場する。愛する娘を、地下の神に誘拐され悲しむデメテルを笑わせるために、下女が急に女陰を見せ、デメテルを笑わせたという。女陰の割れ目を見せつけるのは、笑いを誘出させる行為である。

実は『古事記』でも、「笑う」に、あえて「咲《わら》う」と表記している。「咲《さ》く」というのは本来、花の蕾が「裂《さ》ける」状態をいい、また、蕾が「割れる」ことを示すものである。

また、「笑う」というのは、胸の中に鬱積した気分を、一気呵成《いっきかせい》に、口を開いて吐き出すことである。言葉をかえていうならば、口を大きく割《わ》ることが、〝笑い〟である。〝笑《わら》い〟と〝割《わ》れる〟、〝咲《さ》く〟と〝割《さ》く〟は、語源が一致していたと考えてよい。天の岩戸の物語は、閉ざされた岩屋をあらゆる呪法を用いて、いかに開かせるかにあったのである。

ウズメノミコトの舞を見て、神々が大笑いしたのを聞かれたアマテラス（天照）大神《おおみかみ》は不思議に思い、少しばかり天の岩戸を開かれると、アメノコヤネノミコト（天児屋命）がすかさず鏡を差し出す。すると、太陽神のアマテラス大神の日の光を受けて、急に世の中は明るくなり、神々の顔面を照らした。そこで神々は一斉にあな「面白《おもしろ》し」とはやされたという。〝面白し〟とは、日の光で顔面が明白となることだが、愉快という意味の〝面白い〟という言葉の語源は、まさにこのような物語に由来していたのである。

【第43話】

一陽来復〈いちようらいふく〉

天の岩戸の物語は、おそらく、冬至の祭りに演ぜられた宗教劇（神楽《かぐら》）ではないかと、わたくしは想像している。

太陽の最も衰弱する日と考えられた冬至に、その太陽を籠《こも》らせ、再生させる儀礼が、多くの民族で行われてきた。日本でも、いわゆる〝一陽来復〟を祈願する神祭りが、村落の共同体ごとに行われていたようである。

祭りの中心の場所に舞台がもうけられ、衰えた太陽が籠る岩戸をかたどるセットが置かれる。その岩戸の中には、すでに、日の神を演ずる巫女《みこ》が籠っていた。岩戸の前に、共同体のひとびとが参集すると、一人の女性が急に乱舞し、女陰を露出して、ひとびとの笑いを誘い出す。そのドッと笑うのを合図として、岩戸が開かれ、日の神に扮した巫女は引き出されるのである。

かくして、日の神（太陽神）は再生され、復活される。これによって、翌年の農作物の豊かな稔りや共同体の生活が保証される。だから、この祭りは、共同体にとって最も重要な祭りであった。

全国で行われていた冬至の祭りが一つに集約されて、ヤマト王権の祭りとなったのが、仲冬（旧暦十一月）に行われる新嘗《にいなめ》の前日の鎮魂《たまふり》の祭り（『神祇令』）であろう。

「鎮魂」という言葉は、古くから「タマシズメ」と「タマフリ」と二様に訓《よ》まれてきた。

「タマシズメ」は、天から神を降臨せしめ、鎮座せしめることである。だが、この行為にも、すでに神が〝降《ふ》る〟という「フル」が含まれている。また、「シズメ」には、神を降臨せしめ悪霊を鎮めるという、重要な機能もあった。

一方、「タマフリ」には、神の降臨（神降《かんふ》り）という意味のほかに、衰えた神をゆすぶり、目覚めさせる行為が含まれていた。鎮魂祭を「オンタマフリ」と訓むのは、その意味と解してよい。天の岩戸に籠られる日の神の魂を、大笑いで、天地を震動させ、ゆすぶり目覚めさせる。

この日の神が隠られるのが岩屋とされるのは、日本では古くから、岩が永遠の象徴と考えられたからだ。国歌で、岩が歌われていることを想起されるならばおわかりのことと思うが、岩は常磐《ときわ》、不変のものとみなされてきた。岩倉《いわくら》に好んで神が鎮座されるのも、そのためである。

仏教が導入されてもその伝統は継承され、巨岩の側面に多くの仏たちが彫刻されている。

また、岩穴から神が出現されるという伝承が、少なからず伝えられるのも、そのためである。

東京の早稲田の穴八幡《あなはちまん》で、冬至の日に、「一陽来復」または「一陽来福」と書かれたお札が出されるのは、その意義からいって大変、興味深いと思っている。また、ことさらに〝復〟を〝福〟にあらためるところにも、日本人の〝福〟への願望が端的に示されているといってよいのであろう。

【第44話】

厭魅の邪法〈えんみのじゃほう〉

かくして、アマテラス（天照）大神《おおみかみ》が再び岩戸から出られると、高天《たかま》の原《はら》と、葦原《あしはら》の中国《なかつくに》が「照《て》り明《あか》し」、悪霊は退散する。

ただちに八百万《やおよろず》の神は会議を再開されて、スサノオノミコト（須佐之男命）の神遣《かむやら》い（神逐い）を決める。スサノオノミコトに「千位《ちくら》の置戸《おきど》」を負わせ、鬚と手足の爪を切って、追放したという。

この「神夜良比《かむやらひ》」は、神々の世界から追い払うことだ。『日本書紀』の一書では、スサノオノミコトに向かって、「汝《いまし》の所為《しわざ》、甚《はなは》だ無頼《たのもしげな》し」と言い渡し、葦原の中国にも住むことまかりならぬと命じ、ただちに底根《そこね》の国（地下の国）に赴かせたと伝えている。

スサノオノミコトは、やむなく、天上界から、霖雨《ながあめ》の中を立ち去らなければならなかったが、そのとき、青草で作った笠《かさ》と蓑《みの》を着られて出かけたという。途中で宿を乞い、食事をたのまれても、すべて神々からすげなく拒否されてしまった。そのことから、蓑笠をつけた人に家を訪問されることを忌む慣習が生まれたと記している。

ところで、右の話にみられる「千位の置戸」は、犯した罪の代償として支払いされる品物で、「祓《はら》えつ物《もの》」と称する物である。それらを台に載せて差し出すが、重罪の場合には特に数多くの代償、いわゆる「千座《ちくら》の置座《おきくら》」が必要だった。

「六月《みなづき》の晦《つごもり》の大祓《おおはらえ》」の祝詞《のりと》にも、「千座の置座」とみえるが、これは重罪とされる天《あま》つ罪《つみ》、国《くに》つ罪を犯した者に課すと記している。

「履中紀」には、車持君《くるまもちのきみ》の行為が神の祟りを引き起こし、皇妃、黒媛《くろひめ》の死をもたらしたと判決されたときも、車持君に「悪解除《あしきはらへ》、善解除《よきはらへ》」(「履中紀」五年十月の条)を課したと記されている。つまり、前後二度の解除《はらえ》が課せられている。

『日本書紀』の一書にも、スサノオノミコトが「千座の置戸」の解除が科せられたときも、手の爪を切って吉爪《よきつめ》の棄物《はらえ》とし、足の爪を切って凶き棄物《あしはらえ》としたという。

『令集解《りようのしゆうげ》』では、古代において罪を犯した者に両度の祓《はら》えを科し、前の祓えを悪しき祓えとし、後の祓えを善き祓えと呼んだと書かれている。このように、罪の祓えを、前後二度施行するというのは、まず、罪が発覚すると、その罪によって引き起こされる諸々の災いが広がらないように処置する必要があった。そして、後に災いの神を鎮める祓えを行ったのであろう。

その祓えに、罪人の手足の爪を切るのは、第一にその爪が他人を傷けるものであったからであろうが、それとともに爪や髪毛が、そのひとの身体の一部と考えられたことと関係があろう。

古代では、自分の爪や髪が他人の手にわたり「厭魅《えんみ》」されると、自分の身体は衰弱し、ついには死にいたると考えられていた。奈良朝の時代の権力抗争において、「厭魅」の邪法がしばしば行われていたことは史書の記すところであった。

【第45話】

神逐い〈かむやらい〉

神逐《かむやら》いされたスサノオノミコト（須佐之男命）は、蓑笠《みのかさ》を身につけて、諸国を流離《さすら》われた。

民俗学などでは、蓑笠をつける者は、外《と》つ国《くに》のひととみなされたという。東北地方では、小正月の夜に、家々を歴訪する者は蓑を着て現れると伝えられているが、この蓑を着た者は、遠い国から来訪した異国の神と考えられていた。有名なナマハゲなどは、その顕著な例であろう。

神話では、蓑笠をつけたスサノオノミコトは、共同体からはじき出された外つ国の神とみなされ、仲間はずれにされたのである。そのため、一夜の宿も、食事の供応もすべて拒否された。後世の「村八分」の状態に置かれたわけである。

ちなみに、「村八分」の最大のとり決めは、「絶交」にあったとされる。一般には、葬式と火事の二つだけは除外されるから、八分《はちぶ》と呼ばれたと解されているが、おそらく「はじく」が、八分の原義であろう。つまり、共同体の仲間から、はじき出されることであった。

スサノオノミコトも、このようにして高天《たかま》の原《はら》から追放され、出雲国の簸《ひ》の川《かわ》の上流鳥髪山《とりかみやま》に下ったという。だが、この地において、スサノオノミコトは、八俣《やまた》の大蛇《おろち》（遠呂智《おろち》）を退治し、クシナダヒメ（櫛名田比売）を娶られることになる。

この鳥髪山は、『出雲国風土記』仁多《にだ》郡の条に

「鳥上山《とがみやま》　郡家《ぐうけ》の東南三十里なり。伯耆《ほうき》と出雲の堺なり」

と記され、現在の島根県仁多郡奥出雲町竹崎と、鳥取県日野郡日南町との境の船通山《せんつうざん》に比定されている。この山は斐伊川《ひいかわ》（肥の河《ひのかわ》）の源をなしている。この河上から箸が流れてくるのを、スサノオノミコトは見て、河上にひとが住んでいることに気づく。

川を遡って行くと、老夫《おきな》（翁）と老女《おうな》（嫗）が一人の娘を囲んで泣いているのを発見する。スサノオノミコトが尋ねると、老人は自ら、大山津見神《おおやまつみのかみ》の子の足名椎《あしなづち》であり、連れの老女は手名椎《てなづち》と告げ、娘は櫛名田比売《くしなだひめ》という名であると告げた。

スサノオノミコトが、彼らが泣き悲しむ理由を聞くと、足名椎は、「自分たちにはもともと八人の娘がいたが、高志《こし》の八俣の大蛇が毎年来て喫《く》ってしまい、今は、ただ一人の娘を残すばかりだ。それでもまた大蛇がやってくる時期が近づいてきているので悲しんでいるのだ」と訴えた。

この足名椎、手名椎の名は、手足を撫《な》でて慈しむの意味が込められている。「クシナダヒメ」は、『日本書紀』に「奇稲田姫《くしいなだひめ》」とあるから、稲田を生育せしめる女神であろう。櫛は「奇《く》し」で、先述のように霊妙の意味であり、稲田の精霊をあらわすといってよい。『日本書紀』の一書には、「真髪触《まかみふる》奇稲田姫《くしいなだひめ》」とあり、稲田姫の髪に神が降臨される、つまり、神に召されて刺し櫛《くし》をさす巫女《みこ》であることを示唆している。

【第46話】

八俣の大蛇

〈やまたのおろち〉

そのクシナダヒメ（櫛名田比売）を毎年、犠牲に要求する越《こし》の八俣《やまた》の大蛇《おろち》は、越の国（北陸地方）から来訪する悪神である。

八俣は「身一つに八頭八尾」といわれるように、頭や尾が多く分かれたオロチをいうのであろう。「遠呂智《おろち》」は、「尾ろ霊《おち》」で尾の長い大蛇である。蛇は、古くは「水霊《みずち》」と呼ばれ、水の神である。稲田に引かれる水をつかさどる神であるから、稲田にとって、この水は稲の稔りの成否を左右するものであった。だから、稲田を作るひとは、まず水霊に捧げものをしなければならなかったのである。稲田に引かれる水は、少な過ぎても困るし多過ぎても害となるものであった。そのため、水の神を祀り、その害からまぬがれようとしたのである。

「広瀬《ひろせ》の大忌《おおいみ》の祭り」の祝詞《のりと》にも

「山々の口《くち》より、さくなだりに下《くだ》したまふ水《みず》を、甘《あま》き水と受け……悪《あし》き風荒《かぜあら》き水に相《あ》はせたまはず」

と述べている。この「悪しき風、荒き水」は、いうまでもなく、暴風と洪水である。おそらく、八俣の遠呂智は、稲作を台なしにする暴風と洪水をシンボライズしたものであろう。

ただ、ここに「越の」と冠するのは、八俣の遠呂智退治の話には、越の八口《やぐち》の賊を平定されたという大《おお》穴《な》持命《もちのみこと》の話が重複しているといってよかろう。この八口は越後国岩船郡関川村の八ツ口に比定されているが、むしろ、越の国に入る多くの入口の地域と解すべきだと考えている。

それは、ともかくとして、先学がすでに指摘しているように、八岐のオロチの話は、ギリシア神話のアンドロメダ＝ペルセウス型の神話に属するといってよいだろう。英雄神が悪神より美女を取りもどすという話である。確かにそのとおりであるが、八俣の遠呂智は
「其《そ》の身《み》蘿《ひかげ》と榲《すぎ》など生《お》ひ、其《そ》の長《ながさ》は谿八谷《たにやたに》、峡八尾《をやを》に度《わた》る」

と形容されているから、多くの谷間を蛇行する肥《ひ》の河そのものかもしれない。

この肥の河は、砂鉄を多く産し、製鉄の際には、鉄の酸化で赤い血のような河に変ずる。それが「腹《はら》を見れば、悉《ことごと》く常に血爛《ちただ》れたり」と表現されたのかもしれないと考えている。スサノオノミコト（須佐之男命）が八俣の遠呂智を殺されたとき、肥の河が血に変わりて流れたとも記されているからだ。そして、その中の尾を切り開くと、そこから、都牟刈《つむがり》の大刀《たち》が出現したという。つまり一つには肥の河の製鉄にかかわる神話であろう。この「都牟刈」は、「積《つ》む刈《かり》」で、稲穂を刈り上げ、うずたかく積みあげる鋭利な鎌《かま》である。肥の河からとれる砂鉄でつくられた鎌は、切れ味のよいものとされ、稲田の収穫には欠かすことのできぬものであったろう。かかる鋭利な鎌はきわめて貴重なもので、一般にはなかなか入手困難であった。

このような背景が、神話に投影して、かかる伝承を生み出したのではあるまいか。八岐のオロチは、一方において稲田を刈る鋭利な鎌の象徴だったと考えている。

【第47話】

草薙ぎの剣〈くさなぎのつるぎ〉

この八俣《やまた》の大蛇《おろち》退治の物語は、大変愛好されて、今日でも神楽《かぐら》で演ぜられるが、このとき、オロチの尾から得た都牟刈《つむがり》の剣は、ただちにスサノオノミコト（須佐之男命）からアマテラス（天照）大神《おおみかみ》に献ぜられた。

この剣は、『日本書紀』では天叢雲剣《あめのむらくものつるぎ》とされ、大蛇のいるところに、常に雲気が立ちこめていたと記している。水霊《みずち》は、雲気を呼ぶと考えられていたからであろう。

ご存知のとおり、この霊剣は、後にヤマトタケルが佩用《はいよう》した剣である。ヤマトタケルノミコト（倭建命）が東国で賊にはかられ、焼き殺されそうになったとき、この剣で草を薙《な》ぎ払い助かったので、草薙《くさなぎ》の剣《つるぎ》と名をあらためたという宝剣である。この宝剣は、いうまでもなく熱田神宮に納められたが、いわゆる、三種の神器の一つとされている。

それにしても、〝草を薙ぐ〟という伝統はここでも生かされているわけである。このように草薙の剣は、武力の象徴であるとともに、稲穂を刈る鎌の象徴でもあった。荒れ地を開拓し、稲田に変え、そこより豊かな稲穂を刈り上げることが領有地をひろげることであった。それは他国を征服し、その土地を献上させて、そこより多量の稲を貢納せしめることと、変わらぬ価値があったわけである。

また、この霊剣を得るために、大蛇の尾をズタズタに切ったスサノオノミコトの十握《とつか》の剣《つるぎ》は、『日本書紀』の一書によると、「蛇《をろち》の麁正《あらまさ》」と名づけられ、奈良の石上《いそのかみ》神社に奉納されていると伝えられている。また他の一書では、「今、吉備の神部《かんべ》の許《ところ》にあり」と伝えられている。式内社《しきないしゃ》に、備前国赤坂郡に「石上布都之魂《いそのかみふつのみたま》神社」として祀られているところが、それに比定されている。岡山県赤磐市の平岡に祀られる神社である。

奈良の石上神社も、備前の石上布都之魂神社も同系統の神社であるから、石上神社を斎《いつ》く物部氏によって伝承されたいい伝えであろう。奈良の石上神社には、古くから神庫がもうけられ、種々の宝剣を蔵していたという。たとえば、百済《くだら》から奉献されたと伝えられる七枝《ななさや》の刀《たち》も、石上神社に今にいたるまで秘蔵されている。

物部氏は、「モノノヘ」と訓《よ》まれるごとく、武士《もののふ》の集団を率いる豪族であり、経津主神《ふつぬしのかみ》と称される刀剣の神を祭神として祀り、ときにはこの破邪《はじゃ》の剣を奉じてまつろわぬものを平定していったのである。だから、八俣の大蛇を切ったと伝えられる霊剣も物部氏に与えられ、石上神宮に奉納されていたのだろう。

ただ、注意さるべきは、『出雲国風土記』の出雲郡美談《みたみ》郷に「和加布都努志《わかふつぬし》神社」が祀られていることである。美談郷は現在の島根県出雲市西南部の美談町と斐川町の西北部一帯に比定され、斐伊《ひい》川の下流域に属している。

いずれともあれ、斐伊川（肥《ひ》の河）は、古代から優れた剣の産地だったのであろう。

【第48話】

須加の地〈すがのち〉

スサノオノミコト（須佐之男命）は、八岐《やまた》の大蛇《おろち》を退治してクシナダヒメ（櫛名田比売）と結婚することになった。

その新居を求め、出雲国を隈なく歩きまわられた結果、やっと、それにふさわしい土地を見出した。そこで、「我《あ》が御心《みこころ》、須賀須賀《すがすが》し」といわれたので、その地が須賀《すが》と名づけられたという。

地名の由来伝承の多くは、神々や天皇およびそれに準ぜられる方が名づけられることが少なくない。その土地の由来を高貴の方と結びつけて誇りたいという願望のあらわれとも考えられるが、古代では名づけるという行為は、その土地の領有を宣言することでもあった。それは、名づけ親が自分の名の一字を与え、自分の一族系統に組み入れることを考えていただければおわかりになられるだろう。たとえば、源義朝の子の一人が頼朝であり、義経である。

『日本書紀』や『風土記』では、神や天皇が名づけられる地名由来伝承を多くみかける。例をあげればきりはないが、「景行紀」には、子湯県《こゆのあがた》に景行天皇が行幸されたとき、

「この国は直《なほ》く日《ひ》の出《い》づる方《かた》に向《む》けり」

といわれたので、日向《ひむか》の国《くに》と名づけられたと伝えている。

『豊後国風土記』には、景行天皇の命で、豊国を治めることを命ぜられた菟名手《うなで》が、豊前国仲津《なかつ》郡

中臣《なかとみ》の村にさしかかると、急に白鳥が現れた。その鳥を見ていると、ふいに鳥は餅に化し、さらに数千株の芋に変わった。その芋蔓には、花と葉がおびただしくはえ、冬も枯れずにいた。菟名手は、それを奇瑞《きずい》として早速朝廷に報告すると、天皇は、その国を「豊《とよ》の国《くに》」と名づけられたと記している。

それと同じく、スサノオノミコトが落ち着かれた土地が須我と名づけられた。この須我は『出雲国風土記』大原郡の条にみえる「須我の社」が祀られる土地で、そこには須我山（雲南市大東町と松江市八雲町の境の八雲山）がある。

この地に須賀の宮を造られたとき、雲が立ち騰《のぼ》ったので

「八雲立《やぐもた》つ　出雲八重垣《いづもやへがき》　妻籠《つまご》みに　八重垣作《やへがきつく》る　其《そ》の八重垣《やへがき》を」

と歌われたという。

『出雲国風土記』飯石郡の須佐《すさ》郷の条では、スサノオノミコトがこの地に来り、この国は小さな国であるが、国として領有するのにふさわしい国とされ、己が御魂を鎮め置いたと記している。

だが、このスサの本義は、「洲砂《すさ》」の意であろう。この地は神戸《かんど》川の上流の須佐川が流れるところで、現在の島根県雲南市掛合《かけや》町、出雲市佐田《さだ》町あたりに比定されているからである。

一説には、スサノオノミコトは、この須佐郷を領有された神だからスサ（須佐）のオ（男）と名づけられたというが、わたくしはむしろ、スサノオの名と地名が類似するところから付会された物語と考えている。このような狭小な地が、スサノオノミコトの故郷とは考えられないからである。

【第49話】

仮名〈かな〉

スサノオノミコト（須佐之男命）を出雲に出現させるのは、おそらく、オオクニヌシ（大国主）の神の系譜を引き出すためであろう。

『古事記』によれば、オオクニヌシの神は、スサノオノミコトの五世孫とされている。だが、『日本書紀』では、オオアナムチ（大己貴）の神、つまりオオクニヌシの神は、スサノオノミコトとイナダヒメの子とされている。もちろん、『古事記』では、スサノオノミコトの娘スゼリヒメの結婚の相手がオオナムチ（大穴牟遅）の神とされているから、これらの記載は明らかに矛盾している。

要するにここでは、スサノオノミコトとオオクニヌシの血族関係があったことを強調すればよかったのである。高天《たかま》の原《はら》から神逐《かむやら》いされた一族であるがゆえに、この一族は征服され、統治権は、アマテラス（天照）大神《おおみかみ》直系の子孫にゆだねられたという理由が、暗に主張されているといってよい。言葉をかえていえば、いわゆる、アマテラス大神直系と称する天《あま》つ神《かみ》に対し、国《くに》つ神《かみ》系を明らかに立てる必要があった。そのため、かなり苦しい系譜が作り出されたのである。ヤマト王権の成立の物語に、ともかくも一貫した話の筋を通すために、多少の前後の撞着を無視してまでも作りだした物語と考えてよいだろう。

さて、オオクニヌシの神であるが、『古事記』では、大穴牟遅神《おおなむちのかみ》、葦原色許男神《あしはらのしこおのかみ》、八千矛神《やちほこのかみ》、宇都志国魂神《うつしくにたまのかみ》の別名を記している。オオクニヌシの神が、『古事記』などの神話できわめて重要な役割を担って活躍されたから、その性格に応じて、多くの名前がつけられて呼ばれたのであろう。

第一の「大穴牟遅」であるが、『日本書紀』では「大己貴」を「於褒婀娜武智《おほあなむち》」と訓《よ》ませている。この「於褒婀娜武智」の表記は、いわゆる万葉仮名である。奈良朝の末にいたるまで日本では平仮名、片仮名が成立していないので、漢字の意味をすべて捨象して、もっぱら字音を借りて仮名として用いてきた。アイウエオは、阿《あ》(安)、伊《い》(以)、宇《う》、江《え》、於《お》とあらわす類《たぐい》である。奈良の終わり頃から平安のはじめにかけて、おそらく、速記の必要からはじまると想像されるが、その万葉仮名を略字に書くことがはじめられた。アは「阿」の「阝」である。イは「似」の「亻」、エは「江」の「工」、オは「於」の「方」である。これは漢字の一片を略したので、片仮名と呼ばれた。

これに対し、漢字を速く書くために草書体が用いられたが、これが平仮名に発展する。たとえば、「い」は「以」、「ろ」は「呂」、「は」は「波」、「に」は「仁」、「ほ」は「保」を、平たく書き崩したものだ。

ただ、奈良時代の文人たちは教養人であったから、万葉仮名にかなり難しい漢字をあてている。あまり凝り過ぎて、判読に困難であるケースも出てくる。また、『古事記』では、その序文にことわっているように、ときには、一字を二音で訓む例などもある。天之常立神《あめのとこたちのかみ》について「『常』を訓みて登《と》許《こ》と云い、『立』を訓みて多知《たち》と云う」と註していて、いろいろと工夫を試みている。

【第50話】

温泉と医療の神 〈おんせんといりょうのかみ〉

さて、大穴牟遅神《おおなむちのかみ》の名であるが、「大」は偉大であり、「牟遅《むち》」は、貴きものをあらわす言葉である。アマテラス大神《おおみかみ》は、『日本書紀』には、「大日孁貴《おおひるめむち》」と表記され、「貴」を「ムチ」と訓《よ》んでいる。

残る問題は「穴」であるが、この「ナ」に重点をおいて解釈すれば、「地」の意である。封建時代の「大名《だいみょう》」「小名《しょうみょう》」の「名」は土地の意であり、地震を古語では「ナイ」と称している。

この説によれば、大きな土地を所有される貴き神の意となる。これは、「大国主」とほぼ同様な名称ということになろう。

ただ、一説には、「穴」を文字どおりに解し、火山神という興味深い説が出されている。わたくしは、火山神とするより、むしろ、「温泉の神」と考えたほうがよいのではないかと思っている。

『釈日本紀《しゃくにほんぎ》』巻十四に引く『伊予《いよ》国風土記』逸文には、オオナモチノミコト（大穴持命）が、スクナヒコナノミコト（宿奈毗古奈命）を蘇生させるため、大分郡の速見《はやみ》の湯《ゆ》（現在の別府温泉）から下《した》樋《ひ》を引き湯浴みさせたと伝えている。そして、この温泉の効能について、「疹痾《やまい》に染《し》みる万生《ひとびと》、病《やまい》を除《い》やし、身《み》を存《たも》つ要薬《くすり》と為《な》せり」と述べている。また、『准后《じゅんごう》　親房記《ちかふさき》』という北畠親房の著書に引く『伊豆国風土記』にも、オオナムチとスクナヒコナが、多くのひとびとが夭折《ようせつ》するのを憫《あわれ》み、禁薬《くすり》と湯泉《ゆあみ》の術《みち》を定め、箱根の元湯を開いたという話を伝えている。

いうまでもなく、これらの『風土記』の逸文が本当の古風土記であると断定することにはためらいがあるが、オオナムチの神、スクナヒコナの神が、早くから、温泉の開発者とみなされていたことだけは、事実と考えてよい。

『日本書紀』の一節には、オオアナムチ（大己貴）の神とスクナヒコナノミコト（少彦名命）が協力し、ひとびとやいきものの病を療《おさ》める方法を定めたと記されているからである。

ちなみに、仏教が日本に将来されると、薬師如来《やくしにょらい》がそれにあてられるようになり、オオクニヌシ（オオナムチ）の神やスクナヒコナの神たちは、薬師如来に習合されていく。

文徳天皇の斉衡三（八五六）年に、常陸国の大洗《おおあらい》海岸に光り耀く石が出現した。ひとに憑《つ》いた神が、自ら、オオナモチ（大奈母知）とスクナヒコナ（少比古奈）の神と名のられ、ひとびとを救わんため、また帰り来たと告げたという（『文徳実録』）。

この神々を祀った式内社《しきないしゃ》が「酒列《さかつら》　磯前《いそさぎ》　薬師菩薩《やくしぼさつ》神社」である。天安元（八五七）年に薬師菩薩名神《みょうじん》の号が奉られたから、神社名に薬師菩薩がつけられたのだが、明らかに平安朝においてもオオナムチ、スクナヒコナの二神は、「薬師」と考えられていたことを物語っている。しかも、薬師如来でなく、あえて〝菩薩〟と名のるのは、如来に昇格せず菩薩にとどまり、ひとびとの救済に今もって尽力していることを示すものであろう。菩薩は、自分だけ覚ることにとどまらず、他人の救済を最終の本願と誓われた仏である。

【第51話】

葦原の神〈あしはらのかみ〉

次の名は、葦原色許男神《あしはらのしこおのかみ》である。この葦原は、いわゆる葦原《あしはら》の中国《なかつくに》で、高天《たかま》の原《はら》に対し、地上の国を指している。

「葦原」というと、わたくしたちは、葦しかはえぬ不毛の地を想像しがちであるが、古代のひとびとにとっては、あくまで

「豊葦原《とよあしはら》　水穂《みずほ》の国《くに》」

であった。豊かに、稲が水田に稔る誇らしいイメージがつきまとっている。

それでは、どうして葦原が「豊葦原の水穂の国」といわれたかという疑問が生ずるだろう。

それにお答えするのは容易ではないが、おそらく、日本で水稲耕作が始められた頃、荒れ地を水田とすることは、きわめて困難であったことを想起していただきたい。大木を切り倒し大地に張る根を引き抜くことは、至難のわざであったからである。

そこで、まず手がつけられたのが、葦が生えているような低湿地であった。この葦を切り倒し、田下駄で踏みならし、これを緑肥とする。これがいわゆる「葦田《あしだ》」であろう。

または山麓のはざまに流れ落ちる小川を堰《せ》き止め、階段上の狭田《さだ》を造って稲を植えた。

やや時代がくだるが、『常陸国風土記』行方《なめかた》郡の条には、箭括《やはず》の麻多智《またち》という族長が西の谷の葦原

を切り開き、新たに水田を開いた話が伝えられている。この山麓には椎井《しいい》池があり、水が湧き出ていたから夜刀《やと》の神と呼ばれる蛇神が多くたむろしていたという。夜刀の神は「谷《やつ》の神《かみ》」の意である。このように、山の尾から流れ落ちる水や、「ハケ」のように山麓から湧き出る水がたまる低湿地は、自然のままであれば葦が群生する土地となるが、初期の水田耕作にとっては、最も大切な水田転用地だった。

オオクニヌシ（大国主）の神は、『出雲国風土記』意宇《おう》郡の条に、「五百《いほ》つ鉏《すき》の鉏《すき》、猶取《なほと》り取《と》らして、天《あめ》の下造《したつく》らしし大穴持命《おほなもちのみこと》」と称えられている。「五百《いほ》つ鉏取《すきと》らす」大神とは、たくさんの鉏（鋤）を所有し、大地を開墾される開拓神であったことを、如実に示している。地理的条件からもわかるように、朝鮮半島から先進技術が、早くから導入されたのは、出雲であった。この先進的な鉄製農具をフルに活用し、大地を開拓していった神であったから〝大国主〟、大名持《おおなもち》と呼ばれたのであろう。

「色許男《しこお》」は醜男の意だが、この醜は「みにくい」の意ではなく、〝憎らしいほど、強力な〟ということを示すものである。後の「悪」にも通ずるといってよい。軍記物にみえる悪源太義平《あくげんたよしひら》とか悪七兵衛《あくしちべえ》の「悪」は、それである。

葦原色許男は、葦原の開拓に威力を発したという意味であろう。高天の原の勢力も、これに対してあらゆる手段を駆使して、対抗しなければならぬ相手だったのである。

【第52話】

八千矛の神〈やちほこのかみ〉

八千矛神《やちほこのかみ》の名は、きわめて大量の矛を所有していることを示している。

古代の矛は、武器であるとともに、祭具の一つであった。八千矛神は、強力な武力集団の長であるとともに、偉大な司祭者であったことを物語っている。

古代にあっては、最も精練された武器の鉾《ほこ》の先に、破邪《はじゃ》の神がやどられるという信仰があった。この霊矛を軍隊の先頭に立てて戦えば、敵は調伏できると信じられていた。現在でも、京都の祇園の祭りの先頭を切るのは〝山鉾《やまぼこ》〟であることを想起していただければ、すぐにおわかりになられるだろう。

出雲では、弥生時代にすでに大量の銅鉾を製造しているが、この銅鉾は広鉾であるから、祭器とみてよい。このたくさんの鉾を立てて神を祀る集団の長が「八千矛」の神であったと考えている。

オオクニヌシ（大国主）の神は、また「宇都志国魂神《うつしくにたまのかみ》」と呼ばれていたという。

現世の国土の神霊の意と考えられているが、わたくしは「ウツシ」は、「顕現」の意で、はっきりと威力を顕示することと思っている。国魂（玉）は、かつての武蔵の国府が置かれた東京の府中市に、大国魂《おおくにたま》神社が祀られているように、国を庇護される神霊ないしは、その国そのものの霊である。

後に国土の経営者の功績を称え、その庇護を望むひとびとが献じた名前であろう。『日本書紀』の一書には、「顕国玉神《うつしくにたまのかみ》」と記している。おそらく、国土の開拓に顕著な功績を上げた者への尊称であろう。

それにしても、オオクニヌシの神ほど、多くの神名を与えられた神はない。それほど、古代のひとびとから慕われ、愛されつづけた神はいない。

いうまでもなく、神名は、ひとびとが、神をどのように意識していたかを示すものであった。端的にいえば、その神の特性を示すのが、神名であったといってよい。オオクニヌシの神も、多くの場面ごとに、神名を献ぜられている。ということは、オオクニヌシの神を主役とする神話や神楽《かぐら》がいろいろあって、それがひとびとから愛好されてきたということであろう。

オオクニヌシの神を奉祭する出雲の勢力は、古くは日本海の沿岸の地域、特に北陸地方や北九州に及んでいたようである。

八千矛神（大国主神）は、高志《こし》（越）の沼河比売《ぬなかわひめ》と婚《よば》いされているが、沼河は越後国頸城《くびき》郡沼川《ぬなかわ》郷（新潟県糸魚川《いといがわ》市奴奈川《ぬながわ》）である。この地の淳名川は『万葉集』に

「淳名川《ぬなかわ》の　底《そこ》なる玉《たま》は　求《もと》めつつ」（『万葉集』巻十三ノ三二四七）

と歌われるように、古代人に珍重された翡翠《ひすい》の産地であった。

出雲も古くから玉造部《たまつくりべ》が置かれ、神に捧げる玉の製造も盛んであったから、越後とも早くから交渉があったのであろう。オオクニヌシの神はまた、宝石を象徴する神でもあったのである。

【第53話】

稲羽の八上〈いなばのやがみ〉

オオクニヌシ（大国主）の神の国土経営は、もちろん一朝一夕で完成したわけではない。オオクニヌシの神の国土経営には、多くの苦難が待ち受けていた。

たとえばオオクニヌシの神が、兄弟の神々とされる八十神《やそがみ》たちと連れ立って、稲羽《いなば》の八上比売《やかみひめ》のもとに、婚《よば》いに出かけた話も、その一つである。この婚いは求婚の意であるが、誤解されるような「夜《よ》這《ば》い」でなく、「呼《よ》び合《あい》」がその語源である。

稲羽の八上比売は、因幡《いなば》国八上《やかみ》郡の処女《おとめ》である。八上郡は因幡国の中央部に位置し、八頭川《はっとうがわ》と私都《きさいち》川《がわ》が、千代川《せんだいがわ》に合流する地域である。

この八上郡は、律令時代には、若桜部《わかざくらべ》、丹比《たぢひ》、刑部《おさかべ》、亘理《わたり》、日部《くさかべ》（日下部）、私部《さきいち》、土師《はじ》、大江《おおえ》の八郷よりなる郡である。皇室ゆかりの部民が多いことに、まず気がつく。すなわち、若桜（部）郷は履中《りちゅう》天皇の名代部《なしろべ》の若桜部の居住地であり、丹比郷はその弟宮、反正《はんぜい》天皇の名代部の丹遅比《たぢひ》部の、刑部郷は允恭《いんぎょう》天皇の皇后、忍坂大中津比売《おしさかのおおなかつひめ》の部民、刑部が置かれ、日（下）部は雄略天皇の皇后若日下王《わかくさかのおおきみ》の部民、日下部が置かれたところである。

私部《きさいち（きさき）》は、敏達天皇の六（五七七）年に、大后《おおきさき》（後の皇后）のためにもうけられた部民である。

土師部は、土師器製造を担当するほか、天皇家の御陵の造営にかかわる部民集団である。とすると、少なくとも五世紀のはじめ頃より、八上郡の大半は朝廷領で占められていたことになる。

ちなみに、若桜郷は、鳥取県八頭《やず》郡若桜《わかさ》町若桜《わかさ》に比定され、丹比郷は、同郡の八頭《やず》町北山の丹比《たじひ》、日（下）部郷は、八頭町の日下部付近である。刑部郷は、未詳であるが八頭町のいずれかの地であろう。私部郷は、千代川の支流私都川流域で、八頭町の私都《きさいち》である。土師郷は、同じく八頭町の土師百《はじもも》井《い》あたりとされている。これらすべての地域が、現在の鳥取市から兵庫県に赴く道筋にそって散在しているから、古代の因幡国と播磨《はりま》国を結ぶ交通の要衝の地を占めていたことになる。

実は、『播磨国風土記』には、オオクニヌシがしばしば登場している。宍禾《しさわ》郡などは特に集中しているが、たとえば宇波良《うはら》村（兵庫県宍粟《しそう》市山崎町宇原《うはら》）、奪谷《うばいだに》（宍粟市山崎町内）などは、現在のたつの市の北部を占めるところである。おそらく、ヤマト王権が進出する以前においては、先の八上を経て、出雲の勢力が、播磨にも及んでいたことを示唆しているのであろう。

仁徳《にんとく》天皇（大雀部《おおさざきべ》）
- 履中天皇（若桜部《わかざくらべ》）
- 反正天皇（丹《た》（遅《ぢ》）比《ひ》部）
- 允恭天皇 ＝ 忍坂大中津姫（刑部《おさかべ》）
  - 安康天皇（孔王部《あなほべ》、穴穂部）
  - 雄略天皇（長谷部《はせべ》）＝ 若日下王（日下部《くさかべ》）

【第54話】

稲羽の素兎〈いなばのしろうさぎ〉

律令時代の因幡《いなば》国の交通路には、莫男駅《まくなむえき》や道俣駅《みちまたえき》が設置され、山陰と山陽を結ぶ交通の拠点とされていた。

この莫男駅の近くには、八上比売《やがみひめ》を祀る式内社売沼神社《しきないしゃひめぬ》が祀られている。この「莫男」の名は、あるいは男をまく（覔《ま》ぐ）、つまり求めるの意であろうが、この莫男駅は八上郡の郡衙《ぐんが》の駅であった。

このようにみてくると、意外に古い時代の交流のあとが浮かび出てくる。先の話は、古代に存在した交通路沿いに展開された物語であったといってよい。

律令時代以前には、八上郡の郡家《ぐうけ》（郡衙）の置かれた現在の八頭町郡家《こうげ》から東南に下り、若桜《わかさ》町を経て、播磨《はりま》国の宍粟《しそう》郡にいたる道が開かれていた。このようにみていくと、八上比売がいた地域は、かなり重要なところであったようである。

さて、八十神《やそがみ》たちは、従者《ともびと》として、オオナムチ（大穴牟遅）の神に袋を背負わせて行ったという。重い袋をかついだオオナムチの神は、八十神たちにかなり遅れてついて行く。

先行した八十神たちが、気多《けた》の前《さき》で、素裸にされ、海岸の砂の上にまろび伏していた兎と遭遇する。この気多の前は現在の鳥取市に含まれる白兎《はくと》海岸の白兎《はくと》神社が祀られる岬だ。

和邇《わに》（わに鮫《ざめ》）に皮を剥がれた兎を発見した八十神は、「海塩《うしお》を浴《あ》び、風に当たれ」といって欺くが、兎はその言葉をまともに信じ、かえって痛みは増し、七転八倒の苦しみを味わうことになる。

遅れて到着したオオナムチの神は、その兎を見て、ただちに真水で身体を洗い、蒲の黄《かまはな》を痛む膚にまぶせと教えたという。この蒲の黄は、日本最古の辞書である『和名抄』(『倭名類聚鈔《わみょうるいじゅうしょう》』)巻二十で、

「蒲黄」として、

「和名《わみょう》は加末乃波奈《かまのはな》」

と訓《よ》んでいるが、漢方薬の蒲黄《ほおう》は、止血剤や利尿剤の薬として用いられている。「稲羽(因幡)の素兎《しろうさぎ》」は、白い毛の兎ではなく、素裸かにされた兎の意であることに、注意してほしい。

オオナムチの神に命を救われた素兎は、八上比売の婚《よば》いに成功するのは、八十神ではなくオオナムチの神であることを予言したという。そのため、その兎は後に「兎神《うさぎがみ》」と呼ばれたという。おそらく兎の耳は、遠い神の言葉を聞く超能力をそなえていたと考えられていたのであろう。

兎神の予告したように、八上比売は八十神の求婚をしりぞけ、オオナムチの神を選ぶのである。オオナムチの神にとっては、はじめての成功であったが、逆に八十神の怒りを招く結果となった。

ところで、この袋を担がれるオオナムチの神(大国主神《おおくにぬしのかみ》)は、仏教がひろまるにつれ、鎌倉、室町の時代の頃にはしだいに仏教の天部の大国天《だいこくてん》に結びつけられていく。大国天は自在天《じざいてん》の化身で、富貴・爵禄の神、厨房の守り神である。だから、富や食糧を入れた袋を肩にしている。江戸時代には、七福神の一人とされ、富や厨房の神として、盛んに信仰されていくのである。

【第55話】

猪〈いのしし〉

八十神《やそがみ》は八上比売《やがみひめ》の婚《よば》いに失敗し、その屈辱をオオナムチ（大穴牟遅）の神にかぶせ、その殺害を計画する。

八十神は、オオナムチの神を、伯耆国《ほうき》の手間《てま》の山本におびき出した。そこで、八十神たちが山から赤猪《あかいのしし》を追い落とすから、オオナムチの神に山の下で待機して必ずこの赤猪を捕えよと命じた。殺害される計画とも知らず、オオナムチの神は、命ぜられるまま赤猪をだきとめると、それは赤猪に似た焼けただれた大石であった。そのため、オオナムチの神は、焼き殺されてしまうのである。

この神話の舞台とされた伯耆国の手間は、律令時代の伯耆国会見《あいみ》郡天万《てま》郷とされ、現在の鳥取県西《さい》伯《はく》郡南部《なんぶ》町天万《てんまん》に比定されている。そこの手間山《てまやま》の麓が『古事記』にいう山本である。

この手間山と谷をはさんで向かう山の麓に、大岩を祀る赤猪岩《あかいいわ》神社が、今も祀られている。

南部町天万は、米子市の東南に接した町で、山陰の最古の普段山《ふだんやま》古墳をはじめいくつかの古墳が散見する、古代の開けた地域の一つであった。

また、南部町の西に接する島根県安来《やすぎ》市伯太《はくた》町の安田関《やすだぜき》は、『出雲国風土記』意宇《おう》郡の条にみえる「手間《てま》の剗《せき》」である。出雲国と伯耆国の国境にもうけられた剗《せき》（関）であった。

おそらく古代の手間は、これらの地域を広く含む地域であったようである。

この手間の剗の西南が伯太町母里《もり》であるが、『出雲国風土記』意宇郡母理郷の条には「天《あめ》の下造《したつく》らしし大神大穴持《おほかみおほなもち》」の神が越《こし》の八口《やぐち》を平定され、長江山《ながえやま》に帰還されたとき、自分が統治していた国を、皇御孫《すめみま》の命《みこと》に譲ると宣言された土地と伝えている。そして、ここに鎮座された大穴持の神の社には、青垣がめぐらされ「玉珍置《たまお》き」されたと記している。『出雲国風土記』においても、この母理郷は、オオナムチの神と、ゆかりの深い地と伝承されていたのである。

それは、ともかくとして、オオナムチの神は、赤猪にみたてた焼け石で殺されるが、『古事記』では、猪は山の神の化身と考えられていたようである。

ヤマトタケルノミコト（倭建命）が、霊剣の草那芸《くさなぎ》（草薙）の剣《つるぎ》を熱田のミヤズヒメ（美夜受比売）のもとに置き忘れ、伊吹山に登ったとき、白猪《しらい》に逢われたが、山の神の従者と見誤り殺されなかったため、ヤマトタケルノミコトは、逆に氷雨《ひさめ》にうたれて精神朦朧となられ、居寤《いさめ》の清泉にいたって、やっと覚醒されたといわれている。

ここでは猪は、山の荒ぶる神の化神と語られている。

古代においても、山より猪が大挙して村落に下り多くの農作物を食いあらすため、猪は害獣として恐れられていたのであろう。だが一方、猪は宍《しし》（獣肉）の代表の食物とされ、また、多産の神として尊崇されている。日本の神の信仰には、かかる両義性をもつ神は少なくないようである。

【第56話】

試練〈しれん〉

八十神《やそがみ》にたばかれて殺されたオオナムチ（大穴牟遅）の神は、その御祖神《みおやがみ》、つまりオオナムチの神の母神によって甦生される。

御子神の無惨な死を知られた御祖神は、天上に赴き、カミムスビ（神産巣日）の神にお願いして、蚶貝比売《きさがいひめ》と蛤貝比売《うむがいひめ》をさずかり、その貝を削り粉とし、それに母乳を加えてオオナムチの神に塗られた。すると、たちどころにオオナムチの神は「麗《うる》わしき壮夫《おとこ》」として甦生されたという。

蚶貝は「蚶貝《きさがい》」とも書かれるが、赤貝の古名である。『出雲国風土記』嶋根郡の加賀《かが》の神崎《かむざき》の条にも、佐太の大神《おおかみ》の御祖神として、支佐加比売命《きさかひめのみこと》の名がみえる。「蚶《かん》」は、その状《すがた》は、海蛤《はまぐり》に似て、円《まる》く厚く、その貝殻のすじが縦横にはしっていると註せられている（『和名抄』巻十九）。

蛤貝は、文字どおり蛤《はまぐり》である。これらの貝殻を削った粉末と母乳を混ぜて、火傷した皮膚に塗るのは、日本で古来から伝わってきた療法である。

蛤貝比売については、『出雲国風土記』嶋根郡の法吉郷の条に、カミムスビノミコトの御子、宇武《うむ》加比売《かひめ》は、法吉鳥《ほほきどり》と化して、この地に鎮座されたと記されている。

法吉鳥はホッホ、ホケキョと鳴く鴬《うぐいす》といわれているが、法吉貝は北寄貝《ほっきがい》とも書かれ、姥貝《うばがい》の異名である。

この法吉郷は、現在の松江市の法吉町にあたる。ここには、式内社《しきないしゃ》の法吉社が祀られていたが、現在の松江市法吉町《ほっき》の大森神社がそれであるといわれている。旧社は、鶯谷《うぐいすだに》にあったという。鳥が変じて海の貝類に変身する話は、ほかにも伝えられているが、おそらく貝殻の文様が鳥の羽根の文様に類似していたからであろう。

それにしても、面白い着想で、古代人の豊かな想像力を証するものであろう。

オオナムチの神が、このような方法で甦生される話の絵画は、青木繁によって描かれ、久留米の石橋美術館に所蔵されている。

御祖神の必死の治療で、やっと生き返ったオオナムチの神は、またしても、八十神にたばかれて木又にはさまれて殺されてしまう。それを知った御祖神は、その木を割き、オオナムチの神を救出するが、このままではまた八十神によって殺されるに違いないと考え、生き返ったオオナムチの神を、スサノオノミコト（須佐乃男命）がいる根《ね》の堅州《かたす》の国《くに》に赴かせたという。

御祖神のいうように、オオナムチの神は根の堅州の国に行くが、それは、逃避の場ではなかった。試練の場所であった。昔は、未成熟の少年は、立派な成人に変わるため、必ず厳しい試練を経なければならなかった。将来、特に王者となる者は、一般のひとより、さらに厳しい試練に耐え抜かなければならないのである。オオナムチの神の試練も、まさに後者のケースであった。試練はいわばダンテのように、地獄の遍歴であった。

【第57話】

比礼の招ぎ〈ひれのおぎ〉

オオナムチ（大穴牟遅）の神が、御祖神《みおやがみ》の言葉に従って根《ね》の堅州《かたす》の国《くに》を訪れると、スサノオノミコト（須佐之男命）の娘、スゼリヒメ（須勢理比売）が最初に出迎える。そして、ただちに「目合《まぐわ》い」されたという。

『古事記』には、ホオリノミコト（火遠理命）が、失った釣針を求めて海神《わたつみのかみ》のもとを訪問されたときも、海神の娘トヨタマヒメ（豊玉比売）が、一目見てただちに見感《みめ》でて「目合い」されたと記されている。この「目合い」は文字どおりに解せば、男と女が目と目を合わせることだが、『古事記』では、イザナギ（伊邪那岐）の神とイザナミ（伊邪那美）の神が、天の御柱をめぐられ「美斗能麻具《みとのまぐ》波比《はひ》」をなされたと記されているから、性器を合わせて性交することであった。

だから、スゼリヒメも「目合《まくはひ》して、相婚《あいま》きます」と記される。単なる一目惚れではなく、夫婦となることだ。だからスゼリヒメは、オオナムチの神を必死になってかばうのである。

試練を課す黄泉《よみ》の国の主、スサノオノミコトは、オオナムチの神に、容赦なく苛酷な試練を次々と課していく。その第一の試練は、蛇の室《むろ》にオオナムチの神を突っ込むことであった。蛇といっても、おそらく毒蛇のたむろする室であったろう。だが、スゼリヒメは、愛する夫、オオナムチの神を救出するため、秘かに「蛇の比礼《ひれ》」を与え、これを振れば蛇を鎮めることをオオナムチの神に告げた。オオナムチの神がいわれるままに、その比礼を振ると、蛇は急におとなしく鎮まったという。ついで、呉公《むかで》（蜈蚣）と蜂の室にオオナムチの神は入れられるが、このときも、スゼリヒメから与えられた呉公と蜂の比礼を振って無事に穴から出ることができた。

実は、蛇の比礼、呉公・蜂の比礼は、物部氏が伝来する「瑞宝《みずたから》の十種」に含まれている鎮魂の比礼と同じものであった。物部の祖神のニギハヤヒ（饒速日）の神が天降《あまくだ》られたときもたらしたとされる「十種の瑞宝」は、鏡や比礼、玉などであるが、このうち比礼に蛇の比礼などが含まれていた（『旧事《くじ》本紀《ほんぎ》』）。

「応神記」は、天の日矛《あまのひぼこ》が新羅の国からもたらしたという「玉津宝《たまつたから》」は、珠二貫《たまふたつら》、浪振《なみふ》る比礼、浪《なみ》切《き》る比礼、風振《かぜふ》る比礼、風切《かざき》る比礼、奥津鏡《おきつかがみ》、辺津鏡《へつのかがみ》の八種と伝えている。ここに含まれる比礼は航海する氏族の呪能の比礼である。

比礼は、古代の女性が、頸にかけるスカーフである。

『肥前国風土記』松浦《まつら》郡の褶振《ひれふり》の峯《みね》の条にも、恋人の大伴狭手彦《おおとものさでひこ》が任那に赴いたとき、弟日姫子《おとひめこ》は褶振の峯に登り、褶《そで》で「振《ふ》り招《を》ぎ」したと記している。〝振り招ぎ〟とは、比礼を振ることによって、自分のもとにもどることの願いを示すものである。つまり、恋人、狭手彦の魂を自分のもとに鎮め、静かにして動かぬことを願う呪法である。

このように、比礼は、霊魂を鎮める呪能を有していたと考えられた。

【第58話】

鼠・根住み〈ねずみ〉

比礼《ひれ》の呪法で助け出されたオオナムチ（大穴牟遅）の神は、スサノオノミコト（須佐之男命）より、大野に放った鳴鏑《なきかぶら》を取りに行かせられる。

鳴鏑は鏑矢《かぶらや》のことで、矢の先に、射ると音をたてる鏑《かぶら》をとりつけたものだ。『古事記』には、近江の日枝《ひえ》の山や、山城の葛野《かどの》郡の松尾に祀られる大山咋神《おおやまぐいのかみ》は、鳴鏑をもつ神とされている。大山咋神は、大きな山に打ち込まれた杙《くい》で、それに依憑《いひょう》される神である。日吉《ひえ》神社と松尾神社の祭神である。

『本朝月令《ほんちょうがつれい》』に引く『秦氏本系帳《はたしもんけいちょう》』には、秦氏の娘が、葛野《かどの》川で衣裳を洗っていると、一つの矢が流れ来た。それを持ち帰り戸上に刺して置くと、その娘は夫がないのに懐妊し、男の子を出生した。怪しいと思い調べると、この矢は松尾明神であったと記している。

まさに〝白羽の矢〟そのものの伝承であるが、神として召される巫女《みこ》を神が選定されるとき、神が放つ矢が処女の髪に刺さると考えられていた。白羽は清浄な処女の象徴である。

ところで鳴鏑であるが、「雄略記」にも、雄略天皇が葛城山《かつらぎやま》に登られたとき、大きな猪が出現したので、鳴鏑で射られたと記されているが、この鳴鏑は相手を嚇す目的で放つ矢である。また、相手に挑むことを合図する矢であった。

大山咋《おおやまぐい》は、大きな山に打ち込まれた矢状の杭で、これをもって神域の領有権を顕示したものであろう。その神域を侵す者は、容赦なく殺されなければならなかった。

だから、オオナムチが、鳴鏑の射られた大野に不用意に入っていくことは、殺されても文句はいえないのである。それゆえ、スサノオの大神は、オオナムチの神が侵した大野にまわりから火をつけて焼き殺そうとされたのである。

オオナムチの神が逃げだす場所を探そうとオロオロされていると、鼠が出て来て、オオナムチの神に「内はホラホラ、外はブスブス」と告げた。オオナムチの神がただちにその地を踏むと穴があき、そこに隠れることができた。火は穴の上を通り過ぎていき、オオナムチの神は助かるのである。その鼠は、鳴鏑を口にくわえて、オオナムチの神に献じたという。

鼠は「根住《ねず》み」の意であろうから、地下のことをよく知る動物と考えられたのだろう。民話の「鼠浄土」の話が生まれてくる原因も、その点とかかわりをもつ。鼠は、古代から予知能力の優れた動物とみなされてきた。「天智紀」五年の条に、近江遷都の前に、鼠が大挙して近江に移ったと記している。それより以前にも、孝徳天皇が崩ぜられ、大兄皇子（後の天智天皇）が、倭《やまと》に遷都されることを発表される以前に、鼠が倭の都に移ったという。この鼠の移動は、「都《みやこ》を遷《うつ》す兆《きざし》」（「孝徳紀」白雉五年の条）であるといっている。

根の国に住む鼠は、地下のことだけでなく、世の中の動きをあらかじめ察知する能力があったと考えられていたようである。

【第59話】

試練と成人式〈しれんとせいじんしき〉

てっきり死んだと思っていたオオナムチ（大穴牟遅）の神が鳴鏑《なきかぶら》をたずさえて帰って来たので、スサノオノミコト（須佐之男命）は八田間《やたま》の室《むろ》で、オオナムチの神に頭にたかる虱《しらみ》をとることを命じた。この「八田間」の八田は八尺《やあた》であり、「間」は柱と柱の間である。つまり、柱と柱の間が八尺ある大きな広間のことである。

オオナムチの神は、命ぜられるままに虱を取ろうとすると、それは途端に、呉公《むかで》（蜈蚣）に変わった。それを見たスゼリヒメ（須勢理比売）は、椋《むく》の実と赤土《あかつち》を、オオナムチの神に渡し、椋の実をくい破り、赤土を口に含めば、あたかも呉公をくい殺しているように見えると教えた。

スサノオノミコトは、オオナムチの神が一生懸命とっているのを見て、すっかり安心し寝こんでしまった。そこで、オオナムチの神は、スサノオノミコトの髪の毛を一つひとつ垂木《たるき》ごとに結び、五百引の石を室の戸の前に置き、スゼリヒメを負って逃げ出すのである。

そのとき、オオナムチの神は、スサノオノミコトが所有していた生大刀《いくたち》、生弓矢《いくゆみや》、および天の詔琴《のりごと》を盗み出す。だが、あわてていたため、天の詔琴が木の枝にふれて大きな声をたててしまった。

その音を聞き、目覚めたスサノオノミコトは、室を押し倒して立ち上がったが、一つひとつの垂木に結びつけられた髪毛をほどくのに手間がかかり、その間に、オオナモチの神は、黄泉《よみ》の比良坂《ひらさか》まで逃げのびたという。

スサノオノミコトは、オオナムチの神を遠くから呼びとめて、お前が持って逃げた生大刀と生弓矢で、すべての八十神《やそがみ》を追い滅ぼし、国土を統一し、オオクニヌシ（大国主）の神と名のれと命じた。

オオナムチの神がスサノオノミコトより盗んだ生大刀、生弓矢は、霊力の生々として働く大刀、弓矢であろう。オオナムチの神は、この武器を入手することで、あらゆる敵対者や迫害者を滅ぼし、王者の地位を獲得することができた。「オオクニヌシ」（大国主）と改名するのは、国々を平定して王者となったことを示している。

それはともかく、黄泉の根《ね》の堅州《かたす》の国《くに》の過酷な試練は終わった。それにパスしたために、王者として、生大刀、生弓矢という軍事権の象徴を入手できたというのであろう。

オオナムチの神の試練は、先に述べたごとく一般の成人式の試練ではない。王者の誕生にまつわる試練であった。その試練は、一般者とは異なり、黄泉の国で行わなければならなかった。それは、〝死と再生〟の秘儀であったから、ひときわ苦難な課題が次々と課せられた。

過酷な極限状態から、自力で脱出することで、はじめて王者の資格が与えられる。『古事記』のオオナムチの神の物語の背景には、おそらく、「王者の試練」の行事が存在していたのであろう。わたくしたちの時代では、すでに若者から成人に変わるときの試練がみられなくなっている。それがよいことか悪いことかは別として、大人の自覚を欠く社会が出現してきたことは事実であろう。

【第60話】

宝石〈ほうせき〉

スゼリヒメ（須勢理比売）の必死の庇護によって、王者の地位につかれたオオクニヌシ（大国主）の神は、嫡妻であるスゼリヒメのほかにも、多くの女性を妻妾として迎え入れる。古代は一夫多妻であったからである。現代の社会では最も忌む制度のように考えられるが、古代社会では、むしろ、奨励されたようであった。

なぜなら、ほかの氏族と多く婚姻関係を結ぶことは、勢力拡大につながるからである。また、王者は、他者よりも一段と強い生産力、多産の能力を保持していなければならないと観念されていた。その呪力は豊穣の力で、あらゆるものを豊かに生み出すものと考えられていた。だから、王者が老いると、若い王者にその地位を奪われなければならなかった。

日本の王者は、〝色好み《いろごの》〟が特性とされ物語られてきた。在原業平、光源氏が主人公となる物語が好まれてきたのは、そのためである。

『古事記』のオオクニヌシの神も、その典型といってよい。

オオクニヌシの神が、王者となって最初に選んだ女性は、〝高志《こし》（越）の〟ヌナカワヒメ（沼河比売）であった。

越《こし》は、後に越前、越中、越後の国に分かれる北陸道を指す。沼河は、先述のとおり越後国頸城《くびき》郡沼川郷（現在の新潟県糸魚川《いといがわ》市奴奈川《ぬながわ》）である。

出雲からかなり離れた地域だが、古代では、いわゆる対馬海流にのって、出雲と北陸の地は結ばれていた。この日本海の沿岸には、潟《がた》が各地に形成され、港の役割を果たしていた。そのため、比較的早くから、日本海の各地を結ぶ交易ルートが開かれていた。沼河は、いうまでもなく翡翠《ひすい》の特産地であった。この地の小滝川や青海川がその産地と知られ、付近には硬玉の遺跡が点在している。

出雲国にも、『出雲国風土記』意宇《おう》郡の条に「玉造川《たまつくりがわ》」がみえ、玉造部の集団が居住していたことを物語っている。この玉造川の東岸が有名な玉造温泉である。この出湯《いでゆ》は、古代においては、出雲の新しい国造《こくそう》が、出雲の神賀詞《かむよごと》を奏上するため朝廷に参るとき、必ず御沐《みそぎ》したところである。

その神賀詞によると、国造が御祷《みほ》ぎの神宝《かんだから》として、白玉、青（緑）玉、赤玉の三種の玉類を天皇に献じたという。

白玉《しらたま》は「大御白髪《おおみしらが》まし」とあるので、長寿を祈る玉であり、赤玉は「御赤《みあか》らびまし」とあり、元気あふれることを祈願する玉である。青玉は、「水《みず》の江《え》の玉《たま》の行相《ゆきあい》に」とあるごとく、瑞《みず》の枝《え》が勾玉《まがたま》を緒に貫くこと、つまり「御須麻流《みすまる》の玉」を意味すると解されている。あるいは文字どおり、緑の川が水泡を連れて流れるさまをいいあらわしたとみてよい。

白玉の代表は真珠、青（緑）玉は翡翠、赤玉は瓊瓊杵尊《ににぎのみこと》の「瓊《けい》」にあたり、『和名抄』では珊瑚《さんご》にあてている。

【第61話】

隠妻〈なびづま〉

高志《こし》のヌナカワヒメ（沼河比売）とオオクニヌシ（大国主）の婚《よば》いの歌は、「天《あま》の馳使《はせつかべ》の事《こと》の語言《かたりごと》」として伝えられている。ここでは、オオクニヌシは、急にヤチホコ（八千矛）の神と名を変えて登場する。ヤチホコの神が、ヌナカワヒメの家にいたり、次のように歌われたという。

「八千矛《やちほこ》の　神《かみ》の命《みこと》は　八島国《やしまぐに》　妻婚《つまま》きかねて　遠々《とほどほ》し　高志《こし》の国《くに》に　賢《さか》し女《め》を在《あ》りと聞《き》かして…」

だが、このように三人称として枕に歌われる部分は、ヤチホコの神自身の台詞ではあるまい。おそらく舞台の傍らで、ヤチホコの神の行為の進行や発端を説明しているようにみえる。

そして、ヤチホコの神が何度も求婚のためにかよいづめ、大刀の緒を解かず、衣服も脱がずに、急いでヌナカワヒメの寝ている部屋の板戸を開けようとする。

「我《わ》が立《た》たせれば　引《ひ》こづらい　我が立たせれば　我が立たせれば　青山《あほやま》の　鵼《ぬえ》は鳴《な》きぬ　さ野《の》つ鳥《どり》　雉《きぎし》は響《どよ》む　庭《には》つ鳥《とり》　鶏《かけ》は鳴《な》く　心痛《うれた》くも　鳴《な》くなる鳥《とり》か　此《こ》の鳥《とり》も　打《う》ち止《や》めこせね」

と、いらいらした気持ちを歌っている部分が、ヤチホコの神そのものの台詞であろう。

このようにみていくと、これは舞台で演ぜられる、一種の求婚のコミカルな喜劇であったと思っている。その舞台の傍らに、コーラスのごとき一団がひかえ、劇の内容と進行を、歌をうたいながら説明する。それにつれて、主人公とヒロインの求婚の物語が展開するが、多くはユーモラスな内容で終わっている。それは笑いを誘うものだが、単に娯楽を提供するというより、むしろ、本質的には〝笑い〟の呪能をともなうものであった。

ヤチホコの神のいらだちの台詞に対し、ヌナカワヒメは次のように答えている。「わたくしは萎草《ぬえくさ》のような女性ですから、わたくしの心は、あたかも浦洲《うらす》の鳥のようなものです。今は、自由勝手に振るまわっているようにみえますが、後《のち》には必ず、あなたの鳥になります。ですから、わたくしを苦しめ、殺さないでください」と嘆願する。そして、「日が暮れれば、わたくしの白き腕《ただむき》や沫雪《あわゆき》の若《わか》やる胸を撫《だ》き、百長《ももなが》に寝ることになるでしょう」と結んでいる。

この問答歌からうかがえるように、古代において、男性から求婚された処女は、すぐに身をまかせることは許されなかった。それは、はしたない行為と考えられていた。ヌナカワヒメのように、一応は拒否するか、または、一応、身を隠して探し出してもらわなければならなかったようである。『播磨国風土記』賀古《かこ》郡の比礼墓《ひれのはか》の条の、印南《いんなみ》の別嬢《いらつめ》は、景行天皇から求婚されるとすぐに逃げ出し、身を隠したという。そのため南毗都麻《なびつま》（隠妻《なびづま》）と呼ばれたのである。天皇はやっと別嬢を探し出し、印南の六継《むつぎ》の村に連れ帰って、はじめて密事《むつみごと》を行われたと伝えている。

近世では逆に〝婿《むこ》逃げ〟がみられたという。宴会の途中で、婿は挨拶もそこそこに逃げ出し、ひとびとに探し出され、連れ帰される風習である。一夜を明かして後で結ばれる点は、共通しているといってよい。

【第62話】

馳使〈はせつかべ〉

ヤチホコ（八千矛）の神とヌナカワヒメ（沼河比売）の求婚の歌劇は、「天《あま》の馳使《はせつかべ》の事《こと》の語言《かたりごと》」として伝えられている。この「天の馳使の事の語言」について今でも多くの学説が提示され、試案が少なからず提出されていて、必ずしも定説をみない。

わたくしは、これは、ヤマト王権の杖部《はせつかべ》が天皇からその権威の象徴である杖を授けられ、諸国をめぐり、各地の豪族の動向をつぶさに朝廷に報告したものだと考えている。

杖部（丈部）には、いくつかの氏族が任命されたようだが、その有力なのは、大彦命《おおひこのみこと》の後裔とされる阿倍氏の杖部であった（『新撰姓氏録《しんせんしょうじろく》』右京皇別上、杖部造《はせつかべのみやつこ》の条）。ちなみに、埼玉県の埼玉《さきたま》古墳群の稲荷山古墳出土の鉄剣銘の「杖刀人」は、阿倍氏の杖部であろうと思っている。

杖はもともと神聖の依憑《いひょう》する聖木であった。「垂仁紀」には、伊勢にアマテラス（天照）大神《おおみかみ》を祀るに際し、天皇は、ヤマトヒメノミコト（倭姫命）をアマテラスの御杖として、アマテラス大神を貢《たて》奉《まつ》られたと記している。

「仲哀記」には、神功皇后が、新羅国を服属されたとき、

「其《そ》の御杖《みつえ》を以《も》ちて、新羅《しらぎ》の国主《こくしゅ》の門《かど》に衝《つ》き立《た》てて、すなわち、墨江大神《すみのえのおおかみ》の荒御魂《あらぶるたま》を以《も》ちて、国守《くにまもる》の神《かみ》となす」

とあるが、この御杖は、墨江の大神（住吉三神）の依憑する御柱であろう。

おそらく、天皇家の奉ずる神々、あるいは天皇霊を依憑せしめた杖を奉持し、豪族を服属せしめたり、あるいは地方に赴いて、豪族たちの政治的な動向を朝廷に報じたのが杖部であった、と想像している。

神話のストーリーながら、ヌナカワヒメとヤチホコの神が婚姻関係に入ることは、出雲と越後の同盟が結ばれたことになるから、杖部によって、中央政府にただちに報告されたのではないだろうか。

もちろん、これらの話には、大化前代のヤマト王権の全国統治のプロセスが投影しているとみるべきであろう。

日本海の重要拠点を占め、早くから朝鮮半島より先進文明を摂取した出雲は、対馬海流にのって日本海各地と交渉してきた。その出雲の勢力の動きを、ヤマト王権は細心の注意を払って注目したのである。このことが、神話にも強く反映していたのではあるまいか。

天平十一（七三九）年の『出雲国大税賑給歴名帳《いづものくにたいぜいしんごうれきめいちょう》』には、オオクニヌシ（大国主）の本拠地とされる出雲郡、神門《かんど》郡には、「丈部臣《はせつかべのおみ》」がかなり広く分布していた（『大日本古文書』第二巻）。

このことは、出雲臣（神門臣）というオオクニヌシの神を奉斎《ほうさい》してきた豪族の政治的動向が、早くから、ヤマト王権の関心の的となっていたことを示唆している。それが神話にも著しく投影したものではないだろうか。

【第63話】

一本薄〈ひともとすすき〉

オオクニヌシ（大国主）の神は、嫡妻をおいて、次々と各地の女性と婚《よば》いされたから、スゼリヒメ（須勢理比売）は激しい嫉妬の念にかられてしまった。おそらくこのように激しく感情をあらわにされたので、「スゼリ」と名づけられたのであろう。「スセル」の言葉は神話に登場されるホスセリノミコト（火須勢理命）の「スセリ」と同じである。ホスセリが火が盛んに燃えるさまをあらわすとすれば、情念の激しい女性がスゼリノヒメであろう。つまり、嫉妬心の強い女性だったことを示している。

夫のオオクニヌシの神は、それを知ってか、ことさらに倭《やまと》の国に処女をもとめに出かけようと、立派な束装《よそおい》を身にされて馬に乗られようとする際、次のように妻へのあてつけの歌をうたわれる。

黒い色の衣服を身にまとい、沖つ鳥がするように身づくろいをしていると、これはどうやら、今日の装いに似合わない。黒い衣服を脱ぎ棄て、鴗鳥《そにどり》のような青い服を身につけた。だが、どうもこれも気に入らない。最後に山の畑の染草《そめくさ》の汁で染めた衣服を着てみた。これは大変似合うようだ。わたくしが、先にあげた群鳥のように、大勢のひとびとと連れ立って、倭（大和）に行くならば、「泣《な》かじとは　汝《な》は言《い》ふとも　山処《やまと》の　一本薄《ひともとすすき》　項倒《うなかぶ》し　汝《な》が泣《な》かさまく　朝雨《あさめ》の　霧《きり》に立《た》たんぞ」（あなたは悲しみ、泣かないと強がりを言っても、山麓の一本薄のようにうなだれ、あなたが泣けば朝雨の霧のような吐息をつくだろう）。

ここで、おきざりにされた女性を一本薄にたとえているが、「仁徳記」でも、仁徳天皇が、御子を生まなかった愛する八田皇女に

「八田《やた》の　一本菅《ひともとすげ》は　子《こ》持たず　立《た》ちか荒《あ》れなむ　惜《あた》ら菅原《すがはら》」

と歌われたという。それに対し八田皇女は

「八田《やた》の　一本菅《ひともとすげ》は　一人居《ひとりを》りとも　大君《おほきみ》し　良《よ》しと聞《きこ》せば　一人居《ひとりを》りとも」

と返されたと伝えている。

実は、この「仁徳記」の話と、オオクニヌシの神をめぐる女性たちの物語は、いろいろな点で共通点があるようだ。仁徳天皇と別れた黒日売が、天皇の去りゆく姿を見て

「倭方《やまとへ》に　行《ゆ》くは誰《た》が夫《つま》　隠《こも》りづの　下《した》よ延《は》へつつ　行《ゆ》くは誰《た》が夫《つま》」

と歌っているが、かりにこの歌をそのままスゼリヒメの歌にもって来ても、少しも不自然ではない。仁徳天皇は、多くの女性と結ばれ、嫡后のイワノヒメ（石之日売）を悩ましている。

オオクニヌシの神の妻とされる女性は、『古事記』には、胸形（宗像）の奥津宮のタキリヒメ（多紀理毗売）、カムヤタテヒメ（神屋楯比売）などをあげているが、先の稲羽《いなば》の八上比売《やがみひめ》、高志《こし》の沼河《ぬなかわ》比売《ひめ》もそれに加えてよかろう。だから、スゼリヒメは

「島《しま》の崎々《さきざき》　掻《か》き廻《み》る　磯《いそ》の崎落《さきお》ちず　若草《わかくさ》の　妻持《つまも》たせらめ」

と歌ったのである。

【第64話】

小さ神〈ちいさがみ〉

あるとき、オオクニヌシ（大国主）の神が、出雲の御大《みほ》の御崎《みさき》（島根県松江市美保《みほ》の関《せき》の崎《みさき》）に立っていると、天《あめ》の羅摩《かがみ》の船に乗り、鵝《ひむし》の皮を剥《は》いで作った衣服を身につけた神が、海岸に到着した。

この「羅摩」は、「ががいも」の古名といわれている。『日本書紀』では、「白蘞《かがみ》」と表記しているが、多年生の蔓《つる》草で、細長い莢《さや》の姿をした実をつける植物である。この莢を二つに割ると舟の形になるという。

この小さな莢船に乗られる神は、小さな神でなければならなかったが、多年草の蔓草の船は、また常世《とこよ》の神の乗りものに、まことにふさわしいものであった。

「鵝」は、「ヒムシ」で、いわゆる鵝《がちょう》ではない。『日本書紀』では、「鷦鷯」の羽をもって衣服としたとあるが、鷦鷯は「みそさざい」を指すとされている。先の「ヒムシ」は、一説には「火虫」と解しているが、「蛾《が》」の類《たぐい》とみてよかろう。特に、蚕《かいこ》がさなぎとなり、それが羽化して蛾となったものを指すという。とすれば、「ヒムシ」の皮を内剥《うつは》ぎにして衣を作るとは、繭玉を二つに割ったものを、身につけたことを示している。

このように、繭玉につつまれた姿は、一種の籠《こも》りのさまをあらわすものと考えてよい。蚕は、次々と脱皮を繰り返す虫であるから、古来から再生の虫の神として崇められていた。

「皇極紀」には、不尽河《ふじがわ》（富士川）の辺《あたり》の人、大生部多《おおふべのおお》という者が、常世の神と称して虫祭りを勧めたと記すが、その虫は全く養蚕《かいこ》に似ていると述べている。つまり、蚕は桑《くわ》を食べ、脱皮し、貴重な絹糸をはきだす虫であったから、ひとびとにとっては「富と寿（いのち）」を授ける常世の神であった。蚕の食べる桑は、〝妙《くわ》しきもの〟の一つであった。桑は、中国でも日本でも霊木視されてきたことは、ご存知であろう。たとえば、東北地方のオシラサマは、必ず桑の木で造られ、桑の木の下で祭りが行われたという。

いずれともあれ、この〝小《ちい》さ子《ご》〟の神の姿は、海のかなたの常世の国から来訪された神にふさわしいものであった。

小さ子は、世界中の民話の中によく登場するが、そのすべてが、普通のひとには決して負けない能力の持主として描かれている。日本でいえば、一寸法師である。常人と異なる姿で出現すること自体が、すでに普通のひととは違う者とみなされ、超能力を秘めた人物とされてきた。〝負けじ魂〟をもった者として描かれていた。

『日本書紀』には、オオクニヌシの神が指でつまみ上げ、掌《たなごころ》でもて遊んでいると、急にこの小さ子の神は、オオクニヌシの神の頬に食らいついたと記している。

『播磨国風土記』神前郡《かんざき》の埿岡《はに》の里の条には、オオクニヌシの神とこの小さ神が、重い埴土《はに》を担いでいくのと、屎《くそ》を我慢するのがどちらが楽かという賭をして、小さ神が勝った話を伝えている。

【第65話】

案山子〈かかし〉

海の彼方から、来訪された小さ神《ちいさがみ》は、誰にも知られていない神だった。

だが、タニグク（多仁具久）が出てきて、クエビコ（久延毗古）なら知っているだろうと答えたという。このタニグクは、蟇《ひきがえる》を指すといわれているが、「谷潜り《たにくぐり》」で、谷間の湿地に住み、大きな目でキョロキョロとあたりを見渡す動物だ。そのため、いろいろなことを知っていたと考えられたようである。あるいは「クク」と鳴くので、「谷クク」と呼ばれたともいう。わたくしは、それに加えて、蟇が地下に潜みながら、全国のあらゆるところに現れる一種の「潜りの生物」とみなされていたことに注目したい。『万葉集』の山上憶良の長歌では、

「大王《おほきみ》います　この照《て》らす　日月《ひつき》の下《した》は　天雲《あまぐも》の　向伏《むかふ》す極《きわ》み　谷蟇《たにぐく》の　さ渡《わた》る極《きわ》み」

（『万葉集』巻五ノ八〇〇）

と歌い、谷グクが日本全土に出没すると述べている。

潜りを繰り返し、永生きし、世界の各地を遍歴したもの知りの生物が蟇だった。

蟇から、何でも知っていると指名されたクエビコは、「案山子《かかし》」である。

『古事記』では「いわゆる久延毗古《くえびこ》は、今の山田の曽富騰《そぼど》なり。此《こ》の神、足は行《ゆ》かねど、ことごとく天《あま》の下《した》の事を知れり」と註している。この曽富騰の「ソボ」は、みすぼらしい意味だ。「ソボツ」

といえば、雨にぐっしょりぬれる姿をいう。たとえば、「武烈紀」に、恋人の平群鮪《へぐりのしび》が武烈天皇に殺されたのを知って、影媛《かげひめ》(物部麁鹿火《もののべのあらかひ》の娘)が悲しむ姿を

「玉盌《たまひも》に　水《みず》さへ盛《も》り　泣《な》き沾《そぼ》ち行《ゆ》くも　影媛《かげひめ》あはれ」

と歌われているが、泣き濡れるさまが「泣《な》き沾《そぼ》ち」である。

クエビコは、「崩《く》え彦《ひこ》」で、長い間、田畑に立ちつづけ、着ている衣服は崩《く》えていることによる名前であろう。その点は、曽富騰の「ソボ」に共通している。

ちなみに、「案山子」は、片足を掲《かか》げる姿から名づけられたものであろう。

民俗学者が説くように、片足や片目の者は、神に召された者の姿だという。片足、片目は一般のひとと、はっきり区別されるための徴《しるし》である。一種の聖痕と考えてよい。

片目の神である天目一神《あまのまひとつのかみ》は、まさにその代表であろう。また、神に捧げる舞で、片足だけで激しくまわる旋舞も、それとかかわりがあるとされている。

それはともかく、このカカシに「案山子」の文字があてられるのは、案山《あんざん》、つまり机のように平たい低い丘陵に立つ男子という意味である。中国では、机を案几《あんき》と称し、机の上を案頭《あんとう》と呼ぶ。しかし「案」はまた、よく考え調べることでもあるから、案山は、山々のことをくわしく知ることでもあったのであろう。つまり案察《あんさつ》者である。それにしても蓑が、案山子を世の中を知る者としているのは、何ともユーモラスで面白い。

【第66話】

少名毗古那神 〈すくなひこなのかみ〉

案山子《かかし》のクエビコ（久延毗古）は、小《ちい》さ神《がみ》を、カミムスビ（神産巣日）の神の御子で、スクナヒコナ（少名毗古那）の神であると、オオクニヌシ（大国主）の神に告げた。

オオクニヌシの神が、直接にカミムスビの神に尋ねると、確かにわが子であるが、わたくしの手の間からこぼれ落ちた子であると言われ、オオクニヌシの神に対し、しばらくの間、スクナヒコナの神と共同して国造りに励むようにと伝えた。そこで、オオクニヌシの神は、スクナヒコナの神とともに、国土経営に尽くされることになった。

この「スクナ」は、「オオナ」に対比する名称である。「ナ」は、土地の古語である。「推古紀」七年の条に

「地動《なゐふ》りて、舎屋《しやをく》、悉《ことごと》くに破《こわ》たれぬ。則《すなは》ち四方《よも》に令《のりごと》して、地震《なゐ》の神《かみ》を祭《いの》らしむ」

とあるように、地震を「ナヰ」と訓《よ》ませている。また、荘園に隷属しその土地を小作する農民を「名《な》子《ご》」と呼ぶ。封建制時代の大名、小名、名主などの「名」は、すべて土地の意を含んでいる。

ところで、力をあわせて国造りしたと記されているが、『古事記』はほとんど、スクナヒコナの神の活躍振りについてはふれていない。かえって『日本書紀』では、オオクニヌシの神は、スクナヒコナの神と「力《ちから》を戮《あは》せて、心《こころ》を一《ひとつ》にして天下《あめのした》を経営《つくる》」と述べ、その具体例としては、医療の法を定めた

と書いている。人間や獣のために病を治す方を定め、また鳥や獣《けだもの》、昆虫の災異《わざわい》をはらうための、「禁厭《まじない》の法」を定めたという。

オオクニヌシの神が漢方の医療と深くかかわっていたことは、少しふれてきたが、スクナヒコナの神もまた、医療神とみなされてきた。

興味深いことに、『和名抄』巻十には

「石斛《せつこく》、須《す》久《く》奈《な》比《ひ》古《こ》乃《の》久《く》須《す》祢《り》、伊《い》波《わ》久《く》須《す》利《り》」

と記されている。ここに、「石斛、スクナヒコの薬」と訓まれ、岩薬と称している。おそらく、スクナヒコナにかかわる特異な薬と考えられたのが、石斛だというのであろう。

薬は「奇《くす》しきもの」と考えられ、医師《くすし》も、同じく奇しき業《わざ》を行う者の意であろう。

石斛は、岩薬と呼ばれるように、山中の岩石にはえる木賊《とぐさ》状の植物であるが、スクナヒコナの神も、「常世《とこよ》に坐《いま》す　いはたたす（岩たたす）少御神《すくなみかみ》」と讃えられ、岩立《いわた》たす神であった。

また「神功皇后紀」には、「神酒《くし》の司《かみ》」と称されるように、神酒《みき》を造る奇しき神でもあった。酒も薬の一種である。

さらには前にも述べたように、オオクニヌシとともに温泉の治療の神とも描かれているから、現代においても、医療関係のひとびとから、スクナヒコナの神は、医療神、薬の神として、崇められている。

【第67話】

稀びと〈まれびと〉

スクナヒコナ（少名毗古那）の神は、国造りの途中で常世《とこよ》の国に帰られる。おそらく、民俗学者のいう「マレビトの神」に属する神なのだろう。

常世の国の神が、海の彼方からこの国に来訪され、ひとびとに祝福や永生を与え、再び常世の国に帰る。それは、一年に一度と日を決めて来訪される神なので〝稀《まれ》びと〟と呼ばれたという。日本で古く、お客様に対し〝まろうど〟と称するのは、「稀びと」の意である。

稀びとは、一時的にこの世にとどまっても、またすぐに常世の国にもどらなければならなかった。

『日本書紀』には、スクナヒコナの神は、熊野の御碕《みさき》より、常世の国に帰られたと記している。また、一説として、淡島の粟茎《あわがら》に弾かれ、常世の国に飛び帰ったと述べている。

この熊野は、『出雲国風土記』意宇《おう》郡にみえる熊野の大社を祀る熊野山にあたるという。現在の島根県松江市八雲町と安来市広瀬町の境にある天狗山《てんぐやま》である。

この天狗山は、本来は「天宮山《てんぐうやま》」であろうが、意宇川の上流にある山だ。

このように出雲に結びつけるのは当然のように思われるが、「熊野の御碕」と明記されているから、海岸地の熊野と考えなければならないだろう。わたくしは「仁徳紀」にみえる「熊野岬」にあてるほうが、妥当な説だと考えている。

「仁徳紀」では、皇后のイワノヒメ（磐姫）が、神祭りのための御綱葉《みつなかしは》を採られたところとしている。そこは、現在の和歌山県東牟婁郡串本町《ひがしむろくしもと》の潮岬《しおのみさき》である。この岬の西方の潮御崎《しおのみさき》神社には、スクナヒコナの神が祀られている。

この紀伊半島の南端の地は、仏教が入ると観音浄土の補陀落《ふだらく》信仰と結びつけられていく。『平家物語』には、戦《いくさ》に敗れた平家の御曹司、平維盛《たいらのこれもり》は、戦線から離脱して那智の浦で入水したというが、これもいわゆる補陀落渡海の一例と考えられている。

補陀落は、サンスクリットのポタラカ（Potalaka）を音写したものだが、観世音菩薩の住まわれる山である。

玄奘《げんじょう》（三蔵法師）の『大唐西域記《だいとうさいいきき》』にはインド半島の南端にあると記しているが、中国では、浙江省の舟山群島の普陀山がそれにあてられ、観音霊場とされてきた。その影響で日本では、那智山を補陀落として信仰してきたのである。熊野を補陀落渡海の地とするのは、海の彼方にあるとされる常世の国が重複していったのであろう。

日本では、古くから伝わる民間信仰が、形を変え仏教に摂取されることが少なくない。というより仏教も、在地の信仰を巧みにとり入れることによって浸透をはかっていったというべきかもしれない。たとえば、お盆、盂蘭盆会《うらぼんえ》は仏教の行事だが、日本で古くから行われていた祖霊迎えと結びつけられていった。盆踊りも念仏踊りの伝統をいくが、もとは祖霊供養の精霊踊《しょうりょうおど》りの鎮魂の祭りであった。

【第68話】

粟島〈あわしま〉

スクナヒコナ（少名毗古那）の神は、また、淡島の粟茎《あわがら》に弾かれて、常世《とこよ》の国に帰られたと伝えられている。淡島の「アワ」が、粟茎の「アワ」と同音であったために思いついた話であろう。

しかし、『釈日本紀』巻七に引く『伯耆《ほうき》国風土記』の逸文には、相見《あいみ》郡余戸《あまりべ》の里《さと》の粟島の条では、少名彦命《すくなひこのみこと》が、粟を蒔き、粟の穂に実が垂れさがると、その粟に弾かれて、常世の国に帰ったと伝えられている。この粟島は、現在の鳥取県米子市彦名の粟島に比定されている。この地は、現在では鳥取県に属しているが、古代では出雲国に含まれている。

この粟島は、夜見《よみ》が浜《はま》の基部にあり、中海《なかうみ》を介して安来市に面するところに位置している。『出雲国風土記』意宇《おう》郡の条に

「粟島《あわしま》　椎《しい》、松《まつ》、多年木《たねき》、宇竹《おほだけ》、真前《まさき》などの葛《かづら》あり」

と記されている。ここにみえる真前《まさき》の葛《かずら》は、アメノウズメノミコト（天宇受売命）が、天の岩戸の前で踊られた際に、頭にまかれた「天《あま》の真析《まさき》の縵《かずら》」と同じものである。

それはともかく、この粟島の近くにはオオクニヌシ（大国主）の神のゆかりの郷《さと》が存在していた。『出雲国風土記』の意宇郡の山代《やましろ》郷は、天《あめ》の下造《したつく》らしし大神《おおかみ》、大穴持命《おおなもちのみこと》の御子、山代日子命《やましろひこのみこと》が坐《いま》すところとし、拝志《はやし》郷も天の下造らしし大神が、越《こし》の八口《やぐち》を平定され、帰還されてこの地にたどりつかれ

たとき、樹木が茂り盛んであり、そこで大神は「吾が御心《みこころ》の波夜志《はやし》」と言われ、それより、林の地名が起こったと記している。

この山代郷は、現在の松江市山代町で、ここには県下最大の山代二子塚古墳などが築かれている。拝志郷は、島根県松江市玉湯町林で、中海や宍道湖に面する地域に存在している。しかも、これらの地が、天の下造らしし大神のゆかりの地であるとすれば、この粟島の伝承は、一層具体性を帯び生きてくる。ところで、『万葉集』などでは、「淡島の」と歌えば〝逢わじ〟に掛ける枕詞とされている。

「淡島《あわしま》の　逢《あ》はじと思《おも》ふ　妹《いも》にあれや
安眠《やすい》も寝《ね》ずて　我が恋《こ》ひ渡《わた》る」（『万葉集』巻十五ノ三六三三）

などと歌われているが、スクナヒコナの神はこの淡島、つまり再び逢わじの島から別れていったと考えてもよいのではあるまいか。この淡島は、イザナギ（伊邪那岐）の神とイザナミ（伊邪那美）の神が水蛭子《ひるこ》を生み、次に淡島を生まれたが「共に子の例に入れざりき」とされる神であった。イザナギ、イザナミの二神から放たれた児であるとすると、この淡島も逢わじの島だったことになる。

ちなみに、この「あわしま」は、『万葉集』に

「天《あま》さかる　夷《ひな》の国辺《くにへ》に　直《ただ》むかふ
淡路《あわじ》を過《す》ぎ　粟島《あわしま》を背《そがひ》に見《み》つつ」（『万葉集』巻四ノ五〇九）

とうたわれる瀬戸内の粟島であろう。

【第69話】
和魂〈にぎみたま〉

スクナヒコナ（少名毗古那）の神という最大の協力者を失って、オオクニヌシ（大国主）の神は落胆し、しばし呆然として海辺に立ちつくされた。常世《とこよ》に帰られたスクナヒコナの神を忘れかねていたのである。「吾独《あれひと》りのみして、何《いか》にか能《よ》く共与《とも》に相作《あひつ》くり成《な》さむ。若《も》し然《しか》ら不《ず》者《ば》、国成《くにな》り難《がた》けむ」とつぶやかれたという。

するとそこに、海を光《てら》し依る国《くに》つ神《かみ》が出現された。その神は、オオクニヌシの神に向かい、

「能《よ》く我《わ》が前《さき》を治《おさ》め者《ば》、吾《あれ》、能《よ》く共与《とも》に相作《あいつく》り成《な》さむ」

と託宣されたという。

オオクニヌシの神は、それならばどのように神霊を祀ったらよいかと尋ねると、その神は、「吾は、倭《やまと》の青垣《あおがき》の東の山の上に斎《いつ》き祀《まつ》れ」と答えられたという。その神は、御諸《みもろ》の山（三輪山）に坐《いま》すオオモノヌシ（大物主）の神であった。

『日本書紀』では、

「汝《なれ》の幸魂《さきみたま》、奇魂《くしみたま》」

と名のったと記している。幸魂は幸運をもたらす神と解されるが、むしろ、この「幸《さち》」は山の幸、海の幸の「幸」で、原義的には、ひとびとに山や海の獲物をたくさん与える神である。古代のひとびと

にとって豊かな食料を得ることは、幸福の最大のものであった。

奇魂は、霊威の優れた魂を指し、超能力を発揮する霊魂である。

この物語によって、三輪山のオオモノヌシの神と、出雲のオオクニヌシの神が、同一神とされていく。それでは何ゆえ、この二神が同一神とされるかという問題が出されるかもしれないが、実際のところ、簡単に説明するのは困難だ。

だが、しばしばあげる『出雲国の神賀詞《かむよごと》』の一節にも

「己《おのれ》の命《みこと》（オオクニヌシの神）の和魂《にぎみたま》を八咫《やた》の鏡に取《と》り託《つ》けて、倭《やまと》の大物主の櫛𤭖玉命《くしみかたまのみこと》と名を称《たた》へて、大御和《おほみわ》（大三輪）の神奈備《かむなび》に坐《ま》せ」

と述べていることは、注目されてよい。

ここでは大三輪の神、オオモノヌシの神は、オオクニヌシの神の和魂だと名のっている。和魂は、荒魂《あらみたま》に対するものである。日本では、古くから、荒々しい神の御魂《みたま》も丁重に祀ると、ひとびとを庇護し幸をもたらす神、和魂に変わると信じられてきた。

たとえば、藤原時平《ふじわらのときひら》らの讒言《ざんげん》によって、大宰府でなくなった菅原道真《すがわらのみちざね》は、火雷神《からいじん》と化し政敵を次々と殺害したが、後に丁重に神社に祀られると、しだいに学問の神（今では特に受験の神）へと変身している。このように、恐ろしい怨霊が、供養され祀られれば逆にひとびとに幸をもたらす神に変わるというのは、まことに日本独自の信仰といってよい。

【第70話】

神々の変身〈かみがみのへんしん〉

神の変身といえば、オオモノヌシ（大物主）の神も変身されている。オオモノヌシの神が「倭《やまと》の櫛《くし》甕玉命《みかたまのみこと》」と名のられたとあるが、これは本義的には「奇厳魂《くしみかたま》」で、霊妙で恐ろしい神霊の意である。

だが「甕玉」とひとたび書かれると、酒を入れる甕《みわ》の神とみなされるようになる。甕は瓺《ちょう》と同じで、「瓶《かめ》」をいう。現在でも、三輪山の神を祀る三輪神社の神殿の前には、酒樽がところ狭しと並べられている。それより、大和の酒の神は、三輪の神が独占していく。だが、三輪の神は本義的には三つの岩倉（上つ岩倉、中つ岩倉、辺つ岩倉）を山に置く神であったと考えられている。

日本人は、同音や類似の名から連想して、しばしば神格を変えていく傾向が強いようだ。

たとえば、古代では「水分《みくまり》の神」が分水嶺に祀られ、水神として尊崇されてきた。「祈年《としごい》の祭り」の祝詞《のりと》にも「水分《みくまり》に坐《ま》す皇神《すめがみたち》等の前《まえ》に白《もう》さん、吉野《よしの》、宇陀《うだ》、都祁《つげ》、葛木《かつらぎ》と御名《みな》を白《もう》して」として、大和の水分神をあげ、豊作を祈っている。この水分は「水配《みずくば》り」の意である。だから、水田に豊かな水を与えてくれる農業神ないしは水神であった。

しかし、「ミクマリ」が、「ミコモリ」にきわめて類似した言葉であったから、いつしか、「御子守《みこもり》の神」とされたり、子を授ける神や子を守り育てる神とされていった。

もっと極端な例は、柿本人麻呂《かきのもとのひとまろ》である。人麻呂は『万葉集』の最高の歌人であったから、和歌の道では特に尊崇されて祀られるのは、けだし当然であるが、「ヒトマル」の名から「火止る」が連想され、防火の神様と祀られてしまうのである。ちなみに、麻呂は、後に「丸《まる》」と訓《よ》まれていく。人麻呂も墓の中で、ビックリしているかもしれない。

このように、平気で神の性格を変えるというのは一見、神を冒涜しているようにみえるかもしれないが、そのことは日本の神は、唯一絶対の神でない、常に民衆の身近な神だったことにかかわっていたと、わたくしは考えている。換言すれば、日本の神々は、祀るひとびとの願望の変遷にともなって神格を変えていくといってよい。特に生活環境の変化が及ぼす影響が強い。

一例をあげれば、年の暮れに売りに出される熊手は「宝尽くし」といわれるように、あらゆる宝物を、熊手にとりつけたものである。だが、この年の瀬の祭りは、本来は年の末に、新しい農具を村落内で交換した行事であったに過ぎない。その中に農具として熊手が含まれていたが、都会の祭りとなると、熊手は福を掻き集めるものに変わっていく。

同様に稲荷信仰は、農村で稲成《いな》りの豊作を祈る神であったが、都会に移されると、財宝を恵む商売の神に変化している。

これらは、農村から都会への生活習慣の違いにともなう変身であったが、また時代の変遷にともなう信仰の移り変わりも、神格に影響を与えていく。その意味からすれば、日本の神々はきわめて民衆的であった。

【第71話】

賀夜奈流美神〈かやなるみのかみ〉

先の『出雲国の神賀詞《かむよごと》』では、オオクニヌシ（大国主）の神を、三輪山のオオモノヌシ（大物主）の神としているだけでなく、オオクニヌシの神の御子神たちも、大和の神社に配している。

アジスキタカヒコネ（阿遅鉏高日子根）の神は葛城《かつらぎ》の鴨《かも》の社に祀られ、コトシロヌシ（事代主）の神は雲梯《うなで》の社に祀られている。カヤナルミ（賀夜奈流美）の神は飛鳥神社に祀られ、皇孫《すめみま》の近き守神《まもりがみ》とされている。

アジスキタカヒコネの神を斎《いつ》く葛城の鴨社は、旧大和国葛上《かつらぎかみ》郡佐味庄《さみのしょう》神通寺社の、高鴨阿治須岐《たかかもあじすき》詫彦根《たかひこね》神社である。捨篠《すてしの》社とも呼ばれるが、現在の奈良県御所《ごぜ》市鴨神《かもがみ》に祀られている。『出雲国風土記』意宇《おう》郡の賀茂の神戸《かんべ》の条に

「天《あめ》の下造《したつく》らしし大神《おほかみ》の御子《みこ》、阿遅須枳高日子命《あぢすきたかひこのみこと》、葛城の賀茂の社《やしろ》に坐《いま》す。此《こ》の神の神戸《かんべ》なり」

と記している。ちなみに、「社《やしろ》」は、「屋代《やしろ》」の意味で、神が降臨される家屋である。神の常住される建物ではない。神殿はいわゆる拝殿で、そのたびごとにいちいち神の降臨を願う。それを知らせるものが鈴であり、拍手《かしわで》である。

コトシロヌシの神を祀る社は、現在の奈良県橿原《かしはら》市雲梯《うなで》の式内社《しきないしゃ》、高市《たけち》の御県《みあがた》に坐《ま》す鴨《かも》の事代主《ことしろぬし》神社である。

カヤナルミの神は、飛鳥の神奈備《かんなび》に坐《ま》す神社の祭神である。現在の奈良県高市郡明日香村に祀られている飛鳥坐《あすかにいます》神社だ。この社は、古くは高市郡加美郷《かみ》甘南備《かんなび》山に祀られていたが、天長六（八二九）年に神託により、鳥形山《とりがたやま》に遷されたという（『日本紀略』）。

この甘南備山は、有名な飛鳥の雷岡《いかずちのおか》を指すといわれている。

ただ不思議なことに、このカヤナルミの神は『古事記』にも『日本書紀』にも登場していない。この「カヤナルミ」は、「榧《かや》の木になる実」が原義かと想像している。榧の実は、古代より薬用として虫下しや強精剤に用いられてきた。すると、オオクニヌシが医療神であることから考えて、御子神にふさわしい神の名であろう。

近き皇孫の守神の一人に選ばれるのは、やはりこのような神格を有したからではないかと思う。一説には、茅萱《ちがや》で葺いた神殿をあらわすともいわれるが、必ずしも明らかではない。あるいは茅《かや》の神とも考えられる。茅萱の根は利尿剤、止血薬として薬用とされる。あるいは、南渕川に面している神社であるから、かや鳴《な》る水《み》、つまり流れの水勢の霊力を示す神とも考えられている。

いずれが正しいかさだかでないが、わたくしは今のところ、皇室の守神とされているので、医療神と考えてよいのではないかと考えている。

【第72話】

あじすきの神
〈あじすきのかみ〉

アジスキタカヒコネ（阿遅須岐高日子根）の神（「阿治志貴《あじしき》」とも書かれている）は、『日本書紀』には

「味耜高彦根神《あじすきたかひこねのかみ》」

と表記されているから、鋭利な耜《すき》（鉏）の神であろう。親神のオオクニヌシの神は、『出雲国風土記』意宇《おう》郡、出雲の神戸《かんべ》の条に、

「五百《いほ》つ鉏《すき》の鉏《すき》、猶取《なほと》り取《と》らして、天《あめ》の下造《したつく》らしし大穴持命《おほなもちのみこと》」

と、多量の鉏（鋤《すき》）を所有され、土地を開墾されてこられた大神と呼ばれている。まさに、その御子神にふさわしい尊称といってよいだろう。

アジスキタカヒコネの神は、『古事記』や『日本書紀』には、死去したアメノワカヒコ（天若日子）と間違えられて激怒し、アメノワカヒコの喪屋《もや》を十握《とつか》の剣《つるぎ》で切り倒し、足でけとばされたと記されている。そのとき、妹神のタカヒメ（高比売）は兄神について、

「み谷《たに》　二渡《ふたわた》らす　阿治志貴高日子根《あじしきたかひこね》の神《かみ》ぞ」

と紹介し、その名を明らかにしている。

『日本書紀』では

「光儀華麗《こうぎかれい》にして、二丘《ふたおか》、二谷《ふたたに》の間《かん》に映《え》ず」

と述べているので、雷神的な性格をもつ神とも考えられている。

鋭利な剣が雷《いかずち》と同一視されるように、鋭利な鋤（鉏）で大地を掘るとき、石などに当たって光花を発することが、雷になぞらえられたのではないかと想像している。あるいは雷光とともに大木を裂き倒す威力が、切れ味のよい鋤にも類似性を見出したのではあるまいか。樫などの木製の鋤などにくらべ、土地の開墾にはるかに優れた効率を発揮する鉄製の鋤への讃美である。

この神は、高鴨《たかかも》神社に祀られているように、大和の鴨氏が斎《いつ》く神である。

鴨氏は、ほかに山城の鴨氏があるが、早くから鴨氏は二つに別れて発展していったようである。大和の鴨氏の本拠地は、大和国葛上《かつらぎかみ》郡下《しもかも》鳥郷（奈良県御所《ごぜ》市宮前町）付近である。

『土佐国風土記』の逸文とされる記載には土佐に高賀茂の大社が祀られ、その祭神を一言主神《ひとことぬしのかみ》とも、味鉏高彦根尊とも称していると伝え、大和の葛城の一言主神とアジスキタカヒコネの神は、早くから混同されている。

一言主神は葛城氏が斎く神であるが、一言主神社が葛城山麓の御所市森脇に祀られており、かつては葛城氏の領域内に二社は存在していたから、類似の神と考えられたのであろう。この葛城氏の斎く一言主神が、雄略天皇と猟を競われたとき、タカカモノアジスキタカヒコネの神は老翁と化し、不遜の詞ありとして、土佐の国に流されたと伝えている。

【第73話】

事代主〈ことしろぬし〉

コトシロヌシ（事代主）の神は、神語《かみごと》を伝える神である。神が依憑《いひょう》して神託をひとびとに告げる司祭者が、事《こと》（言）代《しろ》である。

「神功皇后摂政前紀」に、神功皇后が、神々の託宣を受けたとき、

「天事代虚事代玉籤入彦厳之事代主神《あまことしろそらことしろたまくしいりひこいつのことしろぬしのかみ》」

と名のる神が出現したと記している。

大変、厳めしい神名であるが、要するに、天や空にいます神からの託宣を、ひとびとに伝える「玉《たま》籤《くし》」、つまり魂奇《たまく》しき入神者という意である。つまりきわめて霊威をもつ司祭者と解してよいだろう。

また、神功皇后の軍船が海上で立ち往生したとき、アマテラス（天照）大神《おおみかみ》とともに、コトシロヌシの神は、

「吾をば、御心《みこころ》の長田国《ながたのくに》に祀れ」

と託宣している（「神功皇后紀」）。

この長田国は、現在の神戸市長田区長田町（旧摂津国八部《やたべ》郡長田郷）である。そこの式内社《しきないしゃ》長田神社が、コトシロヌシの神を祀る社である。

『日本書紀』神武天皇即位前紀では、コトシロヌシの神は、ミシマノミゾグイミミ（三嶋溝橛耳）

の神の娘、タマクシヒメ（玉櫛姫）を娶り、ヒメタタライスズヒメ（媛蹈鞴五十鈴媛）をもうけたと伝えている。この媛が、いうまでもなく神武天皇の皇后である。この三島は、摂津国三島郡を指すが、式内社の溝咋《みぞくい》神社は旧溝杭荘《みぞくいのしょう》馬場村に祀られている。現在の大阪府茨木市五十鈴町である。

『古事記』では、三島湟咋《みしまみぞくい》の娘、セヤダタラヒメ（勢夜陀多良比売）のもとにかよわれた神は、美和《みわ》（三輪）のオオモノヌシ（大物主）の神であるという異伝を記している。そこではオオモノヌシの神が丹塗《にぬり》の矢に化し、セヤダタラヒメの富登《ほと》を突き、ホトタタライススキヒメ（富登多多良伊須須岐比売）をもうけたと述べている。このヒメの名は、富登を急に突かれ、周章狼狽となり、あたかも踏鞴《たたら》を踏むように、足をばたばたされたことよりつけられた名前である。

このような丹塗の矢の伝承は、『山城国風土記』逸文にもある。カモノタケツヌミ（賀茂建角身）の娘、タマヨリヒメ（玉依姫）が、石川の瀬見《せみ》の小川で川遊びをしていたとき、丹塗の矢が流れ来り、それに感じて、上賀茂の祭神ワケイカズチ（別雷）の神が誕生されたと記されている。

これらの話でも、三輪山のオオモノヌシと、オオクニヌシ（大国主）の神系のコトシロヌシの神は混合されている。

おそらく、このように、オオモノヌシ系の伝承が、しだいにオオクニヌシ系の物語に習合されていったのであろう。特にオオモノヌシとオオクニヌシの名前が類似していたことも、同一視されていく一つの素因になったのであろう。

【第74話】

葛城の鴨氏
〈かつらぎのかもし〉

これらの神を祀る大和の鴨氏は、オオモノヌシ（大物主）の大神の子孫と称している。

「崇神紀」では、三輪山のオオモノヌシの神が、スエツミミノミコト（陶津耳命）の娘、イクタマヨリヒメ（活玉依毘売）を娶り、もうけた子がオオタタネコ（大田田根子）であるが、このオオタタネコの子孫が、神君《みわのきみ》（三輪君）と葛城の鴨君《かものきみ》だと称している。

『新撰姓氏録《しんせんしょうじろく》』大和国神別の条にも

「賀茂朝臣《かものあそみ》
大神朝臣《おおみはのあそみ》と同祖《どうそ》。大国主神《おおくにぬしのかみ》の後也《すえなり》。大田田祢古命《おおたたねこのみこと》の孫《まご》、大賀茂都美命《おおかもつみのみこと》、賀茂《かも》神社を斎《いつ》き奉《まつ》るなり」

と記している。大和の鴨（賀茂）氏は、三輪山のオオクニヌシ（大国主）の神の後裔であると称し、高鴨神社をオオタタネコの孫の大賀茂都美《おおかもつみ》が祀ったと述べている。

大和の鴨氏の本拠地の下鳥《しもかもの》郷内にはアジスキタカヒコネの神を祀る高鴨神社と、鴨都波八重事代主命《かもつはやえことしろぬしのみこと》神社が祀られている。これらのことから推して、アジスキタカヒコネの神も、コトシロヌシの神も、もともと三輪のオオモノヌシの神とゆかりがあった神々であったが、後にオオモノヌシの神とオオクニヌシの神が同一視されるようになると、これらの鴨君が斎く神々も、オオクニヌシの神の御子神とされていったのであろう。

ただ、注意しなければならぬことは、コトシロヌシは、もともとは固有名詞ではないことだ。託宣の神は、すべて一様にコトシロヌシと呼ばれていたのである。

たとえば『出雲国の神賀詞《かむよごと》』では、高市郡の雲梯《うなで》（奈良県橿原《かしはら》市雲梯《うなて》町）に祀るコトシロヌシの神を、オオクニヌシの神の御子神としている。おそらく、各地のコトシロヌシの神は、後にはすべてオオクニヌシの神の御子神として同一神とされていったのではあるまいか。

雲梯のコトシロヌシの神も、託宣の神であった。『万葉集』には

「想《おも》はぬを　想《おも》ふといはば　真鳥住《まとりす》む　卯名手《うなで》の杜《もり》の　神《かみ》し知《し》らさむ」

（『万葉集』巻十二ノ三一〇〇）

とあり、コトシロヌシの神は、ひとの心の裏をよく見抜き、嘘をつけば必ず嘘をばらす神と考えられていた。コトシロヌシは、神の真意を明察する者であったからであろう。

ちなみに、筑前国夜須郡雲梯郷（福岡県朝倉郡筑前町弥永《いやなが》）には、式内社大己貴神社《しきないしゃおおなむち》が祀られているが、一説にはコトシロヌシの神を祀ると伝えられている。『日本書紀』には、神功皇后が新羅討伐のために軍船を集められたが、あまり集まらなかった。それは、神の心ならむと称し、大三輪の社に刀矛を献じて軍勢を結集せしめたという。ここにも託宣の神としてオオモノヌシの神（三輪の大神）と、オオクニヌシの神ないしはコトシロヌシの神とが同一視されている。いうまでもなく、この雲梯は、大和国高市郡雲梯郷の名を移したものであろう。

【第75話】

山城の鴨氏〈やましろのかもし〉

葛城《かつらぎ》の鴨氏についてふれたついでに、山城《やましろ》の鴨氏を少し取り上げてみよう。

山城の鴨氏は、神武天皇が、熊野から大和を目指されたとき、先導した八咫烏《やたがらす》の子孫と称している。『古語拾遺《こごしゅうい》』にも、

「賀茂《かも》の県主《あがたぬし》の遠祖は、八咫烏なり」

と記しているし、『新撰姓氏録《しんせんしょうじろく》』山城国神別の条には、神武天皇が熊野の山中に迷い込み、行く道がわからなかった際に、鴨建耳津身命《かものたけみみつみのみこと》が大烏《おおがらす》に化して、先に立ち導いたと述べている。

その功績により、山城の葛野《かどの》の地を賜り、その後裔が鴨県主《かものあがたぬし》、または葛野主殿県主《かどののとのもりのあがたぬし》と名のったという。この葛野の県主が斎《いつ》く神社が、上賀茂《かみがも》、下賀茂《しもがも》の二社である。

カモノタケツヌミノミコト（賀茂建角身命）の娘が、石川の瀬見の小川で川遊びしたとき、川上より丹塗《にぬり》の矢が流れ来り、それに感じて男の子を出産された。この話は先にあげておいたが、タケツヌミノミコトは、その子の父親が誰であるかを知るために、神々を集め酒宴を開いたという。その中央に、男の子に酒盃を持たせ、盃をいずれの神に手渡すかを見守った。すると、その子は、屋根を抜き破って天に昇られてしまった。そこで、その子の父神、つまり丹塗の矢に化した神は、乙訓《おとくに》郡に祀られる火雷神《からいじん》であることが判明したと伝えている。それにより、その御子神は、ワケイカズチ（別雷）

の神と呼ばれることになったという。

乙訓郡の火雷神は、現在の京都府乙訓郡長岡京市の乙訓坐火雷神社《おとくににいますからいの》の祭神であるが、その御子神、別雷《わけいかずち》神を祀る神社が上賀茂の社である。

このように古代では、父がわからない子がいた場合、その父親を探し出す方法として、酒宴を開き、子が盃を差し出す者が父親とみなされることが行われていたようである。

『播磨国風土記』託賀《たくが》郡の荒田《あらた》の条では、道主日女命《みちぬしひめのみこと》と呼ばれる女神が、父なくして児を出産されとき、盟酒《うけいのさけ》を醸《か》みて、諸々の神を集め、その子に酒を捧げさせ、どの神の前に持っていくかを、注目していた。すると、その子は、天目一命《あまのまひとつのかみ》に酒を奉ったので、天目一命が父親であることを知ったと伝えている。

これは盟《うけ》いの酒で、父親を判定する宗教的な儀礼であろう。

父親がわからないという事態は、古代では少なからずあったようである。なぜならばこの時代は、妻問《つまど》いの時代であったからだ。何人かの男性が、女性のもとにかようことがしばしばみられたからである。また、歌垣《うたがき》の場で、見知らぬ男性に身をまかせる女性もいたから、父親のわからない子が生まれる可能性は少なくなかったようである。そのようなときに行われる神判が、先の「盟酒《うけいのさけ》」である。

それにしても神判によるといっても、父親でもないのに無理やりに子を押しつけられた男は、それこそ泣き面に蜂であったのではあるまいか。

【第76話】

天神と地祇〈てんしんとちぎ〉

いろいろな神々や神社名が登場して話がややこしくなったが、実は古くから、全国の神は天神《てんしん》系の神と地祇《ちぎ》系の神に大別されていた。

『令義解《りょうぎげ》』という律令を註した官撰の書物には、

「謂《いうこころ》、天神《てんしん》は、伊勢《いせ》、山城《やましろ》の鴨《かも》、住吉《すみよし》、出雲国造《いづものこくそう》の斎《いつ》く神などの類《たぐい》、是《こ》れなり。地祇《ちぎ》は、大神《おおかみ》、葛《かつら》木《ぎ》の鴨《かも》、出雲《いづも》の大汝神《おほなむちのかみ》などの類、是れなり」

と記している。

ここでは、山城の鴨社は天神とされ、葛木（葛城）の鴨社は地祇となっている。また、出雲でも、国造の斎く神は天神に属し、大汝神《おおなむちのかみ》を祀る神社は地祇とされている。

出雲の国造（出雲臣《いずものおみ》）の祀る神社とは『出雲国風土記』意宇《おう》郡の条にみえる

「伊弉奈枳《いざなぎ》の麻奈古《まなご》に坐《ま》す熊野の神」

を祭神とする神社である。『出雲国の神賀詞《かむよごと》』に「櫛御気野命《くしみけののみこと》」と呼ばれる神で、奇《く》しき御食《みけ》の神である。島根県松江市八雲《やくも》町熊野の熊野神社の祭神である。

それに対し、地祇とされた大汝神を祀る神社は、杵築《きづき》の大社《おおやしろ》、つまり、出雲大社である。

このように、三輪山系、オオクニヌシ（大国主）系の神々を祀る神社が、地祇とされていく。これらの神社は、いわゆる国つ神《くにつかみ》の後裔氏族が祀る神社である。アマテラス（天照）大神《おおみかみ》系とみなされる神々を祀る神社が天神とされ、それに属さない神々の神社が地祇とされていった。

ただ、明治以後になると、官幣社《かんぺいしゃ》と国幣社《こくへいしゃ》に区分されていく。その場合、賀茂神社とともに、大神《おおみわ》神社、出雲大社なども官幣大社《かんぺいたいしゃ》に列せられているが、熊野神社は、逆に国幣大社《こくへいたいしゃ》とされている。

官幣とは、国家（神祇官）より祭りの幣《みてぐら》が送られる神社の意で、国幣は、地方の官衙《かんが》から幣が送られる神社の意である。

官幣社は、天皇や皇族を祀る神社（橿原《かしはら》神宮、明治神宮など）および、歴代の天皇が、特に尊崇する神社（賀茂神社、春日大社、石清水八幡宮《いわしみずはちまんぐう》など）とされている。別格官幣社は、国家に功績のあった祭神を祀る神社で、楠木正成の湊川《みなとがわ》神社などが含まれる。

国幣社は、国土経営に尽くされた神を祀る神社や、各国の一《いち》の宮《みや》などがあてられた。

官幣、国幣には、それぞれ大社、中社、小社のランクがつけられていた。

これらは、現在では正式には廃されているが、現在でも神社の入口の石碑に、麗々しく、いまだに官幣、国幣の称号を記しているのを見かける。

ただ日本の神々は、本来的にはあくまで民衆が祀り、自分たちの精神的紐帯として崇めてきた神であった。いわゆる国家神道ではなく、村々の民衆の神であった。民衆の願いを聞き、常に民衆を庇護される神であった。

【第77話】

稲作の神の伝統〈いなさくのかみのでんとう〉

オオクニヌシ（大国主）の神の国土経営の完成をみすかすかのように、アマテラス（天照）大神《おおみかみ》は、その国土、つまり「豊葦原《とよあしはら》の千秋長五百《ちいほ》の水穂《みずほ》の国」を御子の「正勝吾勝勝速日天忍穂耳命《まさかつあかつかちはやひのあめのおしほみみのみこと》」が知ろしめす国とし、天降《あまくだ》りさせる。

マサカツ（正勝）はまさしく勝つことで、アカツ（吾勝）は文字どおり、吾《わ》れこそは勝つことを意味し、カチハヤ（勝速）は、勝利を得ることにかけては素早い霊威をもつことで、これらはすべて勝利の神の形容句である。まさに、オオクニヌシの神と争われる神として、最もふさわしい神名である。アメノオシホミミ（天之忍穂耳）は、稲穂を支配する高貴の天神の意である。「忍《おし》」は「圧《お》し」で、上から支配することだ。ミミは「御身《みみ》」で、高貴な身分を示す尊敬である。

その弟神も、アメノホヒ（天乃菩比）の神であり、『日本書紀』には、天穂日神《あめのほひのかみ》と表記されるように、同じく稲穂の神であった。

アマテラス大神の直径の子孫は、穀霊神的な名前を名のられることが少なくない。

たとえば、初代の天皇とされる神武天皇の兄弟は、イツセノミコト（五瀬命）、イナヒノミコト（稲氷命）、ミケヌノミコト（御毛沼命）である。「イツセ」は「厳《い》つ神稲《せ》」であり、「イナヒ」は「稲《いな》飲《ひ》」、「ミケヌ」は「御食《みけ》の」の意であると考えられている。『日本書紀』には、神武天皇はサノミコト（狭野尊）と称されたとあるが、「サノ」も「神稲の野」の意とされる。

このことは、天皇には「日継《ひつ》ぎの御子《みこ》」として日の神の性格とともに、穀霊神的性格も強く受け継がれていったことを示唆している。『日本書紀』の一書には、天降られようとされるアメノオシホミミの神に、アマテラス大神の斎鏡《いわいのかがみ》とともに、「斎庭《ゆにわ》の（稲《いな》）穂《ほ》」が授けられたという。

伊勢神宮でも、内宮《ないぐう》には太陽神としてのアマテラス大神を祀り、外宮《げぐう》にはトヨウケの大神《おおかみ》を祀っている。「トヨウケ」は「豊宇迦《とようか》」である。「宇迦」は、神聖な禾《か》（稲）の意であり、穀霊神を示す言葉だ。ちなみに、稲荷、つまり稲成《いな》りの神は、「宇迦《うか》の御魂《みたま》」の神と呼ばれている。豊かに稲を稔らせる神の豊受《とようけ》の大神《おおかみ》は、当然ながら女神である。

伊勢神宮の二神は、ともに稲作にかかわる神々であり、しかも女神であったことは、注目されてよい事実である。

現代にいたるまで、天皇が、春には稲を植えられ、秋には稲を収穫される儀式を行われるのも、決して以上のことと無関係ではない。というより、天皇は日継ぎの御子であるとともに、穀霊神であったと考えるべきであろう。

その意味からいえば、日本の天皇は本質的に闘争神や武神ではありえなかったのである。

農耕神であり、稲作に恵みを与える神であった。後水尾天皇の修学院離宮に、広く水田を取り入れられたのも、そこにもとづいているのであろう。

【第78話】

雉の頓使〈きぎしのひたづかい〉

アマテラス（天照）大神《おおみかみ》が、御子神、アメノオシホミミ（天之忍穂耳）の神を降臨させたとき、アメノオシホミミの神が天の浮橋に立って下界を見わたされると、豊葦原の水穂の国は、きわめて騒がしい有様であった。

そこで、アマテラス大神は、葦原の中国《なかつくに》の状態を調べられるため、まず使者を派遣されることになった。そのとき選ばれたのが、アメノオシホミミの神の弟神、アメノホヒ（天乃菩比）の神であった。そのアメノホヒの神は、どうしたことかオオクニヌシの神に媚び、三年たっても復奏しなかった。このアメノホヒの神が、出雲国の意宇《おう》郡に本拠をもつ出雲臣（出雲宿祢）の祖の神である。

『新撰姓《しんせんしょう》氏録《じろく》』左京神別中には、

「出雲宿祢《いづものすくね》　天穂日命《あめのほひのみこと》の子、天夷鳥命《あまのひなどりのみこと》の後《すえ》なり。

出雲　天穂日命の五世《ごせい》の孫、久志和都命《くしわづのみこと》の後《すえ》なり」

と記している。

アメノホヒの神が出雲にとどまってしまったため、次はアマツクニタマ（天津国玉）の神の御子、アメノワカヒコ（天若日子）をつかわすことになった。

だが、またしてもアメノワカヒコは、オオクニヌシ（大国主）の神の娘、シタテルヒメ（下照比売）を娶り、その国の後継者になろうという野心を抱いて八年間も帰らなかった。

そこでまた、高天の原《たかまのはら》の神々は集まって相談され、何ゆえアメノワカヒコが帰らぬか、その訳をさぐるようにと、雉《きじ》の鳴女《なきめ》をつかわすこととなった。

雉の鳴女はただちに下界に飛び下り、アメノワカヒコの家の門の湯津《ゆづ》の楓《かづら》の上にとまり、神の詔命《のりごと》をくわしく伝えた。だが、それを耳にしたアメノワカヒコは、この鳥の鳴き声は大変耳ざわりだといって、天の波士弓《はじゆみ》で、雉を射殺してしまった。その矢に射ぬかれた雉は、高天の原の天の安河《あまのやすかわ》に射上げられてしまう。これを見た高木神《たかぎのかみ》（高御産巣日神《たかみむすびのかみ》に同じ）は、「この矢はアメノワカヒコに与えた矢である。もし、アメノワカヒコに邪心がなければ、この矢に当たることはあるまい」といわれて、その矢を下界めがけて投げ落とされた。投げかえされた矢は、朝床でやすんでいたアメノワカヒコの胸に当たり、アメノワカヒコは頓死したという。

使いにやられた雉はついに帰らなかったので、今でも行ったきり帰らぬ使いを「雉の頓使《きぎしのひたづかい》」といっていると記している。

雉は、古代から里近くに飛来する鳥で、国鳥として親しまれてきたから、いろいろと譬喩が言葉に登場している。「雉も鳴かずば打たれまい」は、まさに『古事記』の話にふさわしいものだ。中国でも、『礼記』の月令に「孟冬（旧暦十月）に雉《きじ》、大水《たいすい》に入りて蜃《はまぐり》となる」とある。雉の頓使も、粟田や豆田を見て急に舞いおり、我を忘れて、それをついばむ姿から出た諺であろう。

【第79話】

殯

〈もがり〉

アメノワカヒコ（天若日子）の頓死を知った妻のシタテルヒメ（下照比売）の哭《な》く声は、風にのって天までとどいた。そこで、アメノワカヒコの父神、アマツクニタマ（天津国玉）の神やその妻などは哭き悲しみ、下界に降りて行き喪屋を建てられたという。

この喪屋は、殯《もがり》の建物である。古代においては、ひとが死ぬと、その死体は殯とよばれる荒木《あらき》で作った小屋に一時収められる。古代のひとは、死んでしばらくは、その魂はその身のまわりに飛びまわっていると考えていた。だから、魂返《たまがえし》を行えば、再び魂は体内にもどって来て甦生すると信じていた。『古事記』に「八日八夜《ようかよや》、遊《あそ》びき」というのは、殯の小屋で、妻子をはじめ、親しい友などが集り、歌舞をすることだ。自分がいないのにどうして愉しく歌や舞をしているのだろうかと不思議に思って、魂が身体に近寄ってくると考えたのである。それはあたかも、アマテラス（天照）大神《おおみかみ》が天の岩戸に籠《こも》られたとき、アメノウヅメノミコト（天宇受売命）が、その前で乱舞し、神々が大笑いされたのを不思議に思い、アマテラス大神がそっと岩戸を開けられた話とよく似ている。

これが〝遊び〟の儀礼である。『魏志倭人伝』の一節にも、

「始《はじ》めて死《し》するや停喪《ていも》十余日《とおかあまりのひ》、時《とき》に当《あた》りて肉《にく》を食《く》わず、喪主《もしゅ》哭泣《こくきゅう》し、他人《たにん》就《つ》いて歌舞《かぶ》飲酒《いんしゅ》す」

とみえているから、三世紀代すでに「殯」の風習は行われていたのであろう。喪主が泣くのは、情愛

をうったえて魂をもどす呪法である。後世の葬儀の「泣き女」は職業化したが、その伝統を受け継いだものと考えてよい。

魂が身辺をさまようと考えられた期間の魂呼《たまよ》ばいが「殯」であるが、それを過ぎると、墳墓を造り、埋葬する。この殯の期間が仏教でいう「中陰」にあたる。

ちなみに、天武天皇が崩じたとき、宮廷の南の庭に殯宮《もがりのみや》を造られ、次々と諸臣らの誄《しのびごと》が奏され、諸国の国造らも参加し、種々の歌舞を奏したと記されている（「天武紀」朱鳥元年条）。

これより先、敏達天皇が崩ぜられたときも、広瀬《ひろせ》（奈良県北葛城郡広陵町付近）に殯宮を建てられたが、仲の悪い蘇我馬子《そがのうまこ》と物部守屋《もののべのもりや》が争って誄を奏したという。そのとき、馬子が刀を佩《は》いて奏上する姿を見て、守屋はあざ笑い「矢で射られた雀のようだ」といった。次に守屋が誄を奏したおり、緊張のあまり手脚がわななき震えたのを見た馬子が、守屋に向かい「鈴を懸《か》くべし」とからかったという。それにより、馬子と守屋の仲は決定的に悪くなり、抗争するにいたったという。

「誄」というのは、文字どおり死者を偲《しの》ぶ言葉を述べるものであったが、君主に対する場合、その君主に自分たちの氏族は、いかに仕え、功績を尽くしたかを述べることが主流となっていったのである。また、それは朝廷における自分たち一族の地位の確認であったから、「誄」によって、氏族が争うこともみられたわけである。特に殯や葬儀の主催者に選ばれる者は、次の君主を支える最高の執政官となる証《あかし》となったのである。

【第80話】

鳥の霊異〈とりのれいい〉

アメノワカヒコ（天若日子）の喪屋を作ったとき、河鴈《かわかり》を岐佐理持《きさりもち》とし、鷺《さぎ》を掃持《ははきもち》とし、翠鳥《そにどり》を御《み》食人《けひと》とし、雀《うすめ》を碓女、雉《きじ》を哭女《なきめ》と定めたと記している。

「キサリモチ」は『日本書紀』では「持傾頭者」と書かれているから、悲しみのあまりうなだれて、死者への食物を持つ者と解されている。

掃持は、喪屋を清潔に保つための掃除の箒を掃く役であろう。鷺の頭毛が長いのを箒にみたてたという説も出されている。翠鳥は、翡翠《かわせみ》である。川や池のほとりにある木の枝にとまり、飛降下して魚をとるので、食物を死者に献ずる御食人になぞらえられたのであろう。

雀は、碓女とされたというが、雀が稲粒を盛んについばむ姿が碓《うす》をつく女性にみたてられたのであろう。雉は哭女とされるが、声高く鳴く雉の声が泣き女に擬せられたものであろう。

このように、葬儀をつかさどる役に鳥類があげられるのは、鳥は霊魂を運ぶものとみなされていたからである。

たとえば、天上の神が下界に降りるときは「天《あま》の鳥船《とりふね》」に乗られたというのも、神の乗りものが鳥であったことを示唆している。また、ヤマトタケルノミコト（倭建命）が薨《こう》じたとき、白鳥となって飛び去られたと伝えられているが、白鳥は、ヤマトタケルの霊魂を運ぶ聖なる鳥であるとされたからであろう。

白鳥といえば、『出雲国の神賀詞《かむよごと》』の中にも、

「白鵠《しらみなどり》の生御調《いきみづき》の玩物《もてあそびもの》」

を天皇に献上することが記されるが、鵠は「久久比《くぐひ》」で、今日の白鳥である。生御調は、生きている献物である。「モテアソビモノ」とは、それをなでて愛翫されるものを指すが、白鳥に触れることによって、白鳥のもつ霊魂が、愛翫者に移ると考えられていたようである。だから、諸国の国魂を依《い》憑《ひょう》させた白鳥類が全国から天皇に献上され、宮廷の池でかわれていた。これらの鳥を取り集める部民が鳥取部《ととりべ》で、この鳥をやしなう部民が鳥養部《とりかい》である。

「垂仁記」によれば、天皇の皇子、ホムチワケ（本牟智和気）の皇子は、三十歳に達したが、その鬚が八掬《やつか》にたれさがっても言葉を発することができなかった。しかし、鵠を見て急に言葉を口にしたという。それを知って天皇は、山辺《やまべ》の大鶙《おおたか》という家臣に命じて鵠を捕らしめた。彼は、木国《きのくに》（紀伊）、針間《はりま》（播磨）、稲羽《いなば》（因幡）、旦波《たんば》（丹波）、多遅麻《たじま》（但馬）などをめぐり、ついに高志《こし》（越）の国で、この鳥を捕らえて献上した。最後に、ホムチワケの皇子を出雲の大神に参拝させると、言葉を話すようになったと伝えている。白鳥が言霊《ことだま》を運ぶ霊鳥と考えられたのであろう。

実は、白鳥を求めてさすらったとされる国々は、鳥取部や鳥養部（鳥甘部）が置かれた国々であった。鳥取県や鳥取市の地名は、この鳥取部が蟠踞《ばんきょ》していたことにもとづくものであった。

【第81話】

大葉刈〈おおばかり〉

アジシキタカヒコネ（阿遅志貴高日子根）の神（阿遅須岐高日子根神《あじすきたかひこねのかみ》に同じ）は、アメノワカヒコ（天若日子）の突然の死を知り、弔問に訪れた。アメノワカヒコは年来の友人であるばかりでなく、妹、シタテルヒメ（下照比売）の夫であったからである。

だが、アメノワカヒコの両親は、わが子の無惨な死にすっかり気が動転し、アジシキタカヒコネを見ると、アメノワカヒコが生き返ったのではないかと、すがりついてしまった。

死人に間違えられたアジシキタカヒコネの神は、穢《きたな》き人、つまり死人に間違えられたことに、大変怒り、たちまちに喪屋を十握《とつか》の剣《つるぎ》で切り伏せ、足でけとばされたという。

その喪屋が飛んでいったところが、美濃国の藍見河の河上にある喪山《もやま》であると伝えられている。出雲の地から、よくもここまで飛んできたなと考えられるかもしれないが、この喪山は現在の岐阜県美濃市大矢田町《おおやだ》の喪山とされている。今でも、この山麓にアメノワカヒコを祀る喪山天神社が存在している。もちろん伝承だけに、喪山の比定にはいくつかの異説が出されている。たとえば一説では、美濃国不破郡藍川郷《あいかわ》としているが、現在の岐阜県不破郡垂井町《たるい》喪山がそれである。

実際のところ神話や伝承では、地名の類似性が少しでもあれば、自分のところに付会しようとする傾向が顕著だ。「小野」というごく普通の地名でも、すべて小野小町の故郷とするから、小町の伝承はそれこそ日本全国に広がっている。

アメノワカヒコの喪山という不吉な話でも、本家争いがみられるのは、自分たちの村が、今でこそあまり知られていないが、かつては由緒あるところであったと誇示したい気持ちによるものであろう。『魏志倭人伝』にいう耶馬台国《やまたいこく》が、近畿、北九州以外にも、全国から名のりがあがるのも一つには同様の心理によるものだろう。

といっても、わたくしは決して、いわゆるアマチュアの歴史家が出て積極的に発言されることを否定はしない。むしろ、歓迎したいと思っている。ときには荒唐無稽な説が出されることも見受けられるが、その中からきわめて学説上の重要なヒントが見出されるからである。

それはともかくとして、アジシキタカヒコネの神が、喪屋を切り伏せた十握の剣は「大量《おおはかり》」または、神度《かんど》の剣《つるぎ》であったという。

「大量」の名の由来について、ある説では、「大殿祭《おおとのほがい》」の祝詞《のりと》に、「天《あま》つ御量《みはかり》をもちて」「奥山の大《おほ》峡《かい》、小峡《こかい》に立《た》て木《き》を伐《き》り採《と》る」とあり、『古語拾遺』にも、天の御量で木材を伐《た》つと述べているから、「大量」とは「斧鉞」の類であろうとしている。

だがわたくしは、「大量」は文字どおり、大いに量る、つまり熟慮することだと考えている。また『日本書紀』では、それを「大葉刈《おおばかり》」と称したと記しているので、この「カリ」は、古代朝鮮語の「刀」kalにあたり、大量は大葉刈で「大きな刃の刀」の意であろう。

【第82話】

身体と長さの単位〈からだとながさのたんい〉

「大量《おおはかり》」は、また「神度《かんど》の剣《つるぎ》」とも呼ばれていたが、この「カムド」は、出雲国神門郡《かんど》で鍛えられた剣であろうとされている。

確かに、神門郡はアジシキタカヒコネ（阿遅志貴高日子根）の神にとって、ゆかりの地である。そのことは『出雲国風土記』神門郡高岸郷の条などからもうかがえることだ。

しかし「神度の剣」の「度」には、「謀《はか》る」、または「計る」意味があるから、「大量」の「ハカル」と通ずる意味が含まれているのではないだろうか。この意味からすれば、神度は、神威のある刃刈《はかり》、つまり切れ味の優れた剣ということになる。これは「味耜《あじすき》」という神名に相通ずる剣の名称である。

一説では、「度《と》」を「鋭《と》」と解するが、結論的には先の説とほぼ同じ意味となろう。

ここで少し注意すべきは、厳密にいえば「刀」と「剣」は異なることである。『古事記』でも、剣と「刀」の区別がやや曖昧になっているが、「刀」は片刃で主として「切る」に用いるが、「剣」は両《もろ》刃《は》で、「突く」ことが主目的である。もちろん、刀で突き殺すこともできるし、剣で切り殺すことも可能であったから、両者はやがて混同されていく。

刀剣の長さを量るのは、古代では握り拳《こぶし》の幅「握《つか》（拳）」を単位としていた。十握《とつか》の剣《つるぎ》は、握り拳十個分の幅の長さである。八握《やつか》の剣は、八つの握り拳の長さということになるが、ただこの「八」

は、古代では大きいとか、大量とかの意味も含まれていたから、必ずしも正確な長さではない。しかし、「拳」の幅を単位とするといっても、男と女、大人と子供の拳の幅はかなりの差異があるから、もちろん厳密な幅ではない。

ただ、尺寸法が確定するまでは、人間は身体の一部を基準とみたてることで満足していたようである。一尺は本来、中国の漢の時代では、母指と人差指、ないしは中指を広げた幅であった。約二十センチ前後である。漢鏡に大きさ二十センチ前後が多いのは、そのためである。

指の幅で量る姿は、尺取り虫を想起していただければよいだろう。

だが、魏から唐の時代になると、腕をまげた幅が一尺とされるようになってきた。約三十センチ前後である。腕をまげた所の骨が尺骨と呼ばれているのは、ご存知のことと思う。魏鏡とされる三角縁神獣鏡の多くが三十センチ前後の鏡であるのは、この一尺を基準としていたからである。

ちなみに、土地などの長さを量る単位は「歩《ぶ》」である。これも大人の歩幅を基準とするが、中国では古くから「跬《けい》、一挙足なり、跬を倍して歩《ぶ》と謂《い》う」とあるから、ひと足の倍が「歩」である。『魏志倭人伝』に、卑弥呼の冢《ちょう》（墳墓）は「経百余歩」とあるが、この「歩」は約一メートル五十センチであろう。卑弥呼の冢は、これより百五十メートルの墳墓と考えてよい。この大きさから、前方後円墳のごとき大きな古墳を想像しなければならないだろう。

このように、成人した男の身体にもとづく幅の長さが、長短の単位に用いられていた。

【第83話】

建御雷〈たけみかずち〉

オオクニヌシ（大国主）の神のもとに発遣された神々は、次々と失敗を重ねたので、最後にタケミカズチ（建御雷）の神がつかわされることになった。

この神は、アマノオハバリ（天尾羽張）の神の御子神である。『日本書紀』では、アマノオハバリを「雄走神《おばしりのかみ》」と記しているから、剣を錬える際に剣先から閃光となって光る神で、錬造中の刀剣を神格化したものと考えられている。この神のもとに、アマテラス（天照）大神《おおみかみ》の命令を伝えた神は、アクノカク（天迦久）の神であったが、迦久《かく》は「輝く」で、やはり光輝く刀剣の神であろう。

ただ、アマノオハバリの神は、天《あま》の安河《やすかわ》の河上の石屋にいて、水を塞《せ》き上げる神と描かれているところより考えれば、「ハバリ」は「憚《はばか》り」の意で、流れを塞き止める神であろう。「アマノオ」は、天上界の境で、その入口を塞《さえ》ぎる神ではなかっただろうか。尾は末《すえ》であるからだ。そこに厳めしい神が配されるのは当然であろう。

その神の子のタケミカズチの神は、猛々しい雷《いかずち》の神である。「イカズチ」は「厳《いか》つ霊《ち》」の意である。イカ（厳）は神威の恐ろしさをあらわすもので、安芸《あき》の宮島《みやじま》に祀られる神が、厳島《いつくしま》の神と称されるのも、この神が海上の神として、大変神威の強い神とみなされていたからである。

その雷神はまた、恐ろしき刀剣と同一視されていく。激しく光る雷光とともに、大木などが断ち切られるさまを見た古代のひとびとは、天空にはしる雷光を鋭利な刀剣に擬していった。そのため『日本書紀』では、神武天皇が、熊野の荒坂津《あらさかつ》（丹敷《にしき》の浦《うら》）で毒気にあい苦戦したとき、アマテラス（天照）大神《おおみかみ》は、その救援のためタケミカズチの神を派遣されようとされたが、タケミカズチは自分の代わりに「韴霊《ふつのみたま》」と称する剣を下界に下したとある。

この「フツノミタマ」は、フツと物を断ち切る剣の霊魂の意と考えてもよいが、わたくしは原義的には「フツ」は「降《ふ》る」「振る」で、鎮魂《たまふり》の「フル」だと思っている。その穂先に神が降臨された刀剣は、普通一般の刀剣と異なり、破邪《はじゃ》の霊剣となると考えられていた。その刀に依憑《いひょう》されるものが、「韴霊」であろう。「韴《ふつ》」は、断ち切る音をあらわす字である。

タケミカズチは、この「フツノミタマ」、つまり悪霊を鎮める刀剣であったから、出雲に派遣され、出雲の稲佐《いなさ》の浜に十握《とつか》の剣《つるぎ》をさし、その剣の穂先に趺坐《あぐら》をかかれたのである。いうまでもなく、それは剣の先にタケミカズチの神が降臨されたことを示している。

『日本書紀』では、タケミカズチ（武甕槌）の神に副《そ》えられた神を、フツヌシ（経津主）の神としているが、この神も一種の「韴霊」である。フツヌシの神は、物部氏が祀る大和の石上《いそのかみ》神社の祭神である。『古事記』にフツヌシの神が登場せず、タケミカズチの神だけの活躍を伝えるのは、やはり、物部氏がしだいに勢力を失い、代わって中臣《なかとみ》氏（藤原氏）が台頭し、鹿島神宮のタケミカズチの神が、藤原氏の台頭にともなって朝廷から尊崇されたためであろう。

【第84話】

西出雲の服属
〈にしいずものふくぞく〉

出雲の稲佐《いなさ》の浜に降臨されたタケミカズチ（建御雷）の神は、オオクニヌシ（大国主）の神と直接、国譲りの交渉に入る。タケミカズチの神は、アマテラス（天照）大神《おおみかみ》の命令を伝え、「汝《いまし》の宇志波《うしは》ける、葦原《あしはら》の中国《なかつくに》は、我《あ》が御子《みこ》の所知《しら》す国《くに》」と主張され、それに対しオオクニヌシの神の意見はいかがかと切り出されたという。

ここに「うしはく」という言葉がみえるが、『万葉集』にも、筑波山を「この山《やま》を　うしはく神《かみ》の昔《むかし》より」（『万葉集』巻九ノ一七五九）とあり、「うしはく」は領有する、または支配する意と解されている。山上憶良の歌にも「海原《うなばら》の　辺《へ》にも沖《おき》にも　神《かみ》まつり　うしはきいます　もろもろの　大御神《おほみかみ》たち」（『万葉集』巻五ノ八九四）とあるが、「うしはく」主体は、常に神とされている。

だが、『古事記』にはオオクニヌシの神の領有を認めながら、いかなる理由でアマテラス大神の御子神がこの葦原の中国を支配する権利があるのか、実ははっきり説明されていない。

おそらくこれは、ヤマト王権の全国支配以降につくられた神話であり、日本全国の土地はヤマト王権の支配下にあるとの前提に立って物語られたのであろう。

ある有名な学者の説では、ヤマト王権が東出雲の出雲臣の勢力を後援し、西出雲の神門臣《かんどのおみ》を服属せしめたことも反映しているといわれている。その点をややくわしく述べれば、およそ次のとおりとされている。

ヤマト王権の圧倒的な武力を背景にした東出雲の豪族は、西出雲の豪族を服属せしめるが、その際、西出雲の勢力が祀るオオクニヌシの祭祀を尊重することが条件として出され、受け入れられたようである。西出雲の神門臣も東出雲の出雲臣に吸収合併され、その祭祀を東出雲の出雲臣がつかさどることになる。その代償として、巨大な神社が築かれたという。かつては西出雲の勢力が北陸地方にいたるまで勢力をのばしていたが、ヤマト王権をバックとする東出雲に、その支配権の移譲を余儀なくされたというのである。かかる歴史的な事実が、この国譲りの神話にも投影されているという。

ヤマト王権の全国支配の過程で、このようなケースは全国的に少なからず存在したようである。異民族間の抗争では、徹底的に戦い、敵を皆殺しにしたり、あるいは奴隷とすることもみられたが、同一民族間ではそのようなことは、なるべく回避されてきたようである。

古代の日本でも、圧倒的な勢力をもつヤマト王権に対して、地方の豪族は無理をしてまでも戦わず、服属することが多いようであったが、その場合、自分の領有する土地の一部を、服属の証《あかし》として差し出した。その土地がいわゆる献上田《あげた》、つまり「県《あがた》」であった。『出雲国風土記』出雲郡に阿我多《あがた》社、県《あがた》社が少なからず散見する。いうまでもなく、西出雲の勢力は、出雲大社が祀られる出雲郡を中心に、神門郡を含む地域を本拠地としていた。

【第85話】

神籬〈ひもろぎ〉

オオクニヌシ（大国主）の神は、タケミカズチ（建御雷）の神の強硬な主張に対して、即答をためらい、わが子のコトシロヌシ（事代主）の神の意見を聞かれることとなった。だが、ちょうどコトシロヌシの神は、三穂《みほ》の岬で鳥遊《とりあそび》し、漁《すなど》りしている最中であった。そこで使いをコトシロヌシのもとにつかわすと、コトシロヌシの神は

「恐《かしこ》し、此《こ》の国《くに》は、天《あま》つ神《かみ》の御子《みこ》に立奉《たてまつ》らむ」

と申し、すぐに国土献上を承諾した。そして、乗っていた船を踏み傾け、天《あま》の逆手《さかて》を青柴垣《あおしばがき》に打ちなし、隠れたと伝えている。

この船は、『日本書紀』にいう諸手船《もろたぶね》であるが、天の逆手という呪的な拍手《かしわで》を打たれ、神籬《ひもろぎ》に隠れたというのである。

この「天の逆手」は、はっきりしたことはわからないが、おそらく、一般のひとびとが、神前でうつ拍手とは全く逆の仕方で拍手をうち、反逆の意志の全くないことを示す呪術的な作法であろう。

また、青柴垣の神籬は、青々とした柴で囲われた神籬であろう。神籬は、その中に神が籠《こも》るもので、神聖な神座の周辺に、常磐木《ときわぎ》を植えて囲ったものだが、ときには神主が奉持して、移動できる小型のセットもあったようである。「崇神紀」には、アマテラス（天照）大神《おおみかみ》を倭《やまと》の笠縫《かさぬい》の邑《むら》に祀った

とき、堅磯城《かたしき》の神籬を立てたと記している。『古語拾遺』には、磯城《しき》の神籬と記しているが、清浄な石を堅くしきつめた神域に神籬をもうけたものであろう。「城《しろ》」は、神の依代《よりしろ》の場で、石垣で囲われたところである。ヤマト王権の発祥地を、大和国磯城《しき》郡と称するのは、天皇家の祖神を斎《いつ》く地域という意味ではなかろうか。

ヒモロギ（神籬）は、霊（ヒ）が籠《こも》る城（キ）の意で、「モロ」はいうまでもなく籠りの「モリ」か、あるいは「杜」の「モリ」の意であろう。

ちなみに、この「キ」は、聖木の「キ」ではないようである。なぜなら上代音では「城」の「キ」は甲類音で、「木」の「キ」は乙音とされるから、ヒモロギの「キ」は、神の依代の木ではないと考えるべきであろう。

『万葉集』にも、

「神名備《かんなび》に　神籬《ひもろぎ》立《た》てて　斎《いは》へども　人《ひと》の心《こころ》は　守《まも》りあへぬもの」（『万葉集』巻十一ノ二六五七）

と、みえている。

これらの神籬に類するものは、京都の賀茂神社の賀茂の祭りに先立って行われる御阿礼《みあれ》の行事に登場する。この御阿礼は「御生《みあ》れ」で、若神の生誕を迎える儀式である。かつては柴垣で囲み、その中に常磐木を挿し込んで作られたという。今日では、案上に榊を立て、幣《みてぐら》を垂らしたものに変わっているようだが、要するに、この囲いの中に神霊を依憑《いひょう》させたものが、神籬であろう。

【第86話】

諏訪の神〈すわのかみ〉

オオクニヌシ（大国主）の神のもう一人の御子神タケミナカタ（建御名方）は、国譲りを素直に承諾しなかった。ただちにタケミカズチ（建御雷）の神に力競べを申し出るが、タケミナカタがタケミカズチの腕を取ると、氷柱のようになり、また剣刃《つるぎのは》に変わった。そこでタケミナカタは恐れて手を離したという。次にタケミカズチが、タケミナカタの腕を取るが、その腕は若葦のごとくねじふせられてしまった。タケミナカタは恐れて逃げ出すが、ついに科野《しなの》（信濃）の湖（諏訪湖）で追いつかれて降参し、この地から離れないことを誓ったという。このタケミナカタの神を祀った神社が、式内社《しきないしゃ》の南方刀美《みなみかたとみ》神社、現在の諏訪神社である。

タケミナカタの神は、『旧事本紀《くじほんぎ》』地祇本紀では、オオクニヌシの神と、高志《こし》のヌナカワヒメ（沼河姫）との間に生まれた神とされている。

越後と信濃は隣国であるから、タケミナカタはこの地に逃れたとも考えられるが、この諏訪の上社の大祝《おおはふり》が神氏《みわ》であることとも関係があるのかもしれないと考えている。『和名抄』には、この諏訪郡には美和郷が存在している。ここは、現在の箕輪町の「みわ」の地に比定される説もあるが、一説には諏訪市豊田、湖南《こなみ》にあてる説も出されている。

諏訪郡が大神《おおみわ》氏にゆかりがあるとすれば、オオモノヌシ系とオオクニヌシ系が同一視されるにつれて、このような物語がつくられていったのかもしれない、と想像している。

それはともかくとして、「持統紀」に竜田風神と一緒に信濃の須波水内《すわみぬち》の社に使者をつかわされて祀らせているから、諏訪の神は一種の風雨の神と考えられていたようである。それゆえ、雷神のタケミカズチの神と風神の神の力競べの物語が案出されたのであろう。

しかし、諏訪社の神は『諏訪大明神絵詞《えことば》』に狩猟を好まれた神とされていて、狩猟神的な性格が強かったとも説かれている。

いずれともあれ、荒々しい神と考えられていたことは、間違いあるまい。

諏訪の地方は、縄文時代から独自の文化をもって発展してきた。尖石《とがりいし》遺跡や井戸尻《いどじり》遺跡など、きわめて豪快な土器を製作してきたことで知られ、古墳時代でも、下諏訪町に、全長五十七メートルの青塚古墳（前方後円墳）などが造営されている。

この諏訪郡が、ヤマト王権の傘下に入った時期は必ずしも明らかではないが、下諏訪の神官のひとりが金刺《かなざし》氏であることから推して、大和国磯城《しき》島の金刺宮《かなざしのみや》に即位された欽明天皇の頃、つまり六世紀のはじめ、またはそれ以前と考えてよいであろう。「金刺」は、欽明天皇の名代部《なしろべ》である。少なくとも六世紀の初頭、またはそれ以前の五世紀代に、諏訪の豪族がヤマト王権の傘下に入ったと想像してもよいだろう。先にあげた下諏訪の、湖に望むところに築かれた青塚古墳は、六世紀代の築造とされている。ちなみに、「カナサシ」は、奈良県桜井市の金屋《かなや》付近に擬せられている。

【第87話】

出雲の大社〈いずものおおやしろ〉

オオクニヌシ（大国主）の神は、ついに国譲りに承諾を与えたが、自分の住所《すみか》を、天《あま》つ日継《ひつぎ》の住いと同じように、

「底《そこ》つ石根《いわね》に宮柱《みやばしらふと》太くして、高天《たかま》の原《はら》に氷木《ひぎ》たかしり」

することを条件に出された。きわめて荘重な文句でわかり難いが、「祈年《としごい》の祭り」の祝詞《のりと》にみえる

「下《しも》つ磐《いは》ねに、宮柱太知《みやばしらふとし》り立《たて》て、高天の原に千木高知《ちぎたかし》りて」

とほぼ同じ句章である。太い大木を切り出して作った宮柱を、地下の岩盤にがっちりと立て、天上にまでとどく屋根の上に千木《ちぎ》を並べるという意味であろう。

オオクニヌシの大神の請求は受け入れられたようで、天禄元（九七〇）年の「口遊《くちあそび》」でも、全国の高い建築物の順を

「雲太《うんた》、和二《わに》、京三《きようさん》」

と記している。つまり、一番高い建物は、出雲の杵築《きづき》の宮《みや》（出雲大社）であり、二番目が、大和の東大寺の大仏殿、三番目が京都の大極殿としている。これによれば、平安朝の時代でも、高さ十五丈（約四十五メートル）を誇る奈良の東大寺大仏殿より、出雲大社のほうが高かったというのである。ちなみに一丈は十尺で、約三メートルに当たる。

事実、出雲大社に参るには、長い梯子状の橋を渡らなければならなかったという。「垂仁記」には、垂仁天皇の御子のホムチワケ（本牟智和気）の皇子が出雲の宮に参ったとき、肥の河の中に黒き巣橋《すばし》をかけて仮宮に参詣されたと記されているが、このような長い橋が出雲の社にかけられていたのである。また最近、出雲大社で発掘が行われた際、きわめて太い柱が三本組み合わされて立てられていたのが発見され、文字どおり「底つ石根に宮柱太く」立てたことが実証されると伝えている。

『出雲国風土記』出雲郡の杵築《きづき》郷の条には、

「諸《もろもろ》の皇神《すめがみ》たち、宮処《みやどころ》に参集《まいりつど》いて、杵築《きづき》たまひき」

と書かれ、約束どおり、多くのひとびとの手によって杵築《きづき》の社《やしろ》（出雲大社）が築かれたと述べている。いうまでもなく、杵築の地名由来は、出雲大社を「築く」ことにあったのである。この杵築郷は現在の島根県出雲市大社町で、出雲大社が鎮座する地域である。

『日本書紀』には、この宮を「天日隅宮《あまのひすみのみや》」としているが、オオクニヌシの神の隠退の住いであり、政治権を献上した者の住居であった。

現在でも、出雲大社の本殿は、豪族の住いをおもわせる造りである。本殿は南面するが、その奥の一間《ひとま》は、西を向けて神座を置いている。おそらく、西向きの奥の間が豪族の首長の部屋であろう。もちろん、出雲大社の造りは創建当時そのままではないが、豪族の宅の様式が、長く踏襲されてきたことを示すものだろう。

【第88話】

「火継ぎ」の神事〈ひつぎのしんじ〉

出雲の大社《おおやしろ》が完成すると、水戸《みと》の神の孫、クシヤダマ（櫛八玉）の神が、鵜《う》に化して海の底に潜り、海底の埴土《はに》を咋《く》い出して「天《あめ》の八十《やそ》毘良迦《ひらか》」を作り、ワカメの茎を鎌《か》（刈）り燧臼《ひきりうす》を作り、海蓴《こも》（ほんだわら）の茎で燧杵《ひきりきね》を作って、浄火をきり出したという。

ご存知のように、古代では、檜《ひのき》（火の木）を台にしてそこに堅い棒状の木を回転させて、火をきり出す方法が行われた。この檜が燧臼で、堅い棒状の木が燧杵である。

それを作るのに海藻を用いることにこだわっているところが、面白い点である。「景行記」に、ヤマトタケルノミコト（倭建命）が、イズモタケル（出雲建）を討伐されたとき歌われた短歌にも、

「やつめさす　出雲たけるの」

とあるからである。一般には「八雲立つ」が、出雲の枕詞とされるのに、ここではあえて「やつめさす」（夜都米佐須）と述べている。この枕詞は「弥《や》つ芽《め》さし」で、勢いよく芽が生ずる意とされるが、「伊豆毛《いづも》」を出雲ではなく、「出《い》ずる藻《も》」とすれば、海の藻の讃美の歌となる。

古代から、海に面した地域の神社では、和布刈《めかり》の神事が行われていた。有名なのは、福岡県北九州市門司区の和布刈《めかり》神社で、旧暦十二月の晦日《みそか》（大晦日）の真夜中に、神職が若芽を刈り取り、神に供えるという。農村では新穀を神前に供えるのに対し、漁村のひとたちは新しい海藻を神に献じ、豊漁

を祈願したようである。

このようなことが、出雲の「火継《ひつ》ぎ」の神事に結びつけられたのではあるまいか。

火継ぎの神事は、出雲国造家の相続の際に行われる聖なる行事である。新しく国造《こくそう》となった者は、燧杵と燧臼を受け継ぎ、それで斎火《さいか(いみび)》をきり出し、この聖火で炊いた御飯を出雲の神々（熊野大神《くまののおおかみ》、大国主神《おおくにぬしのかみ》など）に供し、自らも相嘗《あいなめ》をする。そのことをもって新国造就任が認められる。

出雲国造家が、地上の「火」の継承であるのに対し、天皇家は、天上の「日」の「日継《ひつ》ぎ」であったことに、注目されるべきであろう。上代音では、日（ヒ）と火（ヒ）は異なるとされている。

「日継ぎ」の御子の一族（ヤマト王権）に、「火継ぎ」の一族（出雲臣）が服属する神話は、このような点からも案出されたのかもしれない。

ヤマト王権の全国征覇の物語が構想されたとき、「日出る国」（伊勢を含む近畿の国）が「日沈する国」をおさえるという話が考えられたようだが、それならばなぜ、出雲の勢力よりはるかに強大とされる吉備《きび》の吉備氏や、北九州の筑紫君などがあげられないのかと、疑問が出されるのは当然なことであろう。最も強大な相手を苦心して倒す話のほうが、物語を一層面白くするからである。

それにもかかわらず、出雲が国譲りの神話とされ、また出雲国造のみが神賀詞《かむよごと》を献じているのは、日御崎《ひのみさき》神社が「日沈《ひしず》めの宮」と呼ばれるように、出雲が日沈の国そのものとみなされていたからであろう。それに加えて、「日継ぎ」に対し、「火継ぎ」の伝統を有していたからではないだろうか。

【第89話】

神産巣日神 〈かみむすびのかみ〉

オオクニヌシ（大国主）の神は、燧臼《ひきりうす》と燧杵《ひきりきね》できり出した火で調理された魚を献じたという。その祝詞《のりと》は次のようなものであった。

カミムスビ（神産巣日）の御祖命《みおやのみこと》の大変立派な新居に、煤《すす》が長く垂れるまで焼き上げ、はては地下は、地底の岩盤にとどくまで焼き、長い楮《こうぞ》で作った綱で海人が釣り上げた口の大きな尾鰭《おびれ》の張った鱸《すずき》の料理を差し上げたい。

どうも、祝詞は形容句が多く、比喩的表現をちりばめるから、文意をたどるのが困難である。もちろん、このような荘重きわまりない文句をながながと述べて奏上することに、祝詞の効能があるのかもしれない。祝詞はあくまで神に対するもので、一般の民衆向けではないからである。

この祝詞と思われる文句のなかに、カミムスビの御祖命《みおやのみこと》と述べていることに注目したい。日本の最高神のムスビの神には、タカミムスビ（高御産巣日）の神と、カミムスビの神の二神がいたが、タカミムスビの神は高天《たかま》の原《はら》にあって、アマテラス（天照）大神《おおみかみ》に代わって最高の司会者として振舞っている。それに対して、カミムスビの神は、高天の原にいられながら、常に出雲のオオクニヌシの神に味方し、同情的であり、危機には救助される神として描かれている。たとえば、オオクニヌシ（オオナムチ）の神が、八十神《やそがみ》たちに焼き殺されたときも、ただちに蚶貝《きさがい》（赤貝）と蛤の比売をつかわされて、甦生せしめている。

『出雲国風土記』楯縫《たてぬい》郡の条にも、神魂《かむむすび》の命《みこと》が命令を下され日栖《ひすみ》の宮（出雲大社）を造られたとある。また『風土記』には神魂の命の御子たちとして、八尋鉾長佐日子《やひろほこながさひこ》（嶋根郡生馬郷）、枳佐加地売《きさかぢめ》の命《みこと》（嶋根郡加賀の神崎《かんざき》）、天津枳値可美高日子《あまつきちかみたかひこ》（出雲郡漆沼《しつぬ》郷）、綾門日女《あやとひめ》（出雲郡宇賀《うか》郷）、真玉着《まだまつく》玉邑日女《たまのむらひめ》（神門郡朝山《あさやま》郷）があげられており、カミムスビの神が、出雲国と深く結びつかれていたことを示唆している。

また、出雲のオオクニヌシ系の神々より「御祖神《みおやがみ》」と呼ばれているが、『古事記』の用例では、御祖神は母神を指すことが多い。カミムスビの神は、あくまで出雲の神々の母神であったとみてよいであろう。

それに対し、タカミムスビの神は出雲の国へタケミカズチ（建御雷）を派遣され、出雲に国譲りを命じた神であったし、高天の原にあっては神々を召集し、それを司令された最高の神であった。

これらのことから勘案すると、先の服属の祝詞の奏上文の中に、ことさらにカミムスビの神をあげるのは、おそらく、服属者のせめてもの矜持を示したものであろう。

おそらく、ヤマト王権の全国征覇の過程では、徹底的な抵抗より、平和裏のうちに降伏することが少なくなかったようであるが、それにしても服属者は、服属をやむをえぬとしながらも、いくつかの条件を差し出し、最低の面子《めんつ》を保つことに苦心をはらったのである。

【第90話】

鹿島の神〈かしまのかみ〉

国譲りの主役を務めたタケミカズチ（建御雷）の神は、常陸《ひたち》の国香島《かしま》郡に祀られる鹿島神社の祭神である。『常陸国風土記』香島郡の条に、高天《たかま》の原《はら》よりこの地に降臨された神と伝えられた香島《かしま》の天《あめ》の大神《おおかみ》である。その社は日《ひ》の香島の宮とか、豊香島の宮と名づけられたという。

この香島は、「カグシマ」つまりカグラの島の意であろう。カグラは神坐《かみくら》で、神とどまりますところである。後に、香島が鹿島にあらためられるのは、この神を祀る卜部《うらべ》（中臣氏《なかとみ》）が、鹿の肩甲骨を用いて卜占《ぼくせん》を行い、鹿を神獣として崇めたことによるものである。『万葉集』にも「武蔵野《むさしの》に　卜《うら》へ象灼《かたや》き　真実《まさて》にも　宣《の》らぬ君《きみ》が名《な》　卜《うら》に出《で》にけり」（『万葉集』巻十四ノ三三七四）という鹿卜《ろくぼく》の歌があるが、『古事記』の天の岩戸のところにも、中臣の祖とされるアメノコヤネノミコト（天児屋命）が、天《あま》の香山《かぐやま》の鹿の肩骨《かたぼね》を抜き卜《うらな》ったと記されている。

骨を灼《や》いて卜占することは、すでに『後漢書』の倭伝に「骨《ほね》を灼《や》い以《も》って卜《ぼく》し、用《も》って吉凶《きつきょう》を決《けつ》す」とあるから、少なくとも、弥生時代には行われていたようである。

だが、この鹿卜《ろくぼく》の法は、しだいに中国風の亀卜《きぼく》に変わっていった。『万葉集』でも「卜部坐《うらべま》せ　亀《かめ》もな焼《や》きそ」（『万葉集』巻十六ノ三八一一）とあるからである。

ちなみに、この亀は海亀の腹の甲を用いる。そのため、卜部は、壱岐、対馬と伊豆、鹿島に置かれているが、すべて海に面したところである。

平安朝では、国家の大事にはもっぱら亀卜を用いるとされているが、その理由は、亀が海の中も陸のことも知り、鹿にまさるからといっている。

ところで、タケミカズチの神は、地方の鹿島の卜部（中臣）の斎《いつ》く神であった。しかし古くは、中臣氏の本宗はもちろん中央にあった。その奉斎する神は、アメノコヤネノミコトであったようである。だが、蘇我氏と物部氏の崇仏、排仏の争いに、中央の中臣氏は、物部氏に味方して没落を余儀なくされた。しかし、ヤマト王権の司祭官を失うことは許されなかったので、支流の鹿島の中臣氏が中央に召されて本流を継ぎ、朝廷に奉仕するようになった。この鹿島系の中臣氏の子孫である鎌足が、大化の改新によって、一躍、政権の中枢におどり出るようになると、鹿島の神は中臣氏の最高神の地位を獲得する。

それゆえ、中臣氏（藤原氏）の氏神である奈良の春日大社の筆頭の神はタケミカズチの神である。つまり、第一殿はタケミカズチ、第二殿は、イワイヌシ（伊波比主）の神、第三段はアメノコヤネの神、第四段はヒメ（比売）神を祀る。アメノコヤネの神は、大阪の枚岡《ひらおか》神社の祭神である。

だから鎌足は、明日香村の大原の出身でありながら、『大鏡』などでは、あくまで常陸出身とされるのである。

【第91話】

祭りと政治

〈まつりとまつりごと〉

葦原の中国《なかつくに》の国譲りが行われたので、アマテラス（天照）大神《おおみかみ》は、太子《ひつぎのみこ》のマサカツアカツカチハヤヒ（正勝吾勝勝速日）のアメノオシホミミノミコト（天忍穂耳命）をつかわされることとなった。だが、アメノオシホミミノミコトが出立ちの装いをしている間に、御児《みこ》が誕生された。アメノオシホミミノミコトの妻は、タカミムスビ（高御産巣日）の神の娘のヨロヅハタトヨアキツシヒメ（万幡豊秋津師比売）である。

『日本書紀』では栲幡千幡姫《たくはたちはたひめ》などと表記されるが、栲《たく》（こうぞ）は、かじの木の皮の繊維で作った糸であるから、「ハタ」はそれを織る織機とされている。だが、文字どおり「幡《はた》」と考えるならば、「ヨロヅハタ」と訓《よ》むことも可能であるが、「トヨハタ」と訓むほうに、わたくしは引かれている。

『万葉集』の

「渡津見《わたつみ》の　豊旗雲《とよはたぐも》に　入日《いりひ》さし　今夜《こよい》の月夜《つくよ》　さやけかりこそ」（『万葉集』巻一ノ一五）

の豊旗（幡）である。豊かに長く吹き流された幡である。古代では、このような幡を引き流すのは、神の降臨を迎える目標《めじるし》であったから、天神の降臨物語にはふさわしい名称だからである。

栲幡は、栲の繊維で織った細長い幡である。豊秋津《とよあきつ》は「豊飽《とよあき》る」で、稲が飽きるほどの豊作を意味するから、豊穣の女神であろう。ホノニニギノミコト（番能邇邇芸命）の母神には、最もふさわしい名称である。「ホノニニギ」とは、稲穂がにぎにぎしく、たくさんとれるという意味だからである。
それにしても、アマテラス大神の御子ではなく、いわゆる天孫が降臨されることに神話がこだわるのは、一説には、『古事記』や『日本書紀』の編纂を命ぜられた天武天皇・持統女帝の次に、孫にあたる文武天皇が直系として「日《ひ》継《つ》ぎ」をされたことを反映したのではないかとする考えが出されている。その当否を論ずるのは難しいが、興味ある説の一つであることは確かである。もちろん、『古事記』の世界が、すべて後世の歴史的事実の反映論で解決されるわけではないので、今のところわたしは慎重に考えたほうがよいかとも思っている。

ここでは、むしろ、タカミムスビの神の存在意義を強く主張するための話が中心になっていると考えるべきであろう。アマテラス大神は、日《ひ》の巫女《みこ》として最高の神とされるが、この巫女は、神の依代《よりしろ》となり託宣をする者で、それを受けて、実際の政治をつかさどるのは男であった。その職掌を受けもつものを、神話の中に濃厚に反映せしめたのではないだろうか。

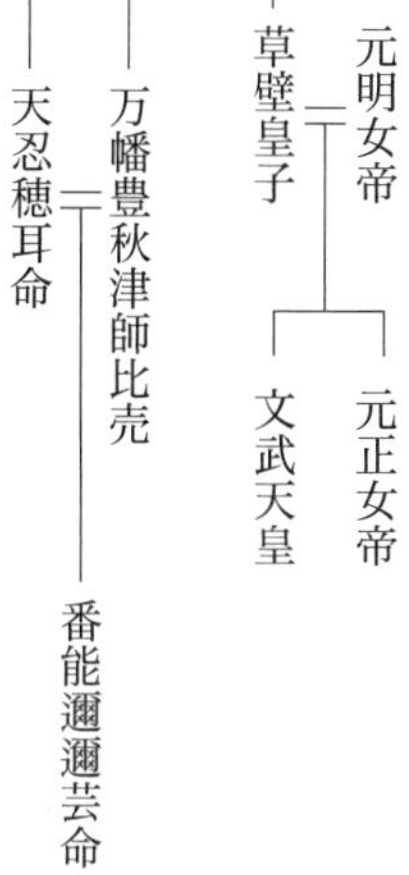

【第92話】

天孫降臨〈てんそんこうりん〉

アマテラス（天照）大神《おおみかみ》が、先にアメノオシホミミノミコト（天忍穂耳命）の神を葦原《あしはら》の中国《なかつくに》につかわしたとき、手ずから宝鏡を授け、斎鏡《いわいのかがみ》とするようにと言われた。また「高天原《たかまのはら》に所御《きこしめ》す斎庭《ゆにわ》の穂《いなほ》」を与えられたと、『日本書紀』の一書に伝えている。

他の一書では、八尺瓊《やさかに》の曲玉《まがたま》と八咫鏡《やたのかがみ》、草薙《くさなぎ》の剣《つるぎ》のいわゆる三種の神器を与えたと記している。この三種の宝器は、天皇家の継承にあたって必ず、新天皇に伝授されるレガリア（regalia）である。

これらの鏡や曲玉などの宝器は、おそらく各地の豪族も、統治権の象徴として奉持してきたと考えられている。そして、国々の大事の際には、これらを榊に飾り、神前に捧げて加護を祈った。

先の天の岩戸の祭りでも、天《あま》の香山《かぐやま》の榊《さかき》の、上枝《かみつえ》に八尺瓊の御統《みすまる》と、中枝《なかつえ》に八咫鏡（真経津鏡《まふつのかがみ》）をかけている。八咫鏡は、『古事記』に「八尺鏡《やたかがみ》」とあり「八尺ヲ訓《よ》ミテ八阿多《やあた》ト云《い》フ」と註されているから、文字どおりに解せば八尺の鏡をいう。もちろん、古代の「八」は大きいことを意味するから、この場合も、径八尺の大鏡でなく、大きな鏡と解したほうが穏当であろう。

地方の豪族が服属する儀礼にも、「上枝に八握剣《やつかのつるぎ》を掛け、中枝に八咫鏡、下枝に八尺瓊をかけ」素幡《しらはた》をかかげたと記している（「景行紀」）。服属の儀礼には、鏡や曲玉に加えて、「剣」が存在するのは、自らの武力を相手に捧げ、敵意のないことを示すものであろう。

つまり、鏡と玉が統治権の象徴であったと考えてよい。鏡はその豪族の斎《いつ》く神の依代《よりしろ》であり、玉は「魂」で地方の豪族が祀る神の魂である。このことは、地方の豪族の祀る神も、ヤマト王権の斎く神に服属することを意味した。

神が服属するというのは、一見奇異に思われるかもしれないが、平安朝に朝廷から地方の神社に位階を授けていることを想い出されれば首肯していただけるだろう。たとえば稲荷社は、神前に「正一位」とかかげているが、正一位は人臣に授ける位階である。

いつもいうように、日本の神は絶対神ではない。人格神のみならず、鳥獣の類《たぐい》まで神に加えている。『常陸国風土記』行方《なめかた》郡椎井《しいい》の池の条には、「夜刀《やつ》の神」と呼ばれる蛇の神が登場するが、「俗《くにびと》いわく、蛇《へみ》をいいて、夜刀《やと》の神《かみ》となす。……見る人あらば、家門《いえかど》を破滅《ほろぼ》し、子孫継《うみのこつ》がず」と註されている。

また、大和の明日香の地に老狼ありて、多く人を食《くら》うので、土民は畏《おそ》れて「大口《おおぐち》の神」と称した。その地が大口《おおぐち》の真神原《まかみはら》だと伝えている。この地に、後に法興寺（飛鳥寺）が建てられている。

『肥前国風土記』佐嘉《さか》郡の条には、

「此《こ》の川上《かわかみ》に石神《いしがみ》あり。名《な》を世田姫《せたひめ》という。海の神、鰐魚《わに》を謂《い》う。年常《としごと》に、流れに逆《さか》いて潜《くぐ》り上《のぼ》る」とあり、鱶《ふか》の類も石も、すべて霊異のあるものは神とされている。ひとの怖れるもののすべてが、一様に神とされたようである。

【第93話】

天皇の称号〈てんのうのしょうごう〉

話をもとにもどさなければならないが、いわゆる三種の神器は、各豪族たちも同じような宝器を伝承していたと述べてきた。だが、ひとたびヤマト王権が全国を統一すると、天皇家の三種の神器に、各豪族の伝える宝器も収斂されていく。そのことは、天皇家の三種神器の伝授によって、皇位を継承されることはもちろんであるが、それと同時に、全国の豪族の支配権もすべて天皇が継承することを意味したわけである。その点を見落してはならないと思う。

『日本書紀』によると、ニニギノミコト（瓊瓊杵尊）が下られたとき、中臣《なかとみ》の上祖《とおのおや》・アメノコヤネノミコト（天児屋命）と、忌部《いんべ》の上祖・フトダマノミコト（太玉命）、猿女《さるめ》の上祖・アメノウズメノミコト（天鈿女命）、鏡作《かがみつくり》の上祖・イシコリドメノミコト（石凝姥命）、玉造《たまつくり》の上祖・タマノヤノミコト（玉屋命）の五部《いつとものお》の神を配したという。五部の「部《べ》」は、朝廷に奉仕する「職業部《しょくぎょうべ》」である。この五部の神は、すべて祭祀に関する部民集団の長である。

ちなみに、『日本書紀』には「ミコト」に「尊」と「命」が区別されて書かれているが、「尊」と記されるのは、天皇や皇太子に限られる敬称である。その他はすべて「命」と表記される。

いうまでもなく、「ミコト」は「御言《みこと》」が原義であるが、のちに御言を発して、部下のひとに命令を伝える首長も、ミコトと呼ばれるようになった。だから、命令を下す尊貴な人物が「命」である。

御言を発することが「ミコトノリ」(御言告り)で、のちには詔勅もミコトノリと訓《よ》むことになる。

地方豪族は、すべてミコト(命)と呼ばれたから、そのミコトを支配される天皇は、ことさらに「尊」の字を用いて区別されたのである。ちなみに、地方の豪族は「君《きみ》」とも呼ばれていたが、それに対し、天皇は大君《おおきみ》と称したのである。「君の君」の意である。

『日本書紀』のまとめられた時期は、日本の律令体制が確立したときであったから、このような表記はやかましかったのである。「天皇」という尊称の成立も、律令制の確立した天武・持統朝と強く主張される根拠はそこにある。もちろん、その確立には、聖徳太子の時代頃からの流れがあり、しだいに確立していったことを充分配慮しなければならないと考えている。

「天皇」の由来については、道教でいう北極星にあてる説が出されている。道教では、真北の天空に位置を変えぬ北極星を、諸々の星を統《す》べる星とする信仰があった。その星が「天皇」である。北斗七星はその宮衙で、天皇を補佐する星たちの住まうところとされた。

奈良の都がつくられたとき、天皇の住いの内裏《だいり》は、その都城の真北に位置し、天皇が南面されているが、おそらく北極星=天皇の考えが反映したものと考えられている。

ちなみに、天皇は北を背にして南面されるから、天皇の左側が東で左京と呼ばれ、右側が西で右京と呼ばれる。桃の雛飾りでも、左近の桜は天皇雛から見て左に飾り、右近の橘は右に飾るのはそのためである。

【第94話】

天壌無窮の神勅〈てんじょうむきゅうのしんちょく〉

『日本書紀』によると、ニニギノミコト（瓊瓊杵尊）の降臨に際し、アマテラス（天照）大神《おおみかみ》は次のような「みことのり」を授けられたという。

「葦原《あしはら》の千五百秋《ちいほあき》の瑞穂《みずほ》の国《くに》は、是《こ》れ吾《あ》が子孫《うみのこ》の王《きみ》たるべき地《ち》なり。爾皇孫《いましすめみま》、就《い》でまして治《しら》せ。行矣《さきく》、宝祚《あまつひつぎ》の隆《さか》えまさむこと、当《まさ》に天壌《あめつち》と窮《きわま》り無《な》かるべし」（『日本書紀』）

わざと長々と引用したのは、おそらく、戦時中に育ってこられた方には、いわゆる天壌無窮《てんじょうむきゅう》の神勅として、おぼえていられると思うからである。

この「みことのり」の意味は、およそ次のとおりであろう。

「たくさん、豊かに稲穂が稔る葦原の中国《なかつくに》は、アマテラス大神の子孫が国主として統治さるべき地である。汝、皇孫（ニニギノミコト）よ、下界に降って行き、その国を支配せよ。さあ出かけよ。天の日継ぎ（皇統）は、天地とともに窮ることはないからだ」

だがこの天壌無窮というのは、決して断定の言葉ではなく、むしろ願望であると考えている。いかなるひとでも、事のはじめに永遠を願うのは自然の感情だと思うからだ。

「大殿祭《おおとのほがい》」という祝詞《のりと》にも、「天《あめ》つ璽《みしるし》の剣、鏡を捧《ささ》げ持ちたまひて、言寿《ことほ》ぎ宣《の》りたまう」として

「天《あま》つ日嗣《ひつ》ぎ　万千秋《よろずちあき》の長秋《ながあき》に、大八洲豊葦原《おほやしまとよあしはら》の瑞穂《みずほ》の国を安国《やすくに》と平《たい》らけく知《し》ろしめせ」

と述べている。ここで明らかに「言寿ぐ」と記している。ことほぎ（言寿ぎ、言祝ぎ）は、言葉で祝うことであり、その祝う内容は、永遠であれかしという願望であるといってよい。

それはともかく、この天壌無窮の神勅は、ただ『日本書紀』の一書に伝えるだけで、『古事記』にも、『日本書紀』の他の部分にも、かかげていない。祝詞でも、「大殿祭」を除いてはほとんど記されず、わずかに「六月《みなづき》の晦《つごもり》の大祓《おおはらえ》」などに、

「我《あ》が皇御孫《すめみま》の命《みこと》は、豊葦原《とよあしはら》の水穂《みずほ》の国《くに》を知《し》ろしめせ」

と事依《ことよ》さしたと述べるだけである。

この「天壌無窮」の語は、「天長地久」と同じ意味で、寿詞《ほぎことば》であろう。寿詞だからこそ、天皇の生誕された日が「天長節」と呼ばれ、皇后の誕生の日が「地久節」と称して祝われたのである。

ちなみに、この天長節は、中国の玄宗皇帝が「老子」にみえる「天長地久」の言葉を用いて、皇帝の長寿を祝う日と定めたものである。日本では、奈良の終わり頃、光仁《こうにん》天皇の誕生された日を祝ったのが始まりとされている。

明治に入ると、天長節は国家の祭祀とされ、四方拝《しほうはい》（元日の祭り）、紀元節と並んで三大節とされるようになった。明治天皇が崩御されると、大正年間に明治天皇の天長節を明治節としてこれに加え、四大節となったことは、ご存知であろう。戦後は廃されたが、建国の日、天皇誕生日、文化の日と名を変えている。

【第95話】

覆衾の呪礼

〈おぶすまのじゅれい〉

ニニギノミコト（瓊瓊杵尊）が降臨されたとき、タカミムスビ（高皇産霊）の神が「真床《まどこ》の覆衾《おぶすま》」をニニギノミコトに裹《き》せられたと、『日本書紀』に記している。

この「真床の覆衾」については、従来から諸々の見解が出され、必ずしも定説をみないが、この衾《ふすま》は寝具で、寝るときに身体にかける夜具とみてよかろう。それに覆われるというのは、一つには新生児がベッドに横たわる姿であると考える学者もいるし、また、死者が寝具にくるまれている姿だと主張される学者もいる。もちろん、死者といっても再生を前提としての死者である。死者は聖なるものに籠《こも》り、しかるのち再生するという「コモリ」の儀礼である。結果的には、両者とも同じで「真床の覆衾」は、新しい生命の誕生のための、聖なる覆い、籠るものである。

なぜこのような学説が出されるかというと、新天皇の践祚大嘗祭《せんそだいじょうさい》、つまり即位式にあたり、悠紀《ゆき》殿《でん》、主基殿《すきでん》という建物に御衾がもうけられ、天皇は必ずこの御衾にくるまれる秘儀が行われるからである。『延喜式』巻七神祇践祚大嘗祭の条には、悠紀殿、主基殿には「席上《せきじょう》に白端《はくたん》の御帖《みたたみ》を敷《し》き、帖《たたみ》の上《うえ》に坂枕《さかまくら》を施《ほどこ》す」として、聖なる寝具が置かれたことを記している。

これに類するものが、「真床の覆衾」だと考えたのである。

聖なるものの誕生は、必ず聖なる籠りが必要だと考えられてきた。言葉を変えていえば、籠る間に聖なる生命が増殖をつづけるとみたわけである。

たとえば稲穀は、壷に入れられて年を越すが、少しずつ発芽する力をふやして春を待つ。このように、稲穀が発芽の生命力をふやしていく時期が、フユ（冬）であり、稲穀が漸次はれてきて発芽する時が「ハル」（春）と名づけられてきたといわれている。

人間の妊娠も、まさにそれであるといってよい。新しい生命は母胎の中で少しずつ成長し、十月《とつき》後に一人の赤子として胎内より出てくる。

つまり、新しい生命は母胎に籠るから、妊娠することを「身籠《みごも》る」と称しているのだ。物語などでも、桃太郎は、破邪《はじゃ》の果物とされる桃にくるまれて誕生している。

ニニギノミコトも、新しい葦原の中国《なかつくに》の統治者となるためには、聖なる籠りである「真床の覆衾」にくるまれなければならなかったのである。

ここにも、天皇の即位儀礼が反映しているのであろう。古代の祭儀は「コモリ」にかなり執着をみせるが、やはり、〝死と再生〟の儀礼に大きな意義を見出していたからだろう。太陽も、東の山や海から新しい太陽として昇るが、夕方になると西の海や大地に沈む。そしてその海や大地を潜ったり籠ったりして再生し、再び東に姿を現す。これも潜《くぐ》りや籠りの儀礼にかかわって考えられてきた。日の御子も再生の御子でなければならなかったのである。

【第96話】

番能邇邇芸命〈ほのににぎのみこと〉

実は、ニニギノミコトは穀霊神である。「ニニギ」とは、今でも「ニギニギしき」と客の大入りを表現するが、古くはたくさんとか豊作の意であった。まさに、豊葦原の千五百秋、瑞穂の国に降臨される神にふさわしい神名といってよい。また、ニニギは「丹《あか》く熟した」ものの意とされている。『日本書紀』では「瓊瓊杵尊《ににぎのみこと》」と表記していて、大変難しい文字があてられているが、「瓊《けい》」は玉偏であることからもおわかりのように赤い玉の意である。または美しき玉の意である。本居宣長は、ニニギを「穂《ほ》の丹《あか》く饒《じゆく》した君《きみ》」と解しているが、稲籾が赤く熟したさまを表現したものであろう。

この穀霊神が、高千穂の峯に下るというのは、新嘗《にいなめ》の祭りの日に、神穀を収めた米庫にうずたかく稲穂を積み上げ、これを依代《よりしろ》として新しい穀霊神を降ろすことだと考えられている。高千穂の峯は、文字どおり高く神穀をつみ上げて依代にしたものである。いうまでもなく、古くは稲の収穫は穂刈《ほが》りであった。その稲穂を米倉にそのまま収めるか、籾《もみ》として収めるかの方法がとられた。脱穀するよりこのほうが保存がきくからである。律令時代の租税で二束二把《にそくにわ》というのは、その名からも想像できるように、稲穂の握りの単位であった。束《そく》は稲穂の一束《ひとたば》の単位で、把《わ》は一握りの単位である。

ちなみに、律令時代では、上田一反《いったん》から五十束、中田四十束、下田三十束の収穫の定めである。上田といっても五十束であるから、現在の一石《いっこく》にすぎない。一石は、大人の一年分の米の食糧の基準である。現在は、一反でその四、五倍の米がとれるから、いかに生産高が低かったかわかるだろう。そのため、租税も三パーセント前後できわめて低い。というより、それ以上、国家に収めたら、ひとびとは自分たちの食う分さえなくなってしまうのである。だから、調庸《ちょうよう》と称して力役が課せられたのである。徳川時代に五公五民などと称して、米の収穫の半分をとられているが、それは古代より、はるかに稲作の技術が改良され、生産量がふえたからである。といっても、その搾取は農民にとってきびしいものであったことは否定できない。

このように古代では、現代とくらべて生産量は低かったけれど、狩猟生活や細々と畑作をしていた時代からみれば、確かに稲作は飛躍的に発展したものであったに違いない。だが、不作となれば生死にかかわるだけに、心を込めて豊作を祈る祭りを行ってきたのである。

その豊作の祭りの最大のものが新嘗なのである。その際に、農村に迎えられる神がニニギの神であった。『神祇令』によると、仲冬（旧暦十一月）の下《しも》の卯《う》の日に大嘗祭《だいじょうさい》（新嘗《にいなめ》の祭り）が行われた。卯の日というのは、日を十二支で数えるもので、卯の日は月に二回ないしは三回めぐることになる。初の卯日が上の卯の日で、最後の卯の日が下の卯の日である。卯の日にこだわるのは、卯は十二支では真東にあたり、新生にかかわるからである。この大嘗祭の前日が寅《とら》の日であり、この日は鎮魂祭とされるが、いわゆる冬至の日である。冬至は古い太陽が死んで、新しい太陽が再生する日だ。天皇の即位式が、大嘗祭（天皇即位の年の新嘗の日）に行われるのは、そのためであった。

【第97話】

塞の神・道祖神

〈さえのかみ・どうそじん〉

『日本書紀』によれば、天降《あまくだ》りの途中の八達之衢《やちのまた》に、鼻の長さ七咫《ななあた》、背の高さ七尺という男が立ちはだかっていた。その目は、八咫《やた》の鏡のごとく光りかがやき、赤酸醤《あかかがち》のようであったという。赤酸醤はほおずきのことである。

そこで、伴《とも》の神々が、次々と派遣されたけれども、すべてその異様な男が目勝ち、つまり、射竦《いすく》めるような眼力に負けて引き返して来てしまった。

そこで、アメノウズメ（天鈿女）の神が、「目《め》ひとに勝《か》ちたる者」（『古事記』では「面勝《おもか》つ神」）とされて、派遣されることになった。アメノウズメの神は、胸乳をあらわにし、裳《も》帯《ひも》を臍《へそ》の下まで下げて、咲噱《わらい》て、その男の前に立った。これはアメノウズメの神が、天の岩戸で演じた姿と全く同じいでたちである。そして笑うのは、相手のつきつめたような胸の中を開かせる呪法であろう。先にふれたように、笑いは、閉じた口を開かせ胸中のわだかまりをはき出させることである。笑いは「割る」である。ここに「咲く」を「笑い」と書くのは、いうまでもなく「裂《さ》く」の意で、蕾を裂《さ》いて花を咲《さ》かせることであったことは、先に説いたとおりである。

アメノウズメの神が、「天降りする道を塞《ふさ》ぐ神は、誰か」と尋ねると、その男は、自分は国《くに》つ神《かみ》で、名はサルタヒコ（猿田彦）の神だと名のり、天孫が天降りされると聞き、先導しようと思って待っていると答えたという。
サルタヒコは、稲田《さだ》の神の意味という。稲は、古語で「サ」と訓むことは、「早乙女《さおとめ》」（稲田の乙女）、早稲《わせ》からも知られるだろう。この神は伊勢の狭長田《さなだ》に住まわれる神とされているが、「サナダ」は神稲を耕作する神田である。現在でも、伊勢神宮の内宮の近くに、猿田彦神社が祀られている。三重県伊勢市宇治浦田に鎮座する神社である。このサルタヒコの神は、また宇治土公《うじのつちのきみ》の遠祖とされている。

『古事記』では、先導の大任を果たした後に阿耶訶《あざか》の地に住んだと記している。このアザカは、現在の三重県松阪市大阿坂町であり、猿田彦を祭神とする阿射加神社が祀られている。またこの地は、平安後期には伊勢の御厨《みくりや》であった（『太神宮諸事記』）。

サルタヒコの神は、巷《ちまた》に立つ神であったから、後には道祖神《どうそじん》（塞《さえ》の神《かみ》）と同一視され、今でも四辻の隅に「猿田彦神」と彫られた石碑を見かける。

塞の神は、悪霊を村の入口で防塞する神である。日本では、中国の影響もあって、古くから道饗《みちあえ》の祭りが宮中で行われていた。その祝詞《のりと》に「大八衢《おほやちまた》にゆつ磐《いわ》むらの如《ごと》く塞《さや》ります」として「八衢《やちまた》比古、八衢比売」などが、塞の神としてあげられている。またすでにイザナギ（伊邪那岐）の神の立てた黄泉坂に塞《さや》る「道反《ちかえし》の大神《おおかみ》」も、塞の神であろう。仏教が入ってくると、六道輪廻《りくどうりんね》の思想から、六地蔵が道の巷に立てられ、塞の神的な信仰が行われている。

【第98話】

猿女の君〈さるめのきみ〉

このサルタヒコ（猿田毗古）の名を負い、朝廷に奉仕したのが、アメノウズメの神の後裔である猿《さる》女《め》（猨女）君《のきみ》である。

アメノウズメの神の子孫とされるから、鎮魂の舞を行うことを職掌とした氏族であろう。『古語拾遺』には、神楽《かぐら》のことにたずさわり、「神の怒りを解く」者と述べている。

おそらく、そのはじめは、伊勢神宮に属していたのであろうが、しだいに宮廷に出て奉仕する者も現れ、猿女君の一族の一部が、大和国添上郡稗田《ひえだ》（奈良県大和郡山市稗田町）に居を移したという。

実はこのことは、『古事記』を誦習《よみなら》わしたとされる稗田阿礼《ひえだのあれ》と猿女君との特殊な関係を示唆することになる。平安朝の『西宮記』によれば、官符で大和近江の国から猿女を貢進することを命じた記載があるので、平安時代では、大和国と近江国に猿女の一族が居住していたことがわかる。その養田は、近江国和邇《わに》村にありとされているから（『類聚三代格』巻一）、現在の滋賀県大津市和邇《わに》付近が、猿女君の居住地であろう。

これは、弘仁四（八一三）年の太政官符であるが、この頃では猿女君は、勢力はすでに失われ、山城の小野氏や近江の和邇氏に資養されていたという。

この頃にいたると、猿女君はわずかに縫殿寮に召され、雑役に駆使されていたようである。縫殿寮の主なる職務は「衣服を縫い裁つ」（『職員令《しきいんりょう》』）ことであるから、普段は裁縫の業を務めていたのであろう。

だが『延喜式』巻二、四時祭では、鎮魂祭《おおんたまふりのまつり》には

「縫殿寮、猨女参人《さんにん》をして……例により舞しむ」

とあるから、猿女君は、鎮魂祭には古代よりの職掌を受け継ぎ、舞を奉仕していたようである。しかし、その伝統もしだいに失われつつあったとみえ、仁治三（一二四二）年の頃、『平戸記』には大嘗《だいじょう》祭《さい》においても違例が多く、猿女がいないと記している。

このように、「猿女君」に関する史料はきわめて少ないので、なかなかその実体を明らかにすることは困難である。だが、『古事記』などでの神話では、アメノウズメの神は、天の岩戸の場面で重要な役を担っていると描かれているから、もともとは冬至の日の鎮魂祭にかかわる巫女《みこ》集団であったことが想像される。事実、律令時代でも、猿女君は、縫殿寮から召され、鎮魂祭の舞を奉仕している。

鎮魂祭は、仲冬（旧暦十一月）の冬至の前日に行われる祭りだから、忌み籠《こも》った古き太陽を再生し、新しい太陽を誕生せしめるものであった。衰える太陽を振動させる舞を担当したから、かなり荒々しい舞であったらしい。そのため、『古語拾遺』では、アメノウズメの神を「強悍猛固」の神と記しているのである。

【第99話】

高千穂の峯〈たかちほのみね〉

ニニギノミコト（邇邇芸命）が、天降《あまくだ》りされたところは、竺紫《つくし》（筑紫）の日向《ひむか》の高千穂《たかちほ》の久志布流《くしふる》多気《たけ》であった。

久志布流は「霊異《くし》ぶる」と解されるが、「フル」は降臨の「降《ふ》る」であろう。ただ、古代の朝鮮の古伝承を伝える『三国遺事』に、駕洛国の首露王が亀旨峯《くしふる》に天より降ったと伝える話とよく似ているので、朝鮮の古伝承の影響があったのではないかと考えられている。そのことは否定できないが、先に述べたように、これは、新嘗《にいなめ》の祭りに、うずたかく積まれた稲穂（高千穂）を依代《よりしろ》として新しい穀霊神（ニニギノミコト）が降臨するという祭儀が原型となっていると考えるべきだろう。

後になると、高千穂の峯は、具体的な聖山と結びつけられ、筑紫の日向に拘泥し、日向国臼杵郡知《ち》鋪《ほ》郷の山がそれにあてられるようになっていった。いうまでもなく、宮崎県の高千穂町の山である。この地に高智保《たかちほ》皇神《すめらがみ》（『続日本後紀』）や高智保神《たかちほのかみ》（『三代実録』）と称する神が祀られたと記されている。高千穂の峯の山上の二上神社がそれであるという。

『日向国風土記』の逸文、臼杵郡知鋪《ちほ》郷の部分によると、ニニギノミコトが、天の八雲をおしわけて日向の高千穂の二上《ふたがみ》の峯《みね》に降臨された。だが、「天暗冥《くら》く、夜尽《よるひる》別《わ》かず、人物道《ひとみち》を失《うしな》い、物《もの》の色別《いろわか》ち難《がた》き」有様であったという。

そのとき、土蜘蛛《つちぐも》の大鉏《おすき》、小鉏《をすき》が現れ、ニニギノミコトに「稲千穂《いねちほ》を抜《ぬ》きて籾《もみ》として、四方《よも》に投《な》げ散《ち》ら」すようにと奏上した。ニニギノミコトは、ただちに稲籾を投げ散らされると、たちまちに、天が開明《あか》り、日月が照り輝いたという。そこで、その地を智鋪《ちほ》と名づけたという。智鋪は「千穂」の意と考えても、あるいは「散穂《ちるほ》」と考えてもよい。

いうまでもなく、現在でも行われる「散米」の儀式である。邪気を払うために、神前にまき散らす米である。これを「散供《さんぐ》」とも呼んでいる。『釈日本紀』では、散米は其の罪を解謝《かいしゃ》して、米を以《も》って分散することだと註している。わたくしは、散米は稲魂《いなだま》の強い威力で邪霊を払う呪術だと考えている。ニニギノミコトが瓊《けい》=赤玉で、赤く熟した稲の穀霊神とされているが、赤は「明るい」と語源を一にしていることを、この際想起すべきであろう。ちなみに、黒は「暗い」色である。だから、散米すると邪気は払われ、世の中は明るくなるのである。

高千穂の峯は、『日本書紀』には、日向《ひむか》の襲《そ》の高千穂《たかちほ》槵日《くしび》の二上峯《ふたがみのみね》とあるから、現在の宮崎県都城《みやこのじょう》市と西諸県《にしもろかた》郡高原《たかはる》町の境の山、霧島《きりしま》の峯にあてる説も出されている。

いずれとも結構であるが、神話の高千峯は、穀霊神の依代として立てられた稲籾の山であり、おそらく、あらゆる村落の新嘗祭には、村の中心の神の社の米庫に作られたものであろう。だから、特定の山に擬せられるのはその後のことであったとみてよい。『古事記』の神話には、神祭りの儀礼をもとにしているものが少なくないのである。

【第100話】

土蜘蛛〈つちぐも〉

『日向国風土記』には、土着の民として土蜘蛛《つちぐも》が登場している。

「神武記」には、忍坂の大室《おおむろ》（奈良県桜井市忍阪）に神武天皇が兵を進められたとき、「尾生《おお》うる土《つち》雲《ぐも》」の主酋、八十建《やそたける》がいたと伝えている。

『日本書紀』では「景行紀」に、碩田《おおきた》の国（大分県大分郡）の速見邑《はやみむら》（大分県別府市、杵築市付近）の山の大きな石窟《いわや》（鼠《ねずみ》の石窟《いわや》）に二人の土蜘蛛がいて、皇命に従わなかったと記している。

「神功皇后摂政前紀」にも、山門県《やまとのあがた》（筑後国山門郡山門郷、現在の福岡県みやま市山川町付近）で、土蜘蛛の田油津媛《たぶらつひめ》を誅されたとある。

というと、土蜘蛛は九州地方の土豪のように思われるかもしれないが、『常陸国風土記』久慈郡薩《さ》都《つ》の里（茨城県常陸太田市里野宮《さとのみや》町）に「国栖《くず》あり、名は土雲《つちぐも》」と称する土豪が兎上命《うのかみのみこと》に滅ぼされたとあり、『陸奥国風土記』には、現在の福島県東白川郡棚倉町八槻《やつき》に八人の土知朱《つちぐも》がいて、八処の石室にこもり上命に従わず、ついにヤマトタケルノミコト（倭建命）に誅されたという。ちなみに「知朱」は、蜘蛛の虫偏を略したものである。

土蜘蛛は、その多くは石室にこもって抵抗する土豪として描かれている。『釈日本紀』巻九に引く『摂津国風土記』の逸文に、

「恒《つね》に穴《あな》の中に居《お》り。故《かれ》、賎《いや》しき号《な》を賜《たま》ひて、土蛛《つちぐも》と曰《い》う」

と述べている。そしてその多くは、ヤマト王権に反抗して滅ぼされている。

しかし、先の『日向国風土記』の土蜘蛛のように、天皇家に対して、すべてが最後まで反抗する者ではなかったようである。

『肥前国風土記』の佐嘉《さが》郡の条には、佐嘉川（嘉瀬川）の上流に荒ぶる神がいて、ひとびとを苦しめていたとき、県主に対し、土蜘蛛の大山田女《おおやまだめ》と狭山田女《さやまだめ》が、下田村《しもだむら》の土を取り、人形《ひとがた》と馬形《うまがた》を造り、神を祀れと教え、その荒ぶる神を和《やわ》らぎせしめたという。そこで、県主らは土蜘蛛の二人の女性を賢女《さかしめ》と讃えたので、その地を後に「佐嘉《さが》」と称したという。

同じく『肥前国風土記』の彼杵《そのき》郡周賀《すか》郷の条では、神功皇后の率いられる軍船が漂ったとき、土蜘蛛の鬱比表麻呂《うつひおまろ》がこの船を救ったので、救《すくい》の郷《さと》と名づけられたと伝えている。

ただ、全体からうかがうと、嶮《けわ》しい山の岩窟にこもり、ヤマト王権に激しく抗争して滅ぼされた土豪の賎称とみてよい。それから、ヤマト王権の化外《けがい》の民《たみ》一般にも及ぼされた名称ではないだろうか。

古代では、化外の民は、熊襲《くまそ》、隼人《はやと》あるいは蝦夷《えみし》と呼ばれ、その多くが動物名である。この土蜘蛛もその類《たぐい》であるが、実際には熊襲、隼人、あるいは蝦夷の中に含まれていた土豪であろう。

ただ、土蜘蛛と呼ばれるのは、じっと獲物がくるのを穴のなかで待ちかまえ、獲物が近づくと急に出てきて襲いかかる姿が、土蜘蛛をおもわせたからであろう。

【第101話】

海ゆかば〈うみゆかば〉

ニニギノミコト（邇邇芸命）が天降《あまくだ》りしたとき、その前に立ち先導した神は、アマノオシヒノミコト（天忍日命）と、アマツクメノミコト（天津久米命）であった。二人は天《あま》の石靫《いわゆき》を負い、頭椎《くぶつち》の大刀《たち》を佩《は》ぎ、天《あま》の波士弓《はじゆみ》を持ち、天《あま》の鹿児矢《かこや》を手挟《たばさ》んでいたという。このアマノオシヒノミコトは大伴連《おおとものむらじ》の祖であり、アマツクメノミコトは久米直《くめのあたい》の祖である。

天の石靫は、高天《たかま》の原《はら》のしっかりつくられた靫《ゆき》である。靫は、弓矢を入れ、背に負うものである。細長い箱形をしたもので、埴輪などには、靫を背に負った武人の姿がみられる。大伴家持《おおとものやかもち》も

「ひさかたの　天《あま》の戸開《とひら》き　高千穂《たかちほ》の　岳《たけ》に天降《あも》りし　皇祖《すめろぎ》の　神《かみ》の御代《みよ》より　梔弓《はじゆみ》を
手握《たにぎ》り持《もた》し　真鹿児矢《まかごや》を　手挟《たばさ》み添《そ》へて　大久米《おほくめ》の　ますら健男《たけを》を　先《さき》に立《た》て　靫取《ゆきと》り負《おほ》せ」

（『万葉集』巻二十ノ四四六五）

と歌っているので、この神話は、大伴氏や久米氏が伝える祖先伝説にもとづいているものであろう。

靫《ゆき》（靭）は、「弓筒《ゆみげ》」の略と解されているが、奈良時代頃から、しだいに壺胡簶《つぼやなぐい》に変わっていった。

大化前代においては、大伴氏は、靫負《ゆげい》の軍隊を率いて各地に転戦していた。その時代は、大伴氏にとって最も輝かしい時代でもあったから、その繁栄時の姿を、ぜひとも神話の中にとどめたかったのであろう。

大化前代において、大伴氏は、物部氏と並んでヤマト王権の武力の中核となり、全国支配の尖兵となって活躍した。それゆえ、五世紀から六世紀の初頭の時代は、まさに、大伴氏の栄光の時代であった。また、政治の中枢に立ち大連《おおむらじ》として、蘇我氏らの大臣《おおおみ》と並んで、執政官となった時代である。この政治体制が大臣・大連制である。

大連は、連《むらじ》という伴造《とものみやつこ》グループの代表者である。伴造は、伴《とも》という職業集団の首長である。この伴は、友人の「トモ」でなく、臣従する意の伴である。

天皇家が、まだ大和盆地の磯城《しき》郡の一豪族であった頃から、すでに天皇家につかえ、その軍事を執っていたのが大伴氏の祖であったと考えられている。だから、大伴氏の天皇家への忠誠の念は、他家よりもはるかに強かった。大伴家持も

「大伴《おほとも》の　遠《とほ》つ神祖《かみおや》の　その名《な》をば　大来目主《おほくめぬし》と　負《お》ひ持《も》ちて　仕《つか》へし官《つかさ》　海行《うみゆ》かば
水漬《みづ》く屍《かばね》　山行《やまゆ》かば　草生《くさむ》す屍　大王《おほきみ》の　辺《へ》にこそ死《し》なめ　顧《かへり》みはせじと　言立《ことだ》てて」

(『万葉集』巻十八ノ四〇九四)

と大伴氏独自の忠誠心を歌っている。

この歌は、大伴氏のあくまで他氏とは異なることを誇示する歌であった。譜代の臣の意気込みであったといってよい。奈良時代に新興の藤原氏におされていった大伴氏が、かつての栄光と矜持を想起した歌であった。

【第102話】

久米氏〈くめし〉

久米《くめ》氏は、大和国高市《たけち》郡久米郷を本拠とする一族であった。現在の奈良県橿原《かしはら》市久米町で、久米寺のあるあたりが、その中心と考えられている。ここは、橿原神宮に接していることからもうかがわれるように、ヤマト王権と古くから深いかかわりのあった氏族であった。『日本書紀』には、神武天皇が久米氏の祖先の功績を賞され、畝傍《うねび》山の西の川辺に居らしめたとある。もちろん、このことは、ただちに史実とはみなし難いが、早くからヤマト王権の傘下に入っていたことだけは確かとみてよかろう。この久米に、「久米県《くめのあがた》」がもうけられていたから、早くから天皇家の所領とされていたようだ。

その初期の頃は、久米一族は、大伴氏と並んで、軍事力の一翼を担って盛んに活躍していたが、五世紀頃からしだいに大伴氏の配下に組み入れられていったらしい。『日本書紀』では、大伴氏の遠祖天忍日命《あまのおしひのみこと》が、「来目《くめ》の遠祖、大来目《おほくめ》を率いて」等と記している。『新撰姓氏録《しんせんしようじろく》』左京神別中では「天《あま》の押《おし》日《ひ》の命《みこと》、大来目部《おほくめべ》を御前《みさき》に立《た》て」とあり、その後に「大来目《おほくめ》部《べ》を以《も》ちて天靫部《あまのゆきべ》となす。靫負《ゆげい》の号《な》、此《こ》れより起《おこ》る」と記している。

この久米一族が、大伴氏の傘下に入らなければならなかった理由やその時代は、今のところはっきりわからない。ただ、久米氏がヤマト王権の尖兵となって活躍したのは西国にかたよっているようである。関東地方や九州中部にヤマト王権の勢力が及ぶ前後、五世紀後半の頃に、久米氏は大伴氏の勢

久米郷（『和名抄』）

畿内	大和国高市郡久米郷	奈良県橿原市久米町
	摂津国住吉郡来目邑	大阪市住吉区
山陽道	美作国久米郡久米郷	岡山県津山市久米
	周防国都濃郡久米郷	山口県周南市久米
山陰道	伯耆国久米郡久米郷	鳥取県倉吉市小鴨川と国府川の合流地付近
西海道	筑前国志摩郡久米郷	福岡県糸島郡志摩町
	肥後国球磨郡久米郷	熊本県球磨郡多良木町
南海道	伊予国喜多郡久米郷	愛媛県大洲市中村付近
東海道	伊勢国員弁郡久米郷	三重県桑名市久米
	遠江国磐田郡久米郷	静岡県袋井市浅羽（？）
	常陸国久慈郡久米郷	茨城県常陸太田市（旧）金砂郷

力下に入ったらしい。

おそらく、雄略天皇や清寧天皇の時代に権力を振るった大《おお》伴大連《とものおおむらじ》室屋《むろや》の頃に、久米氏は大伴氏の下に配されたのではないだろうか。「清寧紀」では、室屋が清寧天皇のために、「白髪部靫負《しらかべのゆげい》」などを全国に置いている。たとえば、肥後国葦北郡に伴（大伴郷）があるが、ここには多くの白髪部（真髪部）が分布する。そして、葦北郡にそそぐ球磨川の中流域に久米郷が存在するのは、そのことを示唆しているようである。

もちろん、久米一族が大伴氏に属したといっても、その伝統的な職掌は消滅したわけではない。『記紀』には久米歌《くめうた》という歌が伝えられ、それと関係があると考えられる久米舞《くめまい》も長らく即位式に演奏されている。史料的には、久米舞の初見は天平勝宝元（七四九）年であるが、古い伝統を継承しているものであろう。その舞において舞人たちが、大刀で敵を斬るさまを演ずるといわれるのも、かつて久米部が、武人集団としてヤマト王権の先頭に立ってきた栄光と奉仕の姿を示すものであろう。

【第103話】

日向の国〈ひむかのくに〉

ニニギノミコト（邇邇芸命）が、葦原《あしはら》の中国《なかつくに》に天降《あまくだ》りしたが、そこは、韓国《からくに》に向かい、笠沙《かささ》の御前《みさき》を経てきた

「朝日《あさひ》の直刺《たださ》す国《くに》、夕日《ゆうひ》の日照《ひて》る国《くに》」

であったという。その途中の、笠沙の御前は、『日本書紀』にいう「吾田長屋《あたながや》の笠狭《かささ》の碕《みさき》」、現在の鹿児島県南さつま市笠沙町の野間岬とされている。かりに、日向の襲《そ》の高千穂の峯に天降りされたとすれば、西南に向かい、加治木町、鹿児島市、南さつま市を経ることになる。

神話上のこととはいえ、ヤマト王権の祖神とされるニニギノミコトが、どうして、南九州の端にまで遠まわりして遍歴されたのかということはよくわからない。わたくしは、なぜ、直接に大和国に天降りされなかったかのかという疑問をもたざるをえない。これは、昔から、学者の頭を悩ましつづけた難問であり、すべてのひとを説得しうる解答は出されていない。

ただ、『古事記』にしろ、『日本書紀』にしろ、「朝日の直刺す国、夕日の日照る国」が天孫の地にふさわしい地域として、あくまで拘泥している点は注目されてよい。

「朝日の直刺す国」は、いわゆる日向《ひむか》の国だったからである。

「景行紀」には、子湯県《こゆのあがた》（日向国児湯郡、現在の宮崎県西都市付近）に行幸した景行天皇が

「是《こ》の国《くに》は、直《なほ》く日《ひ》の出《い》づる方《かた》に向《む》けり」

として、日向《ひむか》と名づけられたと伝えている。これが日向の地名由来伝承であるが、このような地名由来の物語では、多くは神や天皇または高貴な人物が名づけ親とされる。その土地の由来を誇示する気持ちが強いからであろう。ちなみに、日向と「東《ひがし》」の語源は同一である。『万葉集』の

「東《ひむがし》の　野《の》に炎《かぎろひ》の　立《た》つ見《み》へて　かへり見《み》すれば　月傾《つきかた》ぶきぬ」（『万葉集』巻一ノ四八）

という柿本人麻呂の有名な歌でも、「東」を「ヒムカシ」と訓《よ》んでいる。

この日向の地は、太陽の昇る東に向かう地であったから、太陽神を尊崇するひとびとにとって、最高の聖地であった。その地こそ、天皇家の発祥地に結びつけたかったのではあるまいか。ヤマト王権の事実上の発祥地も大和盆地の東の三輪山の山麓にあったし、祖神を祀る伊勢神宮も、近畿地方の真東の地である。ちなみに東国でも、朝廷から崇められる鹿島神社や香取社は、すべて東の海に面したところであった。常陸《ひたち》は、日立《ひた》ちの国《くに》ではなかったかとわたくしは秘かに考えている。

天孫ニニギノミコトが、日向の高千穂の峯に下りるというのも、その日向の国にこだわったのではあるまいか。朝鮮半島との交流や紛争が盛んに論ぜられている時期に、神話の構想がまとめられていたとすれば、やはり九州の日向がその候補地とされたのであろう。それが「韓国に向かえる」日向であろう。また、この日向の地は五、六世紀にヤマト王権の勢力が浸透したことも関係があるだろう。特に南九州地方では、日向国が最も早くヤマト王権の服属下に入り、薩摩は遅れて入るのである。

【第104話】

桜の花〈さくらのはな〉

笠沙《かささ》の御前《みさき》をめぐる話が必要であったのは、ニニギノミコト（邇邇芸命）とコノハナノサクヤヒメ（木花之佐久夜毗売）との出逢いの舞台の場面が必要だったからである。

コノハナノサクヤヒメは、桜の花の女神である。またの名を、カムアタツヒメ（神阿多都比売）と名のっている。とするとこの阿多は、薩摩国阿多《あた》郡阿多《あた》郷の姫神ということになろう。現在の鹿児島県南さつま市金峰《きんぽう》町南部の旧阿多村である。

また「神吾田鹿葦津姫《かむあたかしつひめ》」とも称したとあり、この「カシツ」について地名説など出されているが、「カシツ」は、「傅《かしず》く」の意ではないだろうか。神吾田は神に献上された県《あがた》で、神田である。神田にかしずく巫女《みこ》が穀霊神（ニニギノミコト）を迎える話が、下地になっていると考えている。実は、桜もサ（稲）の（神《かみ》）倉《くら》で、穀霊神のやどる神坐《かみくら》の花であった。日本人が伝統的に桜の花見に執するのは、桜の花に多くの穀霊神がやどり、木々が満開になるのを豊作の予兆と考えたからである。それだから、桜の花がいつまでも咲きつづけ、散らないように祈った。これが鎮花祭《はなしずめのまつり》の起源である。ただ、その鎮花祭も、都びとにとっては豊作の願いというより、疫病の蔓延を防ぐ祭りに転化していく。花の散る頃はちょうど疫病の流行する頃に重なるから、花の散るのをとどめようとしたのである。『神祇令』に、

「季春《すえのはる》　花《はな》を鎮《しず》めの祭《まつり》」

とあり、「春の花の飛び散るの時、疫神《えきしん》、分散して、癘《れい》を行う。其《そ》の鎮遏《ちんあつ》の為《た》めに、必ず、此《こ》の祭り有り、故《かれ》、鎮花《はなしずめ》と曰《い》う」と註している。癘《れい》は、流行する病である。鎮遏《ちんあつ》は、鎮め止めること、または防ぐことだ。令制では、大和の大神《おおみわ》神社と狭井《さい》神社でとり行うこととされている。狭井神社は、正しくは狭井坐大神荒魂《さいにますおおみわあらたま》神社と称され、大神の神の荒魂を祭神とする。

大神（三輪）の神が疫病神であったことは、「崇神紀」に、この神の祟りで「国内に疾疫《えのやまひ》多《おほ》くして、民《たみ》死亡《からまか》れる者《ひと》有りて、且大半《なかば》ぎなむとす」と記されていることからもうかがえる。

京都の今宮《いまみや》神社で今でも行われている安楽花《やすらいはな》の祭りは、この伝統を受け継いだものである。旧暦三月十日に行われてきたが、「やすらい花や」と繰り返して歌い、歌舞して歩いたという。

それはともかく、桜は古くから日本人に愛されてきた。だが、奈良時代前後から、中国から梅に対する趣向が伝わり、文人たちにひろまった。『万葉集』の歌にも、花といえば梅を指すことが多いのはそのためである。だが、決して、桜に対する愛情は薄れたわけではない。五世紀はじめの履中《りちゅう》天皇の磐余《いわれ》の稚桜《わかざくら》の宮は、非時《ときじく》の桜にちなむものであった（「履中紀」）。また、その弟宮の允恭《いんぎょう》天皇は、衣通姫《そとおりひめ》を愛でて次のように歌っている。

花《はな》ぐはし　桜の愛《め》で　同愛《ことめ》では
早くは愛《め》でず　我《わ》が愛《め》づる子《こ》ら

【第105話】

神御衣を織る乙女〈かんみそをおるおとめ〉

カムアタカシツヒメ（神吾田鹿葦津姫）を神田にかしづく巫女《みこ》と解すことが可能であれば、新しき穀霊神を迎えるために、巫女は通例、神御衣《かんみそ》を織って神を待つ。

『日本書紀』の一書に、アタカシツヒメを

「其《そ》の秀起《ほた》つる浪穂《なみほ》の上《うへ》に、八尋殿《やしろどの》を起《た》てて、手玉《てだま》も玲瓏《もゆら》に、織経《はたお》る少女《をとめ》」

と呼んでいる。神話的発想の豊かな表現であるが、「織経る少女」とうたわれていたことに注目したいのである。

巫女が織経る忌小屋は、清浄な川の流れや海辺にもうけられていて、その小屋に巫女は一人籠《こも》り、棚機《たなばた》に向かって、神御衣を織っていたという。

アマテラス（天照）大神《おおみかみ》は、「忌服屋《いみはたや》に坐《いま》して、神御衣《かんみそ》を織《お》」らしめたと『古事記』にあるが、これは伊勢神宮の「神御衣祭」の起源を物語るものであろう。伊勢神宮では、毎年、五月と十月に皇大神宮と別宮の荒祭《あらまつり》の宮に、和妙《にきたえ》と荒妙《あらたえ》の御衣《ぎょい》を献じている。

また大嘗祭《だいじょうさい》には、九月上旬に三河の神服社《かむはとりしや》に命じて、神御衣を織る織女らを上京せしめている。

『神祇令』にも、「孟夏《はじめのなつ》　神衣祭《かんみそのまつり》」とあり、「季秋《すえのあき》　神衣祭」と記しているが、それには、

「謂《いうこころ》、伊勢神宮《いせじんぐう》の祭《まつり》なり。此《こ》の神服部《かむはとり》などは、斎戒潔清《さいかいけつせい》して、参河《みかわ》の赤引《あかひき》の神調糸《かんずのちようし》を以《も》ちて、神衣《かんみそ》

を織《お》り作《つく》る。又《また》、麻《あさ》を績《う》み、以《も》ちて敷和《うつわた》の衣《ころも》を織《お》り、以《も》ちて神明《しんめい》に供《きょう》す。故《かれ》、神衣《かんみそ》と曰《い》う」と註している。

ちなみに、旧暦では、一年を三か月ずつ四つに分けて、春、夏、秋、冬とするが、それぞれをまた孟《もう》（はじめ）、仲《ちゅう》（なか）、季《き》（すえ）の三つに分ける。上の表でおわかりになると思うが、孟夏《もうか》（はじめのなつ）は旧暦四月であり、季秋《きしゅう》（すえのあき）は旧暦九月を指す。八月十五日の満月の日を仲秋の名月と呼ぶのは、そのためである。もちろん、旧暦で今の季節感からは一か月以上ずれるから、あまりピントこないかもしれないが、長い間、農業暦として用いられただけに、依然と愛着を感ぜられる方々は少なくないようである。明治六年の新暦採用以前はいわゆる旧暦で、その伝統がいまだに生活習慣に深く染みついているのだろう。

	孟	仲	季
春	1月	2月	3月
夏	4月	5月	6月
秋	7月	8月	9月
冬	10月	11月	12月

この巫女はいわば神妻であり、毎年、新しく神に卜定されるから、それは毎年咲いて散る桜のようなものとみなされたのであろう。

神の田に新しき稲穂を植える早乙女《さおとめ》（稲乙女）も、「処女《おとめ》」といわれるように、未婚の女性（処女）であった。その処女は、新しい穀霊神を生む玉依姫《たまよりひめ》（日女）となるからである。玉依《たまよ》りとは、神霊の依代《よりしろ》の意であるが、後には神の御子を身籠る乙女を指すことになった。乙女の「乙」は、「おとる」（劣る）意で年の少ないこと、「若い」を示す言葉で、乙女はうら若き娘をいうのである。

【第106話】

石長姫〈いわながひめ〉

コノハナノサクヤヒメ（木花之佐久夜毗売）の姉がイワナガヒメ（石長比売）であるが、その容貌がはなはだ「凶醜《みにく》」いので、ニニギノミコト（邇邇芸命）は一目見ただけで、すぐに帰してしまった。それを知ったイワナガヒメの父、オオヤマツミ（大山津見）の神は、イワナガヒメをニニギノミコトに嫁として差し出したのは、たとえ雪降り風が吹くとも、常に岩のごとく、永遠に「堅《かきは》に動《うご》か不《ず》坐《いま》す」ことを願ったためだと恨み言をいったという。また、コノハナノサクヤヒメを差し上げたのは、木の花の栄ゆるように繁栄を願ったからだと述べたという。それなのに、ただ一人コノハナノサクヤヒメのみをとどめたことは、天孫の御寿《みいのち》は、桜の散るように長くないだろうと予言した。このことにより、「今に至るまで、天皇命《すめらみこと》たちの御命《みいのち》は長くはあらぬぞ」と記している。

おそらく、この神話は、美醜の姉妹の幸運と不幸の物語というよりも、神から人の時代に変わるとき、〝不死〟から〝死〟への転換の物語が挿入されなければならなかったと考えるべきであろう。

現在の由来を説く神話は、「人間の死」というまぬがれぬ事実の由来を、どこかで説かなければならなかった。それに対して、わたくしたちの祖先は、永生の代わりに生命（魂）の継承という考えをあみ出していく。つまりそれは生命（霊《ち》）というものは、父から子へと受け継がれていくという考え方である。それゆえ、父を「霊々《ちち》」と呼び、その霊を別《わか》ち与えられた子を、別者《わけもの》＝若者《わかもの》と称した。これが「霊《ち》」を別けるということだ。今では、もっぱら〝「血《ち》」を別ける〟というが、原義的にはあくまで「霊」が正しい。ただ、「血」の中に「霊」が流れると観念されていたようである。ひとびとは経験上、血が体内から外へ流れ出れば死にいたることを知っていたからである。このことより、「血」は「霊」と深いかかわりあるものとみなされてきたのである。

それはともかく、「石長《いわなが》」の名に象徴されるように、古代から岩を「常磐《ときわ》」と称するように、永久不動のものと考えてきた。それは国歌を想起していただければおわかりのことと思うが、大岩が、しばしば神倉《かみくら》、つまり岩倉《くわくら》とされている。大岩や奇岩のまわりに注連《しめなわ》をめぐらしたものだ。

ちなみに、倉は「坐《くら》」で、神が降臨しやどられる場所である。米倉も、ニニギノミコトのところで述べたように、穀霊神のやどられる聖なる建物であった。それゆえ、後に貴人の住いも米倉に準じた高床《たかゆか》式が用いられている。いうまでもなく、当時の庶民の家は半地下式の建物であるが、身分に応じて住いは高さを増していく。現在の神社の神殿の多くは、この米倉の様式を模している。

ところで、岩倉の例は、『風土記』などにいくつかみられるが、たとえば、出雲国楯縫《たてぬい》郡の神奈樋《かんなび》山《やま》の条には、山の頂に「石神《いしがみ》」があり、高さ一丈、周り一丈の岩を中心に小さな石が百ばかり置かれている。ここに坐《いま》す神は、タギツヒコ（多岐都比古）の神で、旱《ひでり》に雨を乞うと、必ず雨を降らしめる司雨の神とされていた。かかる神が山頂にやどられる山だから、神奈備山（神の隠れこもる山）と呼ばれたのだが、やはり神は永遠のものを好まれて、やどられたのである。

【第107話】

一夜妊み〈ひとよはらみ〉

ニニギノミコト（邇邇芸命）に召されたコノハナノサクヤヒメ（木花之佐久夜毗売）は、ただ一夜にして身籠られたという。そのためニニギノミコトは、わが子にあらずと疑われることになる。

この「一夜妊《ひとよはら》み」の物語は、「雄略紀」にもみえている。春日《かすが》の和珥臣深目《わにおみふかめ》の娘、童女君《おみなぎみ》は雄略天皇に采女《うねめ》として召されたが、

「天皇《すめらみこと》、一夜《ひとよ》与《あた》はして脹《はら》めり」

と記している。そのため、天皇は自分の御子と認められなかった。しかし、生まれた女の子が成長して優雅に庭を歩く姿がまことに天皇の御姿に似ていると、物部目大連《もののべのめのおおむらじ》が天皇に告げた。そのとき、物部目は天皇に、娠《はら》みやすきものは褌《はかま》に身体を触れるだけでも、すぐに妊娠《みごもり》すると世間では言い伝えていると述べたという。この進言により疑いをといた天皇は、その娘を皇女と認めたという。

こちらは、物部目のとりなしで無事解決できたが、コノハナノサクヤヒメは自ら身の証《あかし》を立てなければならなかった。

それは、自分が生む子がかりにニニギノミコトの御子でないならば、不幸な生まれ方をするだろうという盟約《うけい》である。ただちに戸のない八尋殿《やひろどの》を造り、コノハナノサクヤヒメは、その内に籠《こも》り、外から土で塗り固めさせた。そのお産のとき、その殿に火をかけ、火が盛んに燃えたっている際に生まれ

た御子がホデリノミコト（火照命）、次に生まれたのがホスセリノミコト（火須勢理命）、最後に生まれた御子がホオリノミコト（火遠理命）であったと伝えている。

　つまり、産屋に火をかけて、御子の無事生誕することが盟約の内容であったが、その盟約によってコノハナノサクヤヒメの潔白は証明されたわけである。古代では、なにか大事が起これば、必ずといってよいほど好んで盟約が行われたのである。この盟約の内容は決して複雑なものでなく、Aか、しからずんば非Aかという単純明朗な賭けである。

　時代が進んでくると、雄略天皇に物部目が、一晩に童子君をいかほど召したかと質問し、「七廻《ななたび》喚《め》しき」と答えたのに対し、物部目は「終宵《よもすがら》に与《あた》はして、妄《みだり》に疑《うたがい》を生《な》し給《たま》ふな」と諫《いさ》めたて、無事解決をみている。一夜妊みも、合理的な理由づけで解決されるように変わってきたのである。

　ちなみに、この童女君から生まれた皇女は春日大娘《かすがのおおいらつめ》皇女《ひめみこ》である。後に、仁賢天皇の皇后になった皇女である。一男、六女の御子をもうけたが、その一人の手白香《たしらが》皇女《ひめみこ》は、武烈《ぶれつ》天皇の崩御によりまさに皇統が断えんとする危機に、越前の三国から迎えられた継体天皇の皇后となり、欽明天皇を出産された皇女である。言葉をかえていえば、皇統断絶の危機を救われた家系の始祖が童女君なのである。もし、雄略天皇が童女君の一夜妊みを容認されなければ、歴史は大きく変わっていたかもしれない。〝一夜妊み〟の話も、意外に重要な意義をはらんでいたわけである。古代の物語に、一夜妊みが好んで語られるのも、かかる背景が存在していたからかもしれない。

【第108話】

幸の競い〈さちのきそい〉

コノハナノサクヤヒメ（木花之佐久夜毗売）が、産屋を焼かれた間に生誕された長兄は、ホデリノミコト（火照命）である。

この皇子の名は、火が明るく燃えだしたときにちなむものである。次兄のホスセリノミコト（火須勢理命）は、火力の盛んなときの名である。この「スセリ」は、オオクニヌシ（大国主）の神の嫡妻「スゼリ」（須勢理）ヒメの「スセリ」と同じ意で、火の燃え方の盛んなさまをあらわす言葉であろう。末弟のホオリノミコト（火遠理命）は、火力がしだいに尽きんとするさまにちなむ名である。

古代のひとの生活の中心は、家の中央にもうけられた囲炉裏火《いろりび》である。それを囲んで、団欒《だんらん》の一刻を過ごしたから、くべられた薪の燃え具合をよく見知っていたのだろう。また、その燃え具合に応じて、それぞれに名称を与えていたのではないだろうか。一つには、このような生活背景のなかからホデリ、ホオリの物語を作って楽しんでいたと、わたくしは考えている。物語の主人公は、意外と身近なものが採用されるほうが、より興味を引くからである。

いうまでもなく、このホデリ、ホオリ兄弟の話は、「海幸《うみさち》、山幸《やまさち》」の物語である。

ホデリノミコトは、海に出て、「鰭《はた》の広物《ひろもの》、鰭の狭物《さもの》」を漁する海幸であった。ホオリノミコトは、「毛《け》の麁物《あらもの》、毛の柔物《にぎもの》」を狩猟する山幸である。「幸《さち》」は古語では、獲物またはそれを取る道具を意味したようである。獲物が多いことも「幸」と呼ばれた。古代のひとびとにとって、収獲物の多いことは最大の幸福感を得ることになるから、「幸」は「幸福」を意味するようにもなったのである。

『常陸国風土記』多珂郡飽田村の条には、この地で、倭武《やまとたける》の天皇と皇后の橘姫《たちばなひめ》が、それぞれ猟《かり》と漁《すなどり》の獲物の多寡を競われたが、それを「祥福を争へり」と記し、祥福を「佐知《さち》」と訓《よ》ませている。

ちなみに、『風土記』類では、ヤマトタケルノミコト（倭建命）は、「倭武の天皇」と呼ばれることがある。確かに景行天皇の後継者とされる皇子であったが、『記紀』の物語では東征の途中で薨《こう》ぜられ、皇位はヤマトタケルの弟君、成務天皇が継がれている。ただ、成務天皇から皇位を譲られたのは、ヤマトタケルの皇子、仲哀天皇であるから、成務天皇は、いわばヤマトタケルの身代わりとして皇位につかれたとみられたのではないだろうか。本流は、ヤマトタケルにあったと考えられていたのだろう。また、日本人はいわゆる「判官贔屓《ほうがんびいき》」で、大業半ばで倒れた人物に深い同情心を寄せるが、そのため悲運のヤマトタケルを、ぜひとも「倭武の天皇」としなければおさまらなかったのであろう。橘の皇后も、オトタチバナヒメ（弟橘比売）であるとすれば、常陸に赴く以前に走水《はしりみず》の海で入水《じゆすい》され、ヤマトタケルを救うために死んでいる。もちろん、オトタチバナヒメはヤマトタケルの最愛の女性であったが、皇后（大后）ではなかったようである。『古事記』に、垂仁天皇の皇女フタヂノイリヒメ（布多遅能伊理毗売）が嫡妻とされ、仲哀天皇の御生母とされているからだ。それにもかかわらずオトタチバナヒメを皇后と記すのも、やはり判官贔屓かもしれない。

【第109話】

一目惚れ〈ひとめぼれ〉

山幸（火遠理命《ほおりのみこと》）は毎日毎日、山の獲物を追いかけるのに、しだいに倦きをおぼえるようになってきた。そこで、兄神の海幸（火照命《ほでりのみこと》）に、お互いに「佐知《さち》」を換えようと提案した。しかし、海幸ははじめのうちは、なかなか承諾を与えなかった。が、あまりにも山幸が催促するので、海幸はついに根負けして、大切な釣針を山幸に貸し与えた。

よろこんだ山幸は、早速、海辺に出て釣りをするが、一向に魚はかからない。それどころか、兄神が大切にされていた釣針さえ魚にとられてしまう有様であった。

悄然として帰って来て、兄神に釣針のことを謝るが、兄神の海幸は、貸した釣針をどうしても探して来いと、強く山幸に命じた。山幸は自分の剣をこわし、五百の釣針、千の釣針を作って返されたが、海幸は、どうしても貸し与えた釣針を返せと迫ってきかなかった。

山幸は思案にくれて、一人海辺に出て泣いていた。すると、そこに塩椎《しおづち》の神が現れ、その理由を聞かれたという。

塩椎の神は、「塩津霊《しおつち》」で、海潮《うしお》の神であろう。この神は、山幸のために、早速、无間勝間《まなしかつま》の小船《おぶね》を造り、その中に山幸を乗せ海に押し出した。无間勝間の小船とは、編み目の間が少しもない、しっかり編まれた籠を指すようである。つまり、目無《めな》し籠である。海水が浸入するのを防ぐことであるが、本義的には聖なるものを包む空船《うつぼぶね》であろう。

塩椎の神は山幸に、この目無し堅間《かたま》の船に身をまかせれば、自ずと「魚鱗《いろこ》の如く造られる」、ワタツミ（綿津見）の神の宮に到着するであろうと告げた。山幸はいわれたままに身をまかせると、確かに魚鱗の宮に着いた。

そこで、宮の御門の傍にある香木《かつら》に登っていると、トヨタマヒメ（豊玉比売）の婢が水酌みに出て来た。山幸は水が欲しいと声をかけ、水酌《みずく》みの器《うつわ》の中に、頸に巻かれた玉をとり、口にふくみ、はき出した。すると、その玉は器にしっかり付着してしまった。仕方なしにその水酌みの器を、婢がトヨタマヒメに差し出すと、ヒメはその玉を不思議に思いその理由《わけ》を問われた。そこで、婢は井の上の香木の上に「甚麗《うるわ》しき壮夫《おとこ》」がいると、ヒメに告げた。

トヨタマヒメは早速、門前に出て木の上の山幸を発見するが、あまりにもその姿のあでやかさに、「見感《みめ》でて、目合《まぐわ》い」されたという。

一目で「目合い」する話は、オオクニヌシ（大国主）の神とスゼリヒメ（須勢理比売）の場面でも登場する。『古事記』などではきわめて好まれる話の一つであったらしいが、この話からもうかがえるように、古代のひとびとの恋愛は、あまりにも率直で、純である。打算的でなく、好きならば直ぐに身をまかせる激しさが好まれたようだ。古代人特有の直感性が、恋愛にもあらわれていたとみてよいであろうが、これほどまで一目惚れが謳歌されるのは、『古事記』の世界だからであろう。

【第110話】

釣針の呪法〈つりばりのじゅほう〉

トヨタマヒメ（豊玉比売）の父、海神《わだつみのかみ》も、山幸が「天津日高《あまつひだか》の御子《みこ》、虚空津日高《そらつひだか》」と知り、丁重に宮に請じ入れ、美知《みち》（海驢《あしか》）の皮で作った畳を八重に敷き、絁《あしぎぬ》の畳、八重をその上に重ねて、山幸を座らしめた。そこに、百取《ももと》りの机代《つくえしろ》の物を具えて饗応し、トヨタマヒメの婚姻の式を行った。

山幸もあまりの愉しさに、失った釣針のこともすっかり忘れて三年にいたるまで過ごしたという。海底の宮殿に住まわれ、帰ることを忘れるという話は、『丹後国風土記』の与謝《よさ》郡日置《ひおき》の里、筒川の村の条の浦島子《うらしまこ》にも伝えられている。

だが山幸は急に釣針のことを思い出して、大きな溜息をつく。その理由《わけ》を知られた海神は、あらゆる魚を宮殿に集め、釣針を飲み込んだ魚を探した。そのとき、魚たちは先頃、赤鯛《あかだい》が喉にひっかかるものがあり、物を食うことができないと歎いていると報告してきた。そこで赤鯛が召し出され、喉を点検すると、釣針が発見された。

海神はこの釣針を山幸に渡したとき、釣針を兄神に返す際に、必ず

「此の鉤《ち》（釣針）は、おぼ鉤《ち》、すす鉤《ち》、まず鉤《ち》、うる鉤《ち》」

と呪文をとなえて、後手《しりえで》にして返されるようにと教えた。

この呪文の意は必ずしも明確ではないが、「おぼ鉤」は「朧鉤《おぼち》」で、相手の正気を失わせ、意識が

朦朧として、朧《おぼろ》げにすることであろう。「須々鉤《すすち》」は「踉䠙鉤」と表記されるが、踉《りよう》ははね躍ることで、踉蹌《りようそう》と書けばよろめくさまである。䠙《ぼう》はあわてて行くことである。踉䠙《ろうぼう》は、急ぎふためき、前に行くさまをいうようである。あるいは、ススチの「スス」は「スズロ」（漫《すず》ろ）で無意識に行動をおこすことではないかとも考えている。おそらく、漫然となることである。貧鉤《まずち》の「貧」は文字どおり、貧しくなることを呪詛することであろう。

『日本書紀』では
「貧窮《まぢ》の本《もと》、飢饉《うゑ》の本《もと》、困苦《くるしみ》の本《もと》」
と言い、後手に与えたと記している。

後手に与えるというのは、災を避ける呪法だといわれている。つまり、真正面から呪文をとなえて相手に与えれば、相手に呪いがかかることは無論のことだが、その一部が自分にもはねかえってくると恐れたのであろう。そのため、正面に向かわず、背後から呪法をかけて与えたのである。イザナギ（伊邪那岐）の神が黄泉軍《よもつぐん》に追われたときも、十握《とつか》の剣《つるぎ》を後手に振ったとある。

『日本書紀』では、後手で渡されるだけでなく、「三たび下唾《つばは》きて与え」と記している。唾をはくとは、呪能の効力を一層、強める呪法であるという。たとえば、イザナギの神が、イザナミ（伊邪那美）の神に「族離れ」（離婚）を言い渡したときも唾をはいたが、その唾《つば》の神は「速玉《はやたま》の男《お》」と呼ばれている。つまり効力の速い神である。

【第111話】

隼人〈はやと〉

海神《わだつみのかみ》から授けられたのは、釣針の呪法だけでなく「塩《しお》盈《み》つ珠《たま》」「塩《しお》乾《ひ》る珠」の呪具も含まれていた。

海神は、山幸（火遠理命《ほおりのみこと》）に、「もし兄神の海幸が高田を作るならば、貴方は下田を作るようにしなさい。かりに兄神が下田を作るならば、貴方は、高田を作りなさい。なぜならば、わたくしは自由に水をつかさどることができるからです。三年のうちに兄神は必ず貧しくなると思います。もしそのことを兄神が怨んで戦いを仕掛けてきたら、塩盈つ珠を用いて溺れさせなさい。降参してきたら塩乾る珠で、海水を退かせなさい」と、珠の用い方を教えるのである。

海神は、一尋《ひとひろ》和邇《わに》に山幸を乗せて、一日のうちに故郷に送り帰させた。山幸は、お礼に和邇の頸に紐《ひも》小《こ》刀《がたな》をつけて返した。そのため一尋和邇は、今にいたるまで佐《さ》比《ひ》持《もち》神《かみ》と呼ばれているという。

この塩盈つ珠、塩乾る珠は、海の干満を自由に操ることができる呪術の珠であろう。これに類するものは、「応神記」に、新羅の王子、天《あま》の日矛《ひぼこ》がもたらしたという

「浪《なみ》振《ふ》る比礼《ひれ》、浪《なみ》切《き》る比礼、風《かぜ》振《ふ》る比礼、風《かぜ》切《き》る比礼」

の比礼がある。浪振る比礼は、浪を振り起こす比礼であり、浪切る比礼は、浪を鎮める比礼である。風振る比礼は、風を振り起こす比礼、風切る比礼は風を鎮める比礼である。『日本書紀』に、海幸が

釣りをしようとすると、山幸が「風招《かざおぎ》」という嘯《うそぶ》きをされて瀛風《おきつかぜ》、辺風《へつかぜ》を起《た》て、奔《はや》き波《なみ》で、海幸を溺れさせたと記している。

古代では、海を自由にすることができるという呪法は、いろいろと伝えられてきた。それが「珠」であり、ときには「比礼」、「嘯き」であった。

山幸は、海神から与えられた呪法で、海幸を苦しめ、勝利を得ることになり、海幸は山幸の「昼夜《ひるよる》の守護人《まもるひと》」となって仕えると誓うことになる。そして溺れしときの種々の態《わざ》を演じて、服属の証《あかし》としたいと申し出たという。

『日本書紀』に、海幸（火酢命《ほすせりのみこと》）の苗裔《のち》は隼人《はやと》となり、今にいたるまで、天皇の宮墻《みやがき》の傍を離れず、代々、「吠《ほ》ゆる狗《いぬ》」となり、奉仕してきたと記している。一説には、海幸は、吾田君小橋《あたのきみおばし》らの遠祖としている。この小橋の妹、阿比良比売《あひらひめ》は、神武天皇に召された女性である。

この吾田君は、いわゆる阿多《あた》隼人の首長である。薩摩国阿多郡阿多郷（鹿児島県南さつま市金峰町）を中心とした隼人の長である。

隼人の中で、特に阿多隼人が取り上げられるのは、薩摩《さつま》隼人、大隅《おおすみ》隼人にくらべ、比較的早くヤマト王権に服属した隼人で、畿内に移住せしめられた隼人の中心となっていたからであろう。

ヤマト王権は、隼人を分断して支配する方策をとり、一部を畿内に移し、衛門府の下に隼人司《はやとのつかさ》という役所を置いて、管理させている。

【第112話】

隼人舞〈はやとまい〉

隼人司《はやとのつかさ》の職掌は『職員令《しきいんりょう》』に、畿内の隼人を検校《けんこう》することであるとしている。検校の内容は隼人を分番上下せしめ、一年間勤務につけることである。下番の時は家にあって、課役を負担する。

分番上下とは、いくつかのグループに分かれ、一定の日を定めて順番に隼人司に出仕し、番に当たらぬときは家にとどまり、課役に服すことである。上下の「上」は役所に出仕すること、「下」は役所から下り、家に帰ることである。上番のときは、雑務のほかに歌舞を教習する。この歌舞はいうまでもなく、隼人舞《はやとまい》である。

「隼人舞」とは、『古事記』にいう

「其《そ》の溺《おぼ》れし時《とき》の、種々《くさぐさ》の態《さま》」

を演ずることである。端的にいえば、それは服属儀礼にともなう歌舞である。服属の原因となった出来事を、服属の証としてその仕草を再演し、服属の誓いをあらたにすることであった。

『日本書紀』には、「著犢鼻《たふさき》して、赭《そほに》を以《も》って掌《たなごころ》に塗《ぬ》り、面《おもて》に塗り」俳優者《わざおぎひと》となって誓ったと記している。そして、溺れる状《さま》とは、次のような仕草であったと記している。

「足《あし》を挙《あ》げて踏行《ふ》みて、其《そ》の溺苦《くるし》びの状《かたち》を学《なら》ふ。初め潮《しお》、足に漬《つ》く時には足占《あしうら》をす。膝《ひざ》に至る時には、足を挙《あ》ぐ。股《もも》に至る時は、走《はし》り廻《めぐ》る。腰に至る時には、腰を捫《もち》う。腋《わき》に至る時は、手を胸に置く。頸に至る時には、手を挙げて飄掌《たひろか》す」
このように、きわめて特殊な舞であったから、『令集解《りようのしゆうげ》』の隼人司の条も、隼人舞は常人の舞でないから隼人の中に師を求めるべきだと註している。

服属儀礼としての隼人舞は溺れるさまを演ずるとされるが、隼人舞は、もともとは隼人独自の〝神下し〟の舞だったのではないかと、わたくしは考えている。たとえば、はじめに足踏みするのは、大地を踏み鳴らして、覚醒させる鎮魂《たまふり》の行為と考えている。足に潮が漬くとき、「足占《あしうら》」を成すというのも、足裏に土砂がどのように付着するかで吉凶を占うことであろう。そして走りまわり、腰をなで、手を胸に置いたりするのも、しだいに入神していくさまをあらわし、最後に、両手を上にあげてひらひらさせるのは降霊を招く姿ではないかと、わたくしは想像している。

この舞のテンポが速いので「ハヤヒト」、つまり隼人と呼ばれたのであろうが、服属の儀礼では服属の由来を説く舞に変えられたのではないかと思っている。

畿内の隼人の職掌の一つに「吠声《はいせい》」が含まれているが、それは隼人が鎮魂の呪能にたけていたことを示唆している。隼人は、天皇の行幸する際に先駆となり、道の辻ごとに吠声したという。吠声は、犬の遠吠えのごとき声を発し悪霊を鎮めることであろう。

ヤマト王権はいわゆる化外《けがい》の民《たみ》を蔑視し、熊襲《くまそ》、蝦夷《えみし》、土蜘蛛《つちぐも》とかいった動物名で呼ぶことが少なくないが、その反面、彼らの呪力には秘かに恐れをいだいていたようである。

【第113話】

鵜葺の産屋〈うがやのうぶや〉

山幸が海幸を打ち負かされたとき、それを待っていたように、トヨタマヒメ（豊玉比売）が山幸のもとを訪れ、「わたしは貴方の御子を身籠りました。今、産み月になりましたのでここに参りましたが、天つ神の御子を海原で生むことはできませんので、陸の上で生みたいと思います」と告げた。

おそらく、当時の妻問い婚では、お産は女性の実家でなされるのが一般の慣習であったのであろう。だが、相手の男性の身分が非常に高く、その嫡子を出産する場合は、男性の実家に迎えられてお産することがあったのではなかろうか。そのことが、「天《あま》つ神《かみ》の御子《みこ》は、海原《うなばら》（女性の故郷）で生《う》む可《べ》くあら不《ず》」という言葉に反映していると、わたくしは考えている。

ただ、お産のやり方は、あくまで女性の実家の風習を採用したようである。

『古事記』では、海辺の波限《なみぎわ》に、鵜《う》の羽で葺草《かや》として産屋を造ったと記している。

鵜《うのとり》の羽で、産屋の屋根を葺くというのは、鵜が安産の鳥として信仰されていたからといわれている。一説には鵜が大口を開いて魚をはき出すようにお産が軽いことを祈るためとする考え方がある。

またそのことから、鵜の羽を身につけるという俗信が、中国などであると解かれている。あるいは一説には、産屋《うみがや》が「鵜葺屋《うがや》」に訛《なま》ったともいわれている。お産に際し鵜にこだわることは、いずれともあれ鵜が安産の鳥とされていたからであろう。

トヨタマヒメは、お産が急に近づいてきたので、産屋の屋根が葺き上がるのを待たずに産屋に籠ってしまった。そのとき夫の山幸に向かい、「他国のひとがお産するときは、本国の形をなして子を生む。だから、決してわたしのお産の姿をのぞき見をしないでください」と厳しく約束をせまられたという。しかし、山幸ははじめてのお産に不安を感じ、ひそかに産屋をうかがってしまう。そこには、トヨタマヒメが八尋《やひろ》の和邇《わに》に化し、匍匐《はは》ひ委虵《もごよ》いていた。「匍匐《ほふく》」は腹ばい伏すことであり、「虵」は蛇の俗字で、「委虵《もごよ》う」は、蛇のごとく、身をくねらせて動くことである。「雄略紀」にも、田辺史伯孫《たなべのふひとはくそん》が誉田の陵（応神天皇陵）の側《ほとり》にさしかかると、赤駒《あかごま》に騎る人に出逢ったが、その赤駒は、「濩略《もごよか》にして竜《たつ》の如くに翥《と》ぶ」と記されている。「濩略」は「蠖略」とも表記されるが、蠖は「尺とり虫」である。つまり、うねって歩くことを意味する。

海神の娘が「和邇」となるというのは、海神が陸上に訪れる際に乗りものとされたのが和邇であったことと関係があるであろう。天の神の乗りものが天の鳥船であるように、海神の乗りものは、古くは和邇であった。それも、一尋鰐《ひとひろわに》魚であったり、八尋鰐魚という巨大な魚であった。だがしだいに中国の影響を受けて、海神の乗りものは鰐魚《わに》から大亀に変わっていく。『日本書紀』の一書でも、トヨタマヒメは、自ら「大亀に馭《の》り」て来たると伝えている。浦島子の物語でも、いわゆる龍宮城の乙姫様は、自ら「亀比売《かめひめ》」と名のっている（『丹後国風土記』逸文）。「雄略紀」の浦島子の伝承も、浦島子が大亀を釣ると、たちまちに女に化して蓬莱山をめぐったという神仙譚となっている。

【第114話】

白玉・真珠〈しらたま・しんじゅ〉

産屋をのぞかれ、八尋和邇《やひろわに》の姿を見られたトヨタマヒメ（豊玉比売）は、辱めを受けたとして、誕生した子をそこに置きざりにして海の中に去っていった。

そのとき、トヨタマヒメは、「海坂《うみさか》を塞《さ》えて」帰っていったという。〝海坂を塞える〟というのは、地上から海中にかよう道を閉ざすことだ。おそらく、これより以後は陸上と海中の国が自由に往き来することができなくなった由来を物語るものであろう。ここにも断絶の話が、語られている。

もちろん、トヨタマヒメの山幸に対する未練は、なかなかに消え去り難いものがあった。恨みながらも愛を捨て切れず、子までなした山幸の面影が瞼から離れなかった。そこでトヨタマヒメは、妹のタマヨリヒメ（玉依毗売）に託して、次のような恋歌を、山幸に送った。

「赤玉《あがたま》は　緒《を》さへ光《ひか》れど　白玉《しらたま》の　君《きみ》が装《よそひ》し　貴《たふと》くありけり」

（赤玉は美しく、緒まで光を増し、だれでも素晴しいと口にするけれど、貴方の御姿は、それにも増して白玉のように高貴で、立派だと思っています）

『日本書紀』の一書には

「赤玉《あがたま》の光《ひかり》はありと　人《ひと》は言《い》へど　君が装《よそほ》し　貴《たふと》くありけり」

の歌をかかげているが、大意は変わらない。

この歌をトヨタマヒメの相聞歌とするのは、トヨタマという、豊かな玉（珠）を身につけた女性にこそつかわしいであろう。トヨタマヒメはもちろん、玉依毗売《たまよりひめ》の姉とされるように、原義的には優れた神霊を依憑《いひょう》する巫女《みこ》であろうが、その巫女は多くの玉類で身を装っていたのではないだろうか。

ちなみに、「アガタマ」は「阿加陀麻」と万葉仮名で書かれているので、「赤玉」と解すか、あるいは「明玉」と解すかは明確ではない。ただ、「赤」と「明るい」のアカは、語源的には一致する。いずれともあれ、光り輝くさまを形容するものであろう。

この白玉は、真珠である。海中より採られる真珠を、玉の中でも最も優れた玉とするのは、やはり海神の娘だからであろう。『万葉集』にも

「海神《わたつみ》の　持《も》てる白玉《しらたま》　見《み》まく欲《ほ》り　千度《ちたび》ぞ告《の》りし　潜《かつ》ぎする海人《あま》」（『万葉集』巻七ノ一三〇二）

とある。真珠は、現在のように養殖真珠が多量に出まわる時代と異なり、あくまで、海人が海中に潜って採るナチュラル真珠であったから、きわめて得難い貴重な宝玉であった。

「世《よ》の人の　貴《たふと》び願《ねが》ふ　七種《ななくさ》の　宝《たから》もわれは　何せむに　わが中の　生《うま》れ出《い》でたる

白玉の　わが子古日《こふるひ》は」（『万葉集』巻五ノ九〇四）

と、山上憶良はわが子、古日を、七種の宝にまさる白玉として愛惜している。

白玉は、出雲の新国造から天皇に献ぜられたが、それは天皇の「白玉の大御白髪《おおみしらが》坐《ま》し」を願うもので、白玉は、長寿を象徴する玉でもあった。

【第115話】

湯母〈ゆおも〉

トヨタマヒメ（豊玉比売）の「白玉《しらたま》の　君《きみ》が装《よそひ》し　貴《たふと》くありけり」の歌にこたえて、夫の山幸は

「沖《おき》つ鳥《どり》　鴨著《かもつ》く島《しま》に　我《わ》が率《い》寝《ね》し　妹《いも》は忘《わす》れじ　世《よ》の悉《ことごと》に」

という歌を返されたという。沖つ鳥の鴨が寄りつく島で、わたくしたちがとも寝したことは、わたくしは生きている限り決して忘れませんよ、という意である。

沖つ鳥は、鴨にかかる枕詞であろう。

「沖つ鳥　鴨とふ船《ふね》の　帰《かへ》り来《こ》ば　也良《やら》の崎守《さきもり》　早《はや》く告《つ》げこそ」（『万葉集』巻十六ノ三八六六）

などと歌われている。

「鴨著く島」などの歌は、おそらく、民間に伝わる恋愛歌を『古事記』に採用して、引用したものと思われる。

不幸にも別れなければならなかったが、お互いの情愛は決してなくなるどころか、かえって、愛情は増していくばかりだと歌っている。

しかるに、一人残された山幸は、生まれてきたばかりの皇子をかかえて困惑し、せんかたなく、婦人たちを傭い、乳母《ちおも》・湯母《ゆおも》、および飯嚼《いいかみ》、湯坐《ゆえびと》としたという（『日本書紀』）。

このように、かりに他婦を用いて、乳をもって皇子を養《ひだ》すのは、ここに起源すると記している。

『日本書紀』の編纂された時代、七世紀後半から八世紀初頭の頃の律令規定でも「凡《およ》そ、親王《しんおう》および子《みこ》には、皆《みな》、乳母《うぼ》を給《たま》へ。親王に三人、子に二人」と規定されている。親王は天皇の御子であり、子《みこ》は、親王の御子つまり「王」である。あるいはこの法令を意識した文章であったかもしれない。

湯母は、乳幼児に湯を与える女性であろうが、湯母の史料はほとんどみられない。ただ『新撰姓《しんせんしょう》氏録《じろく》』左京神別下に

「湯母竹田連《ゆおものたけだのむらじ》、火明命《ほあかりのみこと》の五世《ごせい》の孫《まご》、建刀米命《たけとめのみこと》の後《すえ》なり」

と記している。この竹田は、奈良県橿原《かしはら》市東竹田町であろう。同じく『新撰姓氏録』には、仁徳天皇の御世に、大和国十市郡に竹田神社が祀られており、そこに緑竹が大変、美しくはえていた。この竹で、御箸竹《おはしだけ》を供したと記している。

湯母は、いわゆる重湯《おもゆ》を作る女性であるとすれば、右の御箸竹を供した一族の竹田連の祖先は、この湯母の職掌とかかわりを有していたのかもしれない。

ただ、山幸の舞台が阿多《あた》隼人とゆかりがあるとすると、阿多隼人が竹細工に優れていた点も、無視することはできないだろう。薩摩国の閼駝《あた》（阿多郡竹屋村《たかやむら》）（鹿児島県南さつま市内山田）の婦人はお産のとき竹刀で臍の緒を切ったという（『薩摩国風土記』逸文）。『延喜式』には、隼人司《はやとのつかさ》から、竹器の熟笥《いりこ》、薫籠《たきもののかご》、箆竹《へらだけ》などを献上させることが記され、隼人は竹製品にたけていたと記されている。

【第116話】

湯坐〈ゆえ〉

飯嚼《いいかみ》は、御飯を噛んで乳幼児に食を与える女性をいうようである。この頃、甑《こしき》で御飯をふかす、いわゆる強飯《こわめし》がもっぱらで、現在のように、水につけて御飯をたく弱飯《よわめし》はほとんどなかったから、飯嚼が必要であったのである。

湯坐《ゆえ》は、産湯に奉仕するものであろう。ただ、この湯坐の一族は長く皇子の家に仕え、皇子の養育にあたったり、その費用を納める役についたりしていた。これを湯坐部《ゆえべ》と称する。

上総国周准《すえ》郡に「湯坐郷」がある。現在の千葉県君津市上湯江下湯江付近である。また、『常陸国風土記』茨城郡の条に、茨城国造の祖、多祚許呂命《たけころのみこと》に八人の子があり、その中の息子、筑波の使主《おみ》は、茨城郡の湯坐《ゆえ》の連《むらじ》の祖となったと記している。この茨城国造が、後に壬生連《みぶのむらじ》を名のるのはもともと、湯坐と関係があったからであろう。壬生《みぶ》は、また「乳部《にゅうぶ》」（入部）と表記されるように、皇子を哺乳し、育てることを職掌した部民である。

それはともかく、本来的には産湯にかかわっていた。その天皇家の産湯に用いられる水は、当然ながら、一般に用いられる水ではなく、きわめて厳選された泉の水であった。産湯に用いられる泉だけでなく、天皇家の用いられる井泉は、ごく限られた霊泉で、天皇の生誕、健康、長寿とかかわりのある井泉であった。たとえば「履中紀」などには、反正天皇が生誕されたとき、淡路宮《あわじのみや》の、瑞井《みずい》の水を産湯とされたと記されている。

「仁徳記」にも、枯野《かれの》という速い船で、淡路島の寒泉を酌《く》みて「大御水《おほみもひ》」を献上したとあるが、これがいわゆる淡路の瑞井であろう。また、天皇が使用される井泉は、『延喜式』巻九神祇九に、「生井神《いくいのかみ》　福井神《ふくいのかみ》　綱長井神《つなながいのかみ》」が祀られているが、宮中にはこれらの井がもうけられ、天皇専用に用いられていた。井の名称が示すように生命を与える霊泉であり、幸福を保証し、長寿を約束する泉である。

「持統紀」には、近江国益須郡の醴泉《こさけのいずみ》を僧侶に試飲させたことがみえているが、醴は「古佐介《こさけ》」と訓《よ》み、醴泉《れいせん》は其の味、美甘にして、状《さま》、醴酒の如しと註されて、大瑞《たいずい》に相当する泉である。『続日本紀』にも、「以て老を養う」と、いわゆる養老の滝として述べている。ちなみにこの多度山《たどさん》の霊泉は、現在の岐阜県養老郡養老町の養老山の滝に比定されている。

それはさておき、大化前代において湯坐部は、皇子の有力な軍事力となっていった。『日本書紀』によれば天武天皇が、壬申《じんしん》の乱の際、まずはじめに、美濃国の安八磨《あはちま》郡の湯沐令《ゆのうながし》の多臣品治《おおのおみほんじ》に使いをつかわして、諸軍を起こしている。

「湯沐」とは、皇太子と皇后に与えられる所領で、皇太子は産湯、皇后は化粧領としての土地である。現在の岐阜県安八《あんぱち》郡神戸《ごうど》町や安八町を中心とする一帯である。

湯坐部は、皇子の産湯の時代から一生にかけて、その経済的、軍事的な支えをなしていた。

【第117話】

御陵〈みささぎ〉

山幸、つまりヒコホホデミノミコト（日子穂穂手見命）は、高千穂の宮に、齢五伯捌拾歳《よれいいほとせあまりやそとせ》まで住んでいたと伝えられている。五百八十歳とは、きわめて永い年月である。『日本書紀』はヒコホホデミノミコトの具体的な年齢をあげていないので、『古事記』のみの伝承である。それにしても一世代三十年で計算しても、十九代ないしは二十代にわたる年月である。神は常人と異なり、きわめて長寿であることを物語りたいのであろうが、その五百八十歳はどのような根拠で割り出されたのかはわからない。

御陵は、高千穂の山の中に在りというが、『日本書紀』では、日向の高屋山《たかや》の山上に葬るとされている（『延喜式』巻二十一、諸陵寮）。そこは、鹿児島県霧島市溝辺《みそべ》町麓《ふもと》にある。

ちなみに、『延喜式』には、ニニギノミコト（瓊瓊杵尊）、ホホデミノミコト（火火出見尊）、ウガヤフキアエズノミコト（鸕鷀草葺不合尊）の神代の三陵は、山城国葛野《かどの》郡田邑陵《たむらのみささぎ》の南原に移して祀られたと記されている。この田邑郷は、京都市右京区御室《おむろ》、宇多野《うだの》、鳴滝《なるたき》あたりに比定されている。この地は、平安時代に文徳天皇、光孝天皇、村上天皇などの諸陵がもうけられたところである。

日向の神代の三陵は、もちろん考古学的な裏づけがあるわけではないが、『古事記』や『日本書紀』の伝承にもとづいて、後に法令で定めたものが『延喜式』巻二十、諸陵寮の陵墓の地である。それらの諸陵には、毎年十二月に奉幣が捧げられる。山陵には、陵戸《りようこ》五烟《ごえん》が置かれて管理される規定だが、日向の三代の御陵には、もちろん陵戸は特に置かれていない。

『喪葬令《そうそうりよう》』の規定では

「凡《およ》そ、先皇《せんこう》の陵《みささぎ》は、陵戸《りようこ》を置《お》きて、守《まも》らしめよ。……兆域《ちよういき》の内《うち》に、葬《はふ》り埋《う》み、および耕《たが》やし牧《まき》し、樵《きこり》採《と》ることを得《え》ざれ」

とされている。つまり、墓域の中に、他人を葬り埋めたり、あるいは耕作や牧畜、または木を勝手に切ることは厳しく禁められていた。

御陵を「ミサザギ」と訓《よ》むのは、一説には「御狭々城《みささぎ》」の意であるという。「御《み》」は敬語で、「ササ」は「狭々」とあるごとく、「狭い」とか「小さい」をあらわす言葉と解されている。「キ」は「築く」の「キ」である。あるいは「ササ」を「捧げる」の「ササ」ともいう。要するに天皇陵である。

天皇陵は『延喜式』に定められているが、それにもとづくすべての御陵の比定が、学問的に正確であるとは、もちろん断定できない。考古学の研究からも、いくつか疑問が提出されることがままあるのが実状である。一つには、日本では八世紀頃まで、墓誌銘を一緒に埋葬する慣習がなかったことにかかわっている。それゆえ厳密に確定することが困難であった。また、天皇陵は宮内庁の管理下に置かれ、考古学発掘が許可されていないので、よけいにわからなくなっている。天皇陵をそのまま保存すべきかどうかは今後も大きな問題であろう。

【第118話】

叔母との結婚

〈おばとのけっこん〉

ウガヤフキアエズノミコト（鵜葺草葺不合命）は、叔母のタマヨリヒメ（玉依毗売）を娶り、四人の皇子をもうけたという。

イツセノミコト（五瀬命）、イナヒノミコト（稲氷命）、ミケヌノミコト（御毛沼命）およびワカミケヌノミコト（若御毛沼命）である。ワカミケヌノミコトは、トヨミケヌノミコト（豊御毛沼命）またはカムヤマトイワレヒコノミコト（神倭伊波礼毗古命、後の神武天皇）と称された。

ウガヤフキアエズノミコトの事蹟は、『古事記』でも『日本書紀』においても、ほとんど、ふれられることがない。ただ、宮崎県日南市宮浦の鵜戸《うと》神宮は、ウガヤフキアエズノミコトを祀る神社として有名である。旧官幣大社であるが、伝承では、この地で生まれたといわれている。社殿は巌窟内に造られ、日向灘に面している。

神門の前で飴を売るが、母神のトヨタマヒメ（豊玉比売）が、綿津見《わたつみ》の国に帰ったあと、叔母のタマヨリヒメが、乳汁にかえて、飴で哺育されたことにちなむという。もちろん、単なる伝承にすぎず、商売のために考え出された話であろうが、なかなか面白い話だと思っている。

面白いといえば、ウガヤフキアエズノミコトは、母親代わりに自分を育ててくれた叔母を後に妻にむかえていることだ。「神武記」にも、神武天皇が崩じた後、神武天皇と、阿多君小橋《おばし》の妹、アイラヒメ（阿比良比売）との間に生まれたタギシミミノミコト（多芸志美美命）は、神武天皇の皇后イスケヨリヒメ（伊須気余理比売）を妻としている。

後継者が、先代の妻を娶るということは、現代的感覚すればまことに奇異に思われるが、古代では、決してみられないことではなかった。

おそらく、古代においては先代の妻は、「マツリ」（祀り）の主催者であり、マツリゴト（政治）を行っていた男性がなくなると、それを埋めるように後継者たる男子が、先代の妻を自分の妻にむかえて、共治体制を保持したのではあるまいか。また、先代の妻の、夫の政治の最高の相談役として長らく務めてきた実績は、新任の首長には大変貴重で、失いたくないものと考えられていた。

聖武天皇が、藤原光明子を皇后に冊立《さくりつ》したときの宣命にも、「天下《あめのした》の政《まつりごと》に置《お》きては、独り知るべきものならず、必ず斯理幣《しりへ》の政《まつりごと》有《あ》るべし」（『続日本紀』天平元年八月条）と述べている。つまり、表の政治をつかさどる天皇に対し、「斯理幣《しりへ》」つまり、後宮の政ごとを欠せることができないというのである。

一般的にいって、特に若い君主が出現する際は、政治を熟知した先代の妻が最も優れた補佐を務めなければならなかったのだろう。このような慣習が、日本の古い時代に、存在していたと考えてよいだろう。世代交代をスムースに行う一つの有効な手段だったとみている。

【第119話】

五瀬命の死〈いつせのみことのし〉

ウガヤフキアエズノミコト（鵜葺草葺不合命）の長男が、イツセノミコト（五瀬命）である。

イツセは、「厳つ稲《いせ》」と解してよい。「厳つ」は安芸の宮島の神を「厳島《いつくしま》の神」と称するように、神威の強いこと、または「斎く《いつ》」ことを示す言葉だ。つまり、「イツセ」は神威の強い穀霊神を斎き祀ることであろう。

イツセノミコトは、弟君の神武天皇らとともに、登美《とみ》のナガスネヒコ（那賀須泥毗古）と、草香邑《くさかむら》の白肩津《しらかたつ》（大阪市日下《くさか》町一帯の地）で戦い、重傷を負った。『日本書紀』では、「流矢《ながれや》ありて、五瀬命《いつせのみこと》の肱脛《ひぢはぎ》に中り《あたれ》」と記しているが、『古事記』では、それを「痛矢串《いたやぐい》」を負われたと表現している。矢が串のように刺さり、痛手を負わせることであろうが、きわめて的確な表現だ。

イツセノミコトらは草香の白肩津で戦に敗れ、撤退を余儀なくされるが、その敗戦の原因を、日の神の御子《みこ》でありながら日に向かって戦ったことに求め、日を背にして戦うために迂回作戦を採用することとなった。

そして、南をはるかにまわることとなるが、血沼《ちぬ》の海（茅渟《ちぬ》の海）にいたったとき、イツセノミコトは、そこで傷ついた手を洗った。その血が海に流れ出たため、この海は血沼の海と呼ばれるようになったという。もちろん、これも一種の地名由来伝承にすぎないが、「チヌ」という地名から、「血沼」という字を想起し、それにつれて、神が血を流す話を作る古代人の構想力ないしは空想力は、ばかにできない能力だと思っている。現在において最も欠落してしまったものは、豊かな構想力や空想力でないかと考えている。

この血沼の海からさらに南下し、紀国《きのくに》の男《を》の水門《みなと》にいたったとき、イツセノミコトは力尽き、賤奴《やつこ》の手にかかって死ぬのは残念至極だと男建《おたけ》びして薨《こう》じた。それよりこの水門を、「男《お》の水門《みなと》」と名づけたという。陵《みささぎ》は紀国の竈山《かまやま》にもうけられたと、伝えられている。

「男の水門」は、『和名抄』にみえる和泉国日根《ひね》郡呼唹《よお》郷にあたる。現在の大阪府泉南市男里《おのさと》である。「水門」は、港の意である。古代では、海岸に船を着けることは困難であったから、海にそそぐ川を少し遡ったところを船付場とした。そのため、その船付場を水門（水戸《みと》）と称したわけである。水門は川の入口、つまり下流域を指す。同様に、江戸は入江の接する地である。山門（戸）は、山麓の地だ。男の水門は、男里《おざと》川の入口である。

イツセノミコトの陵は、現在の和歌山市和田にある竈山《かまやま》神社の後方の円墳があてられている。

『延喜式』巻二十一、諸陵寮の条には、

「竈山墓《かまやまのはか》。彦五瀬命《ひこいつせのみこと》。紀伊国名草《なぐさ》郡に在り」

と記している。

イツセノミコトは長兄でありながら、このように不幸にも陣没してしまう。

【第120話】

海神の鎮め・入水〈かいしんのしずめ・じゅすい〉

イツセノミコト（五瀬命）を失った神武天皇は、さらに、熊野の神邑《みわのむら》（和歌山県新宮市新宮）にいたった。神邑は、いうまでもなく熊野速玉《はやたま》神社が祀られる集落である。そこの天《あま》の磐盾《いわだて》に登ったという。天の磐盾の地は、速玉神社の摂社である神倉《かみくら》神社を祀る神倉山である。神倉は神坐《かみくら》で、熊野の神が降臨される山の意であるから、天皇はここで勝利を祈願したのであろう。

『日本書紀』の記述によると、この地からさらに海に出て進んだが、急に暴風にあい、軍船は荒浪にもまれてまさに海の藻屑に帰さんとする有様であった。

そのとき、神武天皇の次兄のイナヒノミコト（稲飯命）は、わが祖《おや》は天神であり、母は海神であるのに、何ゆえ、われわれを陸に苦しめまた海に苦しめるのかと歎き、剣を抜いて入水し、鋤持神《さいもちのかみ》となったという。

おそらく、自ら犠牲となり、一行を助けようとしたのであろう。

古代では、海で暴風のため漂流し危険が迫ると、海に捧げものをして海の静鎮を祈るのを例とした。その場合、最も海神の欲するものを献じなければならなかったようである。

「景行記」には、ヤマトタケルノミコト（倭建命）が走水《はしりみず》の海（浦賀水道）で暴風にあい、船が漂い少しも進むことがかなわなかったとき、愛妃のオトタチバナヒメ（弟橘比売）が入水してヤマトタケルノミコトを助けた話が伝えられている。

『続日本紀』に載せる道昭《どうしよう》和尚伝によれば、道昭は中国に渡り、有名な玄奘三蔵法師に学んだが、帰国にあたり、かたみとして鐺子《なべ》を与えられた。だが海上で七日七夜漂い、仕方なしに竜王(海神)の欲するという鐺子をなげ入れたという。

この話も、海神の最も希望した玄奘の鐺子が、捧物とされている。救援を祈る真心を具体的に示すためには、自分にとって最高のものを海神に献ずる必要があったのであろう。

玄界灘に浮かぶ沖の島に、きわめて貴重な品々が朝鮮半島を往復する航海者から奉献されたが、これは航海の安全やそのお礼として捧げられたものである。

イナヒノミコトは、剣を持って入水したが、この剣は自らの生命とともに奉献されたものであろう。この神が鋤持神と呼ばれたが、鋤持の剣は、海神への奉献物である。

鋤持神は、文字どおり鋤《さい》持ちの神で、農耕神を具現する剣であろう。稲飯は稲霊《いなひ》であることに注意していただきたい。オオクニヌシ(大国主)の神が、「五百《いほ》つ鉏《すき》取《と》らしし神」(『出雲国風土記』意宇《おう》郡の条)と呼ばれたことと相通ずる話である。

イナヒノミコトについでその弟神、ミケイリノノミコト(三毛入野命)も、同じように神の仕打ちを恨んで、浪《なみ》の秀《ほ》を踏んで常世郷《とこよのくに》に行ったという。

古代のひとびとは、海のかなたに常世の国があり、永世不死の理想郷が存在すると考えていた。

【第121話】

食す国〈おすくに〉

かくして、三兄を次々と失った神武天皇は、一人で戦いをつづけることとなった。

この神武天皇は、サノノミコト（狭野尊）とかワカミケヌノミコト（若御毛沼命）、トヨミケヌノミコト（豊御毛沼命）と呼ばれている。「サノ」は「稲野《さの》」の意であり、「ミケ」は「御禾《みけ》」で神稲であるから、神武天皇の四兄弟の神はすべて、穀霊神としての性格が付与されていたことになる。

それはともかく、長兄、イツセノミコト（五瀬命）の発議によって東征が始まり、ワカミケヌノミコト、つまり神武天皇はこれに末弟として従ったが、ついに一人で難事業に立ち向かわなければならなくなった。

だが『日本書紀』では、神武天皇は「生《あ》れながらにして明達《さか》し、意《みこころ》、確如《かたくつよ》くます。年《とし》十五にして、立《た》ちて太子《ひつぎのみこ》と為《な》りたまう」と記し、神武天皇の主導のもとに東征が始められたと述べている。この『日本書紀』にしたがえば、いわゆる「末子相続」が行われていたことになろう。

先の山幸、つまりホオリノミコト（火遠理命）は、兄のホデリノミコト（火照命）、ホスセリノミコト（火須勢理命）を差しおいて、家督を継いでいる。

末子相続は一説には、家長がいまだ心身ともに健全なうちに、子を次々と独立、別居させ、そして、最後に残った末子とともにその家でくらす習慣より起こるという。近世でも千家三代目の宗旦《そうたん》が長男をまず独立させて表千家とし、次兄を武者小路千家とした後に、家の裏に末子をつれて生活し、その末子を裏千家と名づけた例が、それに類似する。

ところで『日本書紀』では、『古事記』と異なり、畿内にいたるまでのストーリーを比較的くわしく述べている。そのことに少しふれておこう。

まず『日本書紀』の記述では、天皇一行は、速吸の門《はやすいのと》（豊予海峡）において一人の漁人《つりびと》に逢い、彼を先導として東に赴いたという。この漁人は、その功績により倭直《やまとのあたい》の祖となったと伝えている。そして、豊国《とよくに》の宇佐《うさ》に到着するが、この地の土豪のウサツヒコ（菟狭津彦）、ウサツヒメ（菟狭津媛）の二人が、足一騰宮《あしひとつあがりのみや》を築いて、天皇に大御饗《おおみあえ》を献じた。足一騰宮は、また一柱騰宮《ひとはしらあがりのみや》ともしているので、一本柱の上に建てられ、梯子で昇り降りする建物である。一説には、片側を丘の台地にかけ、片方を一本柱で支えて造られた建物ともいわれている。このような特殊な建物は、おそらく神殿をイメージしたものであろう（『日本書紀』神武天皇即位前紀）。

このように天皇に御饗《みあえ》を供するというのは、いわゆる「食す国《おすくに》」の儀礼である。その土地のエッセンスである食物を食べていただくということは、その国魂《くにだま》を食するひとに依憑せしめることであると、考えられていた。御饗を供することによって、土地の支配権を移譲する儀式である。これがいわゆる「食す国」である。後に「食す国」は国を支配する意にもっぱら用いられるようになるが、天皇が各地を行幸されるのはいわば「食す国」の儀礼を再現することであった。

【第122話】

国造

〈くにのみやつこ〉

この宇佐《うさ》は、豊前国宇佐郡宇佐町で宇佐神宮の祀られている地である。ここにも、ウサツヒコ（宇沙都比古）、ウサツヒメ（宇沙都比売）がペアで登場するが、これらも、政《まつりごと》をつかさどる男性と、祀りを受けもつ巫女《みこ》が、並んで宇佐の地を治めていたことを示唆している。このような平和裏のうちに服属した豪族は、後に皇統に連なる支族とされていく。『旧事本紀《くじほんぎ》』（国造本紀）では、

「宇佐国造《うさのくにのみやつこ》
橿原《かしはら》の朝《みよ》（神武天皇）。高魂尊《たかみむすびのみこと》の孫、宇佐都彦命《うさつひこのみこと》を国造《くにのみやつこ》に定め賜《たま》う」

と記されている。

ヤマト王権が全国の統治を進めていく過程で、はじめから平和的に服属の意志を表明した豪族は、皇統の支流として位置づけていき、家族国家が支配の原理とされていった。古代においては日本列島内に住むひとたちは、ほぼ同一民族であったから、徹底的な抗戦を回避し、お互いに妥協し、身の保全をはかったようである。その際、先の食《お》す国《くに》の儀礼を行って服属するが、それと同時に自己の領域の一部を天皇に献じた。それが先述のごとく献上田《あげた》、つまり県《あがた》である。

しかしそれ以外の大部分の土地の支配権は、従来どおりヤマト王権から認められていた。後になると、そのような土豪が国造《こくぞう》（くにのみやつこ）とされ、ヤマト王権の地方統治の一端に位置づけら

れ、律令時代には郡司《ぐんじ》に任命されていく。

『古事記』によれば、次に竺紫《つくし》の岡田の宮に移られ、そこに、一年いられたという。筑前国遠賀《おんが》郡芦屋《あしや》、現在の福岡県遠賀郡芦屋町で、遠賀川の下流域である。

「仲哀紀」にも、仲哀天皇が筑紫に赴いたとき、岡《おか》の県主《あがたぬし》の祖、熊鰐《わに》が五百枝《いほえ》の賢木《さかき》の上《かみ》つ枝《え》に白銅鏡《ますみのかがみ》、中《なか》つ枝《え》に十握《とつか》の剣《つるぎ》、下《しも》つ枝《え》に八尺瓊《やさかに》の勾玉《まがたま》をかかげて迎えたと記している。これも、服属の儀礼である。

次に、神武天皇が移った土地は、阿岐《あき》(安芸)の多祁理《たけり》の宮で、ここに七年間とどまったという。この多祁理の宮は、現在の広島県安芸郡府中町にあったと説かれている。その地は必ずしも、明確ではない。ただ「タケリ」は「哮《たけ》り」で、大声を発すること、つまり「建《たけ》る」で、勢力の強さを誇示するの意であり、または「タケリ」は「闌《たけ》り」で、日が高く昇ることを意味するから、天皇の威力を示す宮と解してよいだろう。

次に、吉備の高嶋《たかしま》の宮に八年とどまったという。現在の岡山市高島付近に擬せられているが、正確な比定地はさだかでない。しかし、吉備の国がことさらにあげられたのは、ここが大化前代以来、ヤマト王権につぐ勢力を有し、ときにはヤマト王権と結ぶ吉備一族が蟠踞《ばんきょ》していた土地であったからであろう。また吉備の地は当時のメインルートである瀬戸内のほぼ中央を占め、軍事的にも経済的にもきわめて重要な地域であったから、ここに高嶋宮が置かれるという伝承が生まれたのであろう。

【第123話】

長髄彦〈ながすねひこ〉

神武天皇は各地の宮を転々としたが、ついに、漁人を先導とされて、浪速《なにわ》の渡《わたり》を経て、青雲《あおぐも》の白肩《しらかた》津《つ》に入陸される。

浪速《なにわ》、つまり浪速《なみはや》の地名は、『日本書紀』では「奔潮《ほんちよう》ありて、太《はなは》だ急なり」、よりて、浪速の国と名づけたと記している。現在の大阪市の上町《かみまち》台地あたりをいうようである。今では、すっかり陸上となってしまったが、上町台地は、古代では難波長柄豊碕《なにわのながらとよさき》（「孝徳紀」）の地にあたり、海につき出る長い崎であった。この崎に寄せる浪波が速かったのであろう。

「仁徳紀」によれば、この地は、いささかの霖雨《ながあめ》にあえば、海潮が逆流し、道路が泥でうずもれてしまう土地であったという。そのため宮の北の郊野を掘って南の水を引き、西の海に入れるようにしたという。これが堀江《ほりえ》であると記している。現代の大阪城や難波宮跡に立っても全く想像できない姿であるが、地形が時代の変遷につれ大きく変わることは、歴史を考えるとき、特に注意しなければならぬ点である。

青雲の白肩津もその例にもれない。いうまでもなく、「青雲の」は、白にかかる枕詞である。白肩津は、『日本書紀』では河内国草香邑の白肩の津としている。現在の大阪府東大阪市の日下《くさか》にあたる。孔舎衛《くさかえ》の坂は生駒山を越える直越《ただごえ》の地であるが、このように、日下の津は生駒山の西麓の地である。

古代では海がこの地に打ち寄せていた。「雄略記」にも、

「日下江《くさかえ》の　入《い》り江《え》の蓮《はちす》」

と歌われている。ここに上陸し、生駒山の直越を進もうとしたときに、登美《とみ》のナガスネヒコ（那賀須泥毗古）によってはばまれ、大決戦となった。

　この「登美」は、奈良県生駒市から奈良市の富雄《とみお》一帯の地域である。ナガスネヒコは、『日本書紀』に「長髄彦」と書かれている。文字どおりには髄《すね》の長い男とも解されるが、古代ではヤマト王権に反抗する民を「八束脛《やつかはぎ》」などと蔑称するに類する名称であったかもしれない。『常陸国風土記』茨城郡の条に、

「古老《ふるきをきな》のいえらく、昔、国巣《くず》、俗《くにひと》の語《ことば》に都知久母《つちぐも》、または夜都賀波岐《やつかはぎ》という」

とあり、『越後国風土記』逸文にも「八掬脛《やつかはぎ》」を「其《そ》の脛《はぎ》の長さ八掬《やつか》、力多《ちからおほ》く、太《はなは》だ強《つよ》し」と記している。掬《つか》（束）は、握り拳の幅で九センチないしは十センチ程度をいうが、足の長い男を八掬脛と称したのも、土蜘蛛と同じく一種の蔑称であろう。ただ『日本書紀』では
「長髄《ながすね》は、是《こ》れ、邑《むら》の本《もと》の号《な》なり。因《よ》りて亦《また》、以《もち》て人の名とす」

として、長髄を地名としている。これに従えば、大和国生駒郡鳥見郷の旧名が長髄で、金色の鵄《とび》が飛来し、ナガスネヒコが滅したため、地名が鵄邑《とびむら》、つまり鳥見村に変わったことになる。それにしても、長髄と蔑視されたひとびとの住居と考えることも、不可能ではない。

【第124話】

高倉下と霊剣

〈たかくらじとれいけん〉

神武天皇が、ナガスネヒコ（那賀須泥毗古）と戦ったとき、軍船に楯を立てて戦った。それにより、その地を楯津《たてづ》と名づけたという。日下《くさか》の蓼津《たでづ》がそれである。

この戦いで、兄のイツセノミコト（五瀬命）が傷つくほど大敗を喫し、遠く熊野に赴く迂回作戦を余儀なくされてしまう。

神武天皇が熊野村（和歌山県新宮市新宮）に到達したとき、急に大熊が現れ、その毒気にあたって、神武天皇やその率いる兵士は、皆、「遠延《をえ》まし」たと記している。『日本書紀』は「瘁《すい》」と表記するが、「瘁」は病む、疲れるの意という。遠征の疲れがどっと出て、寝込むことをあらわす言葉である。『日本書紀』では「時《とき》に神《かみ》、毒気を吐き、人物《ひと》咸瘁《みなをえ》す」と書いてある。とするとこの熊は、山の神の化身であろう。山の神が動物に身を変えて現れる話は、「景行記」に、ヤマトタケルノミコト（倭建命）が伊吹山《いぶきのやま》に登ったとき、白猪になって現れた山の神になやまされ、居寤《いさめ》の泉（醒井《さめがい》）を飲んでやっと覚醒された話がある。

熊や白猪は、神の使いの聖獣であろう。現在でも、かかる神獣の類は、信仰されているようだ。たとえば、御嶽山《おんたけさん》や三峯山の大口《おおぐち》（狼）、鹿島社や春日神社の鹿、稲荷社の狐、日枝《ひえ》神宮の猿、八幡宮の鳩、大鳥神社の鷺、海神の和邇《わに》や大亀などは、それである。

おそらく、このように熊が出現するのは、熊野の地名に引かれたものであろう。しかしもともと熊野は隈野《くまの》の意で、山の隈《くま》であり、熊はあて字にすぎない。この山の隈《くま》は、神の憩われ隠れるところである。出雲国の熊野の大社は、古くは熊野山（天狗《てんぐ》山）に祀られていた。

神武天皇一行が病で倒れ、全く気力を失ったとき、熊野の高倉下《たかくらじ》という男が一振りの横刀《たち》を持って現れると、神武天皇たちは急に目覚めたという。神武天皇がこの横刀を受け取るとすぐに、荒振る山の神がことごとく切り倒されてしまったと、伝えている。

この横刀は、アマテラス（天照）大神《おおみかみ》と高木神《たかぎのかみ》（高御産巣日神《たかみむすびのかみ》）から神武天皇への救援を頼まれたタケミカズチ（建御雷）の神の横刀である。タケミカズチの神が、神武天皇を助けるために天から下した剣である。この霊剣は、石上神社に祀られる佐士布都《さじふつ》の神、またの名は甕布都《みかふつ》、布都御魂《ふつみたま》と呼ばれる剣であった。

高倉下は、『旧事本紀《くじほんぎ》』天孫本紀の条に、物部氏の祖先ニギハヤヒノミコト（饒速日尊）の御子、天香語山命《あまのかごやまのみこと》を高倉下とし、韴霊《ふつのみたま》を庫《くら》の裏に見出し、神武天皇に献じたと記されている。これから考えると、高倉下は高床の神庫の下で、宝剣を見出した男の意であろう。

佐士布都の「サジ」は狭いの意とされ、細身の鋭利な剣である。甕《みか》は、雷《いかずち》または厳《いか》であろう。布都《ふつ》は、その刀剣の穂先に神が降霊された、つまり神が「フル」る破邪《はじゃ》の刀剣である。

【第125話】

山の民の奉献〈やまのたみのほうけん〉

高天《たかま》の原《はら》の高木神《たかぎのかみ》（高御産巣日神《たかみむすびのかみ》）は、神武天皇一行が熊野の山々をのり越えて北上するのを心配して、その道案内に八咫烏《やたがらす》をつかわした。

神武天皇の一行は、この八咫烏に導かれて、吉野川の川尻に出ることに成功した。そこで、筌《やな》を作り、魚をとっていた男に出逢った。天皇が名を問うと、自ら、国《くに》つ神《かみ》で、名は贄持《にえもち》の子と答えた。この者は、阿陀《あだ》の鵜養《うかい》の祖であると註されている。阿陀は、大和国宇智郡阿陀《あだ》郷（奈良県五條市東阿多、西阿多周辺）である。吉野川で、古代において鵜養が行われていたことは、『万葉集』にも

「川の神も　大御食《おほみけ》に　仕《つか》へ奉《まつ》ると　上《かみ》つ瀬《せ》に　鵜川《うかわ》を立ち　下《しも》つ瀬《せ》に　小網《さで》さし渡《わた》す」

（『万葉集』巻一ノ三八）

と歌われていることからもうかがえよう。

律令時代に入っても、『職員令《しきいんりよう》』の大膳職《だいぜんしき》の条に「雑供戸《ぞうくこ》」をあげ、「鵜飼《うかい》、江人《こうじん》、網引《あみひき》などの類《たぐい》なり」と註している。

さらに天皇が進んでいくと、「尾の生ふる人」が光る井の中から出てきた。名を問うと「井氷鹿《いひか》」と名のった。この井氷鹿は吉野首《よしののおびと》の祖であるという。次に、山に入ると、また「尾生ふる人」に遇ったが、石押分《いわおしわけ》の子と名のったという。この石押分の子は、吉野の国樔《くず》の祖である。

ここにみえる「尾生ふる人」とは、山の民を動物名で呼ぶ蔑視感の表現であろう。一説には、山の人が尾のついた獣皮を身につけていたことをいうのではないかといわれている。

吉野首は、『新撰姓氏録《しんせんしょうじろく》』大和神別下「吉野連《よしののむらじ》」の条に次のように記している。神武天皇が吉野に行幸し、神瀬にいたった際、人をして水を汲ましめたが、水汲みは天皇に「光る井《い》の女」がいたと報告した。天皇はその女に「水光姫《みずひかるひめ》」と名を与えたが、今でも吉野連はこの水光姫を祀っているという。井氷鹿は、一説には、奈良県吉野郡吉野町飯貝《いいがい》に結びつけられるが、ここでは吉野から特殊な品物が献ぜられた始源伝承が主となっているので、わたくしは「猪飼《いかい》」と結びつけたい。古代に猪飼と呼ばれるひとがいたことは、「顕宗記」にも、父が殺され、逃げまわっていられた袁祁《おけ》の石巣別命《いわすわけのみこと》（後の顕宗天皇）は、御粮《みかれい》を奪った猪甘《いかい》を罰し、その一族の膝の筋を切った話が伝えられている。それよりその子孫が都に上るときは、必ず跛《あしなえ》のさまをしたという。この話は隼人の服属儀礼に似て興味深いが、この猪飼（猪甘）は山代《やましろ》（山背）の苅羽井《かりはい》（京都府城陽市水主付近）の人物で、「面黥《めさ》ける老人《おきな》」とされている。

吉野の国樔（国栖《くず》）は『新撰姓氏録』大和神別の条に、『古事記』とほぼ同じ物語を伝え、允恭天皇の時代に御贄を供し、神態《かみわざ》をしたと記している。「応神紀」にも、応神天皇が吉野宮に行幸されたとき、国樔人が酒を献じ、口を打ちて歌をうたった。それより土地のもの、栗、菌《たけ》や年魚などを奉献する際には、必ず口を打ち笑うと伝えている。

【第126話】

前妻と後妻〈こなみとうわなり〉

神武天皇は、吉野より宇陀《うだ》の地に兵を進めたが、そこには、エウカシ（兄宇迦斯）、オトウカシ（弟宇迦斯）兄弟が土豪として、勢力を振るっていた。

そこで、天皇はまず八咫烏《やたがらす》を派遣し、二人の兄弟に服属するようにすすめた。だが兄のエウカシは鳴鏑《かぶらや》で追い返し、ただちに軍勢を集めて戦うことにした。しかるに兵が思ったほど集まらなかったので、策略を変えて、天皇を暗殺しようとはかった。それは、大殿に押機《おしき》をつくり、天皇一行を押し殺す計画であった。それを知ったオトウカシは、兄の暗殺計画をすべて天皇に密告した。天皇は、大伴連らの祖、道臣命《みちのおみのみこと》と久米直の祖、大久米命《おおくめのみこと》の二人を、エウカシのもとにつかわし、

「立派に造った大殿の中に、まずエウカシ自ら入って奉仕するさまを示せ」

と強請させた。エウカシは、ふたりの武人においたてられて大殿に逃げこみ、自分のしかけた押機で圧死したという。エウカシが殺されたときの祝宴で、神武天皇の率いる軍隊は、次のように声を合わせて歌われたという。

「宇陀《うだ》の　高城《たかぎ》に　鴫罠張る《しぎなわはる》　我《わ》が待《ま》つや　鴫《しぎ》は障《さわ》らず　いすくはし　くぢら障《さわ》る」

宇陀の高城に、鴫《しぎ》をとる網を張ってわたくしが待っていると、鴫がかからないで、それより大物の「クジラ」がかかったという意味である。

この歌で昔から問題になっているのは、「久治良《くじら》」の言葉である。一説には、山鯨《やまくじら》の異称をもつ猪とか、「くち」と呼ばれた鷹（「仁徳紀」）を指すと解かれているが、わたくしは山でとれない海の鯨がかかったというおどけ歌で、エウカシをからかったとみてもよいのではないかと思っている。

この歌に次のような歌がつけられている。

「前妻《こなみ》が　肴乞《なこ》はさば　立柧棱《たちそば》の　実《み》の　無《な》けくを　こきしひゑね
後妻《うはなり》が　肴乞《なこ》はさば　柃《いちさかき》　実の多《おほ》けくを　こきだひゑね」

前妻が、食事に用いる具をくださいと乞うならば、痩せたソバの実があまりない部分を削ってやる。後妻が、同様に食事の具をくださいと願ったなら、イチサカキのように、実の多い部分をたくさん削ってやるというのが大意である。イチサカキは、斎榊《いちさかき》であるが、榊には粒々が数多くついていることから、「実の多い」もののたとえとされたのであろう。

ここで注目されるのは、前妻と新しく娶った妻のとりあつかいである。愛情が冷たくなった女性と、新しく愛情が生まれた女性に対する、あからさまな男性の態度である。「コナミ」は離縁された女性というより、一夫多妻制のいわゆる古女房を指すようである。それにしても、新妻の生々しさが男にはこよなく愛されたのであろう。このような人情を風刺した歌が、男たちの酒宴の席で臆面もなく歌われていた。面と向かって忠告すれば友人関係がトゲトゲしくなるが、戯歌《ざれうた》として宴席で歌えば、笑いのうちに聞かせることになる。これは共同体内で生まれた生活の知恵の一つかもしれない。

【第127話】

久米の職掌〈くめのしょくしょう〉

神武天皇が押坂《おしさか》（奈良県桜井市忍阪）にいたると、そこには八十建《やそたける》という土雲《つちぐも》（土蜘蛛）たちがいた。天皇は八十建らを招いて宴席をもうけられたが、膳夫《かしわで》にそれぞれ秘かに刀を持たせ、歌が始まったら一斉に、八十建を殺れと命ぜられた。

このとき、うたわれた歌が、あまりにも有名な久米歌《くめうた》の「撃ちてし止まむ」である。「厳々《みつみつ》し　久米《くめ》の子《こ》らが　垣下《かきもと》に　植《う》ゑし椒《はじかみ》　口疼《くちひび》く　我《われ》は忘《わす》れじ　撃《う》ちてし止《や》まむ」（厳めしく強力な久米の兵士たちが、垣下に植えた椒《はじかみ》を口にすれば、口のなかはヒリヒリして痛む。そのように、かつて敵の反撃で手痛い思いをしたことを、わたくしたちは決して忘れはしない）

この久米歌の多くに「厳々し　久米の子らが粟生《あはう》には　韮一本《からみひともと》」などと、農村の実景が歌われていることは、久米の兵士らは常備軍というより、戦いごとに農村からかり出されてきたひとびとによって構成されていたことをうかがわせる。

この久米の名の由来を、山の隈の「隈《くま》」に結びつける説も出されているが、先の久米郷の分布（221ページ）からして、必ずしも山間部の民とみることはできないようである。一説には、久米は「米」と同じ語源にもとづく名称ではないかという考え方もみられる。確かに、久米歌は戦闘歌でありながら、ほとんどが農村の風景を題材にしているから、それは一応、首肯されてもよいだろう。

それならばむしろ、『和名抄』に淡路国三原郡の神稲郷を「久万之呂《くましろ》」の郷と訓《よ》んでいる例があるから、久米をこの「神稲《くましろ》」の「クマ」ないしは「クマシロ」に、結びつけてもよいかもしれない。久米が仕える神武天皇の名は、狭野尊《さののみこと》(『日本書紀』)であり、神稲の意味に解されているからである。それはともかくとして、久米一族は、天皇家初期からの、いわゆる股肱《ここう》の臣であったことだけは否定できないだろう。この久米氏は、常に久米歌をうたい、久米舞を天皇の前で演奏し、忠誠を誓ってきた。この伝統は今でも、宮内庁の雅楽部に受け継がれている。

久米氏は、先述のように大伴氏と並んで天皇家の軍事をつかさどってきたが、五世紀後半には大伴氏の統率下に置かれるようになっていった。

『新撰姓氏録《しんせんしょうじろく》』の左京神別中の大伴宿祢《おおとものすくね》の箇所には、ニニギノミコトが高千穂に下られたとき、大伴氏の祖とされる天押日命《あまのおしひのみこと》は、大来目部《おおくめべ》を先導としたと記している。そして後には、大来目部を天《あま》の靫負部《ゆげいべ》とし、宮城の門の開闔《かいこう》の任にあたらせたという。

久米氏の一族には軍事だけでなく、膳夫《かしわで》として仕えた者もいたようである。「景行記」にはヤマトタケルノミコト(倭建命)が諸国の平定にあたられたとき、久米直《くめのあたい》の祖、七挙脛《ななつかはぎ》を膳夫としたと記している。『日本書紀』では、ヤマトタケルの遠征に大伴武日連《おおとものたけひのむらじ》が従っているので、大伴連にともなわれ膳夫となったのかもしれない。もともと久米氏は、平時には農耕にいそしんでいたひとびとであるから、軍事から離れると土地の特産物を貢し、なかには膳夫となって仕える者も出たのであろう。

【第128話】

鵄尾の琴〈とびのおのこと〉

神武天皇が、ほぼ大和の国の全域を平定されると、ニギハヤヒノミコト（邇芸速日命）が、帰順してきた。

このニギハヤヒノミコトが、トミヒコ（登美毗古）の妹、トミヒメ（登美毗売）を娶って生んだ子が物部氏の祖とされるウマシマヂノミコト（宇麻志麻遅命）である。

『日本書紀』ではナガスネヒコ（長髄彦）の妹、ミカシキヤヒメ（三炊屋媛）を、ニギハヤヒノミコトが娶って生んだ子をウマシマデノミコト（可美真手命）といっているから、ナガスネヒコとは姻戚関係にあったわけである。だが、ニギハヤヒノミコトは、形勢不利とみて、神武天皇に臣従を申し出た。このことは、ナガスネヒコに、きわめて不利な影響を与えることになった。

だが、大和盆地の西北部をおさえていた大豪族ナガスネヒコの軍隊は、頑強に反抗して戦った。神武天皇もそのため、窮地に立たされることもしばしばだったという。

しかし、急に、空模様が変わり氷雨《ひさめ》が降り金色の鵄《とび》が飛来し、天皇の弓弭《ゆはず》にとまり、流電のような光を発したという。その光によってナガスネヒコの軍隊は目がくらみ、大敗し、ナガスネヒコは切られてしまったという。この鵄の瑞《みしるし》により、この地を鵄邑《とびむら》と名づけたという。

この伝承が、金鵄勲章《きんしくんしょう》の由来を物語るものである。それはともかく、鵄は古代にあって霊鳥と考えられていたようである。考古学の知見によれば、女性の膝の上に乗る五、六十センチ程度の琴がしばしば発見されている。また、巫女《みこ》がそのような琴を膝の上に置いている埴輪も発掘されている。その琴は、鳥の尾の形をなし、後世、鴟尾《しび》（とびのお）の琴と呼ばれるものである。

『延喜式』神祇四、伊勢太神宮にも

「鵄尾琴《とびのをのこと》　長さ八尺八寸、頭の広さ一尺、末の広さ一尺七寸」

とあり、かなり大きな鵄尾の琴とされているが、一般には先述のように二、三尺で、五、六弦の琴であったらしい。『倭名抄』でも、「鵄の尾の形なり」と註している和琴である。このように琴を鵄の尾のように作るのは、琴はもともと神言《かみごと》を巫女が受けるために用いるものであり、その神言を天から伝えるものが鵄（鵄）だったからであろう。というより、神霊を天より地上に運ぶ霊鳥といってよい。つまり、天の神の乗りものの一つが鵄だったのである。おそらく、天空を舞いながら、急に降下する鵄の習性が、突然に狂ったように神託を口ばしる巫子の姿になぞらえられたのであろう。「神武紀」でも、その光のさまを「流電の如し」と述べている。

古代では天《あま》つ神《かみ》の乗りものは「天の鳥船《とりぶね》」であった。ただそれより古くは、神は海のかなたの常世《とこよ》の国からこの世に来られたので、「船」の名が鳥につけられた。古代の日本人にとって、海も「アマ」であり、「天」も「アマ」と訓《よ》まれていた。それは水平線において、海と天が交わることを思えば、視覚的に了解していただけるだろう。

【第129話】

物部氏の服属〈もののべしのふくぞく〉

ニギハヤヒノミコト（邇芸速日命）は、ナガスネヒコ（那賀須泥毗古）、あるいはトミヒコ（登美毗古）の妹を娶っていたが、天津瑞《あまつみしるし》を献じて服属してきた。ニギハヤヒノミコトは、物部連《もののべのむらじ》、穂積部臣《ほづみのおみ》、婇臣《うねめのおみ》などの祖である。

この「天津瑞」は、ニギハヤヒノミコトが天降《あまくだ》ったときもたらしたと伝える物部氏の神宝である。『旧事本紀《くじほんぎ》』天孫本紀には、天神の御祖《みおや》が、ニギハヤヒノミコト（饒速日尊）に「天璽瑞宝十種壹《あめのしるしみずたからとあまりひとつ》」を授けたと記している。それは、嬴津鏡《おきつかがみ》、辺都鏡《へつかがみ》、八握剣《やつかのつるぎ》、生玉《いくたま》、足玉《たるたま》、死反玉《まかるかえしのたま》、道反玉《ちがえしのたま》、蛇《へびの》比《ひ》礼《れ》、蜂比礼《はちのひれ》、品物比礼《しなじなのひれ》の十種である。

物部氏の伝承では、これらの十種の神宝を手に持ちユラユラとゆすると、死者も生き返るとしている。いわゆる「魂振《たまふり》」の呪法である。「フル」といえば、物部氏が斎《いつ》く奈良の石上《いそのかみ》神社は、「布留《ふる》の石上《いそのかみ》」と呼ばれていることに注意していただきたい。その祭神は経津主《ふつぬし》の神という刀剣の神である。この「フツ」は「振《ふ》る」または「降《ふ》る」の意である。

物部の氏《うじ》の名称も、「モノ」を祀る一族であることを暗示している。古代の「モノ」という言葉は、きわめて多義性を含むもので、なかなか定義することは困難であるが、一つには、実体をあからさまにできないものの汎称としている。「もののけ」などはその一つの例であろうが、「モノ」は、いわば目に見えぬ霊魂を指すようである。

物部とは、そのような「モノ」を鎮める呪能を有する一族であったのであろう。

また、「物部」（モノノヘ）から、武人（モノノフ）という言葉が派生するように、物部は武人集団と考えられてきたが、おそらく、神霊の依憑《いひよう》する剣、つまり経津《ふつ》の剣を先頭にたてて、その破邪《はじや》の力で敵を降伏させる集団であったのであろう。ご存知のように、石上神社は「七枝《ななえだ》の刀」をはじめ、多くの宝剣を神庫に収蔵してきたが、物部氏は、かかる神聖な剣をはじめとする武器を管理してきた。

このような職掌から、後には、現在の警察権をにぎるようになる。『職員令《しきいんりよう》』の刑部《ぎようぶ》省所管の囚獄《しゆうごくの》司《つかさ》には物部が配されて、刑罰の執行にあたっている。刑は、神判に発するからであろう。

もちろん、物部氏の主流は、大連《おおむらじ》となって執政官として政治の中枢に立ったが、一族の者は天皇家の守護の任にあたっている。物部氏の支族は多く、「もののふの八十氏《やそうじ》」と称えられている。

ただ崇仏派の蘇我馬子と対立し、大連の物部守屋《もりや》が敗れ射殺されてより、しだいに勢力を失っていく。それにしても、その子孫は石上《いそのかみ》氏を名のって政庁にもどり、中流官僚となっていく。

物部氏は、天皇家の初期の段階に服属したから、伴造《とものみやつこ》の長として連《むらじ》を姓《かばね》とした。

それは、大和盆地の各地から起こった土着の豪族、蘇我、葛城、平群《へぐり》などが地名を冠し、臣《おみ》を姓とするのと異なっている。その連、伴造の代表が大連である。臣の代表が大臣《おおおみ》で、大化前代にはこの二氏が並んで執政官となるのが慣わしであった。

【第130話】

紀元節〈きげんせつ〉

神武天皇は大和の土豪を打ち倒し、畝傍山《うねびやま》の東南の地、橿原《かしはら》で即位する。そのとき、「六合《くにのうち》を兼《か》ねて、都《みやこ》を開《ひら》き、八紘《あめのした》を掩《おほ》いて宇《いへ》にせむ」と宣言されたという（『日本書紀』）。これがいわゆる「八紘一宇《はっこういちう》」の神勅である。

この「八紘一宇」は、実は中国の『文選《もんぜん》』という詩集の「呉都《ごと》の賦《ふ》」より引用したものである。この詩で、左思《さし》（左太沖《さたいちゅう》）という有名な詩人は、

「古《いにしへ》、先帝《せんてい》の代《よ》、曽《むかし》、八紘《はちこう》の洪緒《こうしょ》を覧《み》て、六合《りくごう》を一《いつ》にして光宅《こうたく》し、遐宇《かう》に翔集《しょうしゅう》す」

と詠じている。八紘《はちこう》は八方の隅で、八紘を掩《おお》いて宇《いえ》となすとは世界中を統一して、一軒の家のごときにすることである。洪緒《こうしょ》は大事業の意である。六合《りくごう》は上下と東西南北の六である。光宅《こうたく》するとは、聖なる徳が遠くまで現れることである。光は満ちること、宅は居る意味で、徳が四方に及び、満ちるさまをいう。「遐宇《かう》に翔集《しょうしゅう》す」とは遠方の地にかけめぐるの意で、遠方の地まで飛んでめぐることである。

「神武紀」にこの八紘一宇の言葉が、文飾に引かれているわけであるから、神武天皇の言葉そのものとみることはできないだろう。まして八紘一宇の思想をふりかざして、世界統一が日本の国是と主張することはあやまりである。かりに神武天皇の宣言文としても、せいぜい日本列島に限られているとみるべきであろう。

また、この即位の日を、『日本書紀』では辛酉年《かのととりのとし》の春正月の朔《ついたち》と記しているが、これも中国の辛酉《しんゆう》革命、甲子革令《かっしかくれい》の思想を受け入れたものである。『易緯《えきい》』に、「辛酉《しんゆう》（かのととり）を革命となし、甲子《かっし》（きのえね）を革令となす」とあるが、辛酉の年には、天の命が革《あらた》まり、新しい王朝が成立する年とみなされていた。言葉をかえていうならば、新王朝の始まりの年が、辛酉の年である。そして、正月の朔（一日）も年の始まりであるから神武即位の日に最もふさわしい日、と考えたのである。明治に入ると、新暦に換算して二月十一日に定め、「紀元節」としたのである。現在では「建国の日」と名を変えたが、これは歴史的事実というより、中国思想にもとづく考えによる。

この二月十一日を紀元節と定めたのは、明治五（一八七二）年十一月十五日の太政官符である。戦時中、昭和十五（一九四〇）年に、紀元二千六百年祭を行ったが、『日本書紀』にいう辛酉の年を、それよりちょうど二千六百年前にあたると計算したからである。

『日本書紀』の辛酉の年がいつであるか、多くの学者がいろいろと論じてきたが、戦時中に考えられたよりも辛酉の年を六百六十年引きさげるべきであるという説も出されている。

わたくしは、辛酉の年の正月朔を、あくまで国家誕生の記念すべき年とするのは、『古事記』の第一次の編纂がなされた推古朝頃の、中国の知識をもつ官僚群や知識人の主張が採用されたものと考えている。古くからの文献史料が全く存在しない時代であったから、当然ながら正確に確定することは難しい。今のところ、考古学の知見をかりて古墳時代のはじめ頃を想定するのが最も妥当であろう。

【第131話】

日本磐余彦〈やまといわれひこ〉

神武天皇の即位で、一応、神話は終わるが、神武天皇が『日本書紀』に、カムヤマトイワレヒコ(神日本磐余彦)と称していた点に、ふれておかなければならないと考えている。

この「ヤマトイワレヒコ」は、文字どおりと解すれば、大和の磐余《いわれ》の首長であるからだ。磐余は、かつて、天の香具山の東北の麓にあった磐余の池から西方にかけての広い地域と考えられている。

しかし古代の記録からすれば、かなり広範囲が、磐余の地と呼ばれていた。

たとえば、履中天皇の磐余の稚桜《わかざくら》の宮は、現在の奈良県桜井市谷や池之内稚桜に、若桜神社がそれぞれ祀られる地に比定されるとすれば、桜井市の一部も当然、磐余の地に含まれる。

また、敏達天皇の訳語田幸玉《おさださきたま》の宮は、桜井市戎重付近と考えられている。

おそらく、磐余の地を中心とした地域を広く含む地域が、磐余であったと考えてよい。

この地域は、ヤマト王権の中枢の地であった。伝承によれば、神功皇后、履中天皇、清寧天皇、継体天皇、用明天皇、敏達天皇などの宮殿が置かれたところとされている。

このヤマト王権にとって中枢の地名を名のる神武天皇は、もともとこの地より起こった天皇と考えなければならないだろう。おそらく、ヤマト王権の天皇家の祖は、磯城《しき》郡や磐余の地を基盤とした豪族であったから、初代の天皇を「ヤマトイワレヒコ」と呼んだのであろう。

このように考えてくると、ヤマトイワレヒコは、大和の磐余の地を中心とした地域の豪族だということとなるが、そうすると『古事記』や『日本書紀』に物語られている東征物語は、一体、どのように考えたらよいかと、必ず質問されるだろう。

この点を、合理的に解釈しようと考え出されたものが、いわゆる征服王朝説である。任那《みまな》の騎馬民族説をはじめ、北九州の豪族の畿内豪族平定説など、多岐にわたるが、要するに、西から大和を目指して進む勢力が、ヤマトの豪族たちを平定して、新王朝を立てたという仮説である。

この説に立てば一応、いわゆる神武東征の神話は説明できるようだが、厳密に考えると問題がないわけではない。北九州からの征服王朝説は、応神天皇の伝説を下地とするが、神武天皇の東征の出発地はあくまで日向、今の宮崎県であるから、南九州としなければならない。九州といっても北九州と南九州は当時において、大きな差異を有していた。歴史的にいえば南九州は熊襲《くまそ》、隼人《はやと》の化外《けがい》の地であった。

だから結論的にいえば、神話では天皇はあくまで日向《ひむか》の地より東《ひむかし》の地に赴くということが重要な意味があると考えられていたので、それは史実というより、信仰上の説話と考えるべきであろうと思っている。磐余も大和盆地の日向の地であったし、天皇も日継《ひつ》ぎの御子《みこ》であった。全国統一の時期に、かかる神話はまとめられていったのであろう。

【第132話】

『古事記』の編纂〈こじきのへんさん〉

『古事記』の神話について、ご一緒に考えをめぐらしてきたが、最後に、『古事記』の編纂が、どのような理由でなされてきたかを概観しておこう。

ところでまず『古事記』と『日本書紀』は、ともに天武天皇の命により編纂されたものであることに、注目しなければならないだろう。そして、天武天皇が、壬申《じんしん》の乱を治め、律令国家の確立をめざして大きく歩みを始めた時期に、歴史をまとめることを決意したのである。その歴史的意義を問わなければならないだろう。

第一に、天武天皇、持統女帝の時代に新たに直系の継承が強く主張されてきたが、その正統性を裏づけるために、歴史の編纂が意図されていたことである。

第二には、七世紀の末から八世紀の初期は、国際的にも、中国の大唐国を中心として目覚しい発展を遂げていった時代であるが、その中にあって、日本の独自性を、強く宣揚しなければならなかった。「日本」という国号や「天皇」という称号を確立したのもこの時期だといわれるように、対外的意識が高まった時期であった。

これらを受けて、日本のまとまった歴史をつくることが必要となり、歴史的編纂が天皇を中心に計画された。実際に歴史を編纂しようとしたときに、まず当面したのは、天皇家をはじめ各豪族が伝承してきた神話や家の歴史が、それぞれの家の事情によってかなりの差異があったことである。いうまでもなく、豪族たちはそれぞれ自家に有利な伝承を誇示し合っていた。『古事記』の序文にも、「諸家《しょけ》のもてる帝紀《ていき》と本辞《ほんじ》の辞《ことば》、既《すで》に正実《せいじつ》に違《たが》い、多《おほ》く虚偽《いつわり》を加《くわ》えり」と述べている。ちなみに「帝紀」は、天皇家の系譜を中心にした記録であり、「本辞《ほんじ》」または「旧辞《くじ》」というのは、物語伝承である。

それらが多く齟齬をきたし、異同が少なくなかったので、天皇家の由来を中心とした、一貫した歴史をまとめなければならなかった。それが、「旧辞《ふるきこと》の誤《あやま》り忤《たが》えるを惜《おし》み、先紀《さきのひつき》の謬錯《あやまりまじわ》れを正《ただ》」すことであった。

そうすると、何ゆえ『古事記』と『日本書紀』が同時に作られなければならなかったかという疑問が、当然、提出されるだろう。

その問いには必ずしも明確に答えられないが、少なくとも『日本書紀（日本紀）』は、ことさらに日本と冠するように、対外的意識を前面にうち出した歴史である。『日本書紀』が、中国伝統の「紀伝体」のスタイルを採用し、国際的用語であった漢文で綴られていることからもうかがえよう。

それに対し『古事記』は、いわば天皇家の内向けの歴史である。そのため、『日本書紀』が、中国風の漢文で綴られるのに対し、『古事記』は和風の文章でまとめられている。歴史的記述の史実性には多くの問題をかかえながら、日本人の生活感情や思惟を伝えるのは、『古事記』のほうが優っていると考えられてきたのは、やはり、古い日本語が生かされていたからであろう。

【第133話】

稗田阿礼の誦習〈ひえだのあれのしょうしゅう〉

この『古事記』は、天武天皇が、稗田阿礼《ひえだのあれ》という舎人《とねり》に命じて、「帝皇の日継《すめろぎひつぎ》」と「旧辞《ふるごと》」を誦習《よみなら》わしめたことに始まる。

稗田阿礼は、稗田《ひえだ》の地に住む一族の出身者であるという。稗田は、現在の奈良県大和郡《やまとこおりやま》山市稗田《ひえだ》町付近である。

稗田阿礼は当時二十八歳であったが、きわめて聡明で「目《め》に度《わた》り、口《くち》に誦《よ》み、耳《みみ》に払《ふ》れば心《こころ》に勒《しる》す」という、博覧強記の人物であった。

記憶力抜群で、旧辞をよく伝えるところから、一時、稗田阿礼は女性ではないかという説が出されたことがあった。特に、稗田が、アメノウズメノミコト（天宇受売命）の子孫の猿女君《さるめのきみ》に属していたことも、女性とする考え方の有力な根拠とされた（『弘仁私記』序）。また、「阿礼」という名は、「生《あ》れ」の意で、お産に結びつくから、その名からも女性ではないかといわれたのである。

確かに、アイヌの神話伝承を間違わずにことごとく記憶していたのは、アイヌの女性であった。今でも村落に「語り部《かたべ》」と称する婦人がいて、昔話や村の古伝承を語り伝えているから、男性よりもはるかに女性のほうが記憶力に優れているようである。

このように考えてくると、確かに、稗田阿礼を女性と考えることは決して不自然ではなく、むしろ首肯されなければならないだろう。

だが、稗田阿礼が舎人であると明記されている点に留意すれば、どうしても男性でなければならなくなる。舎人は天皇や皇族などに仕え、護衛や雑役に駆使されるが、この舎人にはすべて男性があてられた。女性の場合は、采女《うねめ》となるのが普通である。舎人は「殿侍《とのはべ》り」の意であるという。

また、『古事記』の序文に、稗田阿礼は、「誦習」したと記しているが、正確にいうならば、そらよみして習う、繰り返し音読することである。テキストを繰り返し読み返すから、自然に記憶してしまったことはわかるが、これは必ずしも女性に限定する根拠にはならない。年若い男の子でも、繰り返し繰り返し読めば、実によくその文章を正確に記憶することは、わたくしたちのまわりでよく聞く話である。

とすると、やはり、稗田阿礼は天武天皇の舎人の一人で、古記録を好む若者であったとみるべきではないだろうか。そのため、天皇から与えられた古伝承、古記録を何度も何度も繰り返して誦み習い、正確に伝えたのである。正確に伝えたというのは、単に古伝承だけでなく、一つひとつの古語の訓《よ》み方も含まれていた。

『古事記』の序の、「上古《かみつよ》の時《とき》は、言《こと》と意《こころ》と並《なら》びに朴《すなほ》にして、文《ふみ》を敷《し》き、句《こと》を構《かま》ふること、字《からじ》に於《おい》ては難《かた》し。已《すで》に訓《よみ》に因《よ》りて述《の》べたるは詞心《ことばこころ》に逮《およ》はず」とあるように、一つひとつの表記や訓《よ》みは、かなり難しかったようである。それを稗田阿礼が丹念に誦習していたのである。

【第134話】

太安万侶

〈おおのやすまろ〉

稗田阿礼《ひえだのあれ》が誦習したものを『古事記』という本にまとめた人物は、太安万侶《おおのやすまろ》である。

太（多）氏は、大和国十市郡飯《お》（飫）富《ふ》郷を本拠とする一族である。飯富は現在の奈良県磯城《しき》郡田《た》原本町《わらもとちょう》多《おお》を中心とする地域である。ここに祀られる多坐弥志理都比古《おおいますみしりつひこ》神社は、太（多）氏が斎《いつ》いてきた社だ。「綏靖紀《すいぜい》」によれば、多《おお》氏は、神武天皇の皇子、神八井耳命《かむやいみみのみこと》の後裔であり、神祇《あまつやしろくにつやしろ》に奉典《つかさどりまつ》る一族と記されている。つまり司祭的な性格をもった一族であるとされている。

この田原本町多の真東に三輪山があるが、一族の小子部《ちいさこべ》とともに、三輪の祭祀にかかわりがあったようである。

特に、天武朝に多一族が天皇側に立って活躍していたことは、多氏と天武天皇を結びつける一つの要因となったようである。

「天武紀」によれば、多臣品治《おおのおおみほんじ》は皇太弟大海人皇子《おおあまのおうじ》の領有する美濃国の安八磨《あはちま》郡の湯沐令《ゆのうながし》であり、大津方の機先を制していちはやく不破《ふわ》の関を塞《ふさ》いだ功臣である。この多臣品治は、一説によると、太安万侶の父であろうといわれている。もちろん確証があるわけではないが、年齢から推して、近縁の人物であったことだけは間違いないであろう。

太安万侶が実在の人物であったことは、昭和五四（一九七九）年に、奈良市此瀬《このせ》町の茶畑から墓誌銘をもつ墓が発見されたことから裏づけられている。それによれば、安万侶の邸宅は平城京の四条四坊にあり、従四位下勲五等で養老七（七二三）年七月六日に卒《しゅっ》している。

和銅五（七一二）年、元明天皇のとき『古事記』が献ぜられ、『日本書紀』は元正天皇の養老四（七二〇）年に完成しているから、『日本書紀』も太安万侶がなくなる三年前にまとめられたことになる。学者によっては当然、安万侶も『日本書紀』の編纂にかかわったのだろうと想像されているが、そのことは充分首肯されてよいだろう。

『続日本紀』によれば、安万侶は、文武天皇の慶雲元（七〇四）年に正六位下を授けられ、元明天皇の和銅四（七一一）年に正五位上となり、霊亀元（七一五）年に従四位下に昇進している。そして霊亀二（七一六）年九月に、安万侶は太氏の氏長《うじのかみ》に任ぜられている。そして、養老七（七二三）年七月庚午《かのえうま》の日（七日）に、民部卿従四位下として安万侶はなくなっている。先の墓誌銘では「七月六日」と記され、一日のずれがあるので学会の話題となったことがある。

民部卿は、民部省の長官で、諸国の戸籍、賦役など、民衆の生活に直結した役所の長であった。おそらく、このような職掌も各地に伝わる伝承などに関心をもつ一助となったのであろう。

このような人物を中心として、『古事記』はまとめられた。それは一面において天皇家、特に天武、持統朝の正統性を裏づける政治性を否定できないが、各地の古伝承を採録したり、各家の古伝承をまとめたりした意義は大変貴重だと、わたくしは考えている。

井上　辰雄（いのうえ・たつお）
1928年生まれ。東京大学国史科卒業。東京大学大学院（旧制）満期修了。熊本大学教授、筑波大学歴史・人類系教授を経て、城西国際大学教授。筑波大学名誉教授。文学博士
著書　『正税帳の研究』（塙書房）、『古代王権と宗教的部民』（柏書房）、『隼人と大和政権』（学生社）、『火の国』（学生社）、『古代王権と語部』（教育社）、『熊襲と隼人』（教育社）、『天皇家の誕生』（遊子館）、『日本文学地名大辞典』（遊子館）、『日本難訓難語大辞典』（遊子館）監修など

遊子館歴史選書5
古事記のことば
この国を知る134の神語り
2007年3月3日　第1刷発行

著　者　井上　辰雄
発行者　遠　藤　茂
発行所　株式会社 遊子館
107-0062　東京都港区南青山1-4-2 八並ビル
電話　03-3408-2286　FAX　03-3408-2180
印刷・製本　株式会社 シナノ
装　幀　中村豪志
定　価　カバー表示

本書の内容の一部あるいは全部を無断で複写・複製することは、法律で認められた場合を除き禁じます。
© 2007　Inoue Tatsuo, Printed in Japan
ISBN978-4-946525-81-0　C0002

◆好評発売中◆

井上辰雄 著

天皇家の誕生

帝と女帝の系譜

遊子館歴史選書③

ISBN978-4-946525-78-0

はたして皇統は継承されたのか？　女帝の役割とは、天皇制を支え続けた日本人の本質とは？　古代史の第一人者が、今話題の「女系天皇」論議に指針を与える緊急出版。

四六判・二七二頁・定価（本体一八〇〇円＋税）

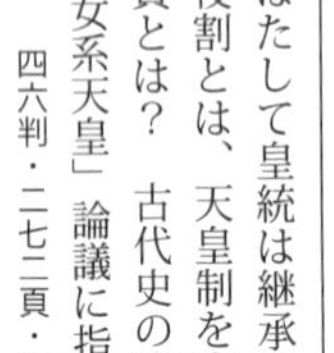

笹間良彦 著画

絵で見て納得！

時代劇のウソ・ホント

遊子館歴史選書①

ISBN978-4-946525-65-0

映画やテレビ、舞台の時代劇、歴史小説の虚実を絵解きした目からウロコの一冊。時代考証の権威が現代人の江戸知識の間違いを平易に解説した納得の書。

四六判・二五六頁・定価（本体一八〇〇円＋税）

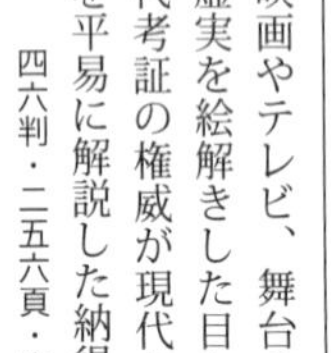

笹間良彦 著

絵で見て不思議！

鬼とものの文化史

遊子館歴史選書②

ISBN978-4-946525-76-6

〈日本図書館協会選定図書〉

鬼と「もののけ」はどのようにして誕生したのか。インド、中国にルーツを求め、日本独自の存在となった鬼と魑魅魍魎たちの異形の世界を解明。歴史図・想像図一八〇。

四六判・二四〇頁・定価（本体一八〇〇円＋税）

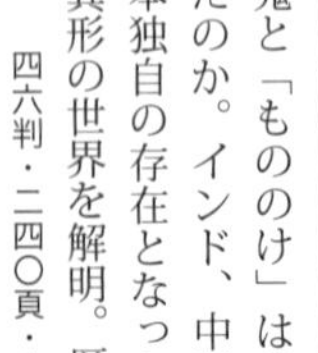

笹間良彦 著画

絵で見て楽しむ！

江戸っ子語のイキ・イナセ

遊子館歴史選書④

ISBN978-4-946525-79-7

〈日本図書館協会選定図書〉

江戸っ子語一二〇〇語を分類、三五〇余の絵図で楽しく解説したことばの玉手箱。江戸っ子の心意気を知る！　ブラリことばの江戸散歩。江戸っ子語理解度テスト付き。

四六判・二五六頁・定価（本体一八〇〇円＋税）

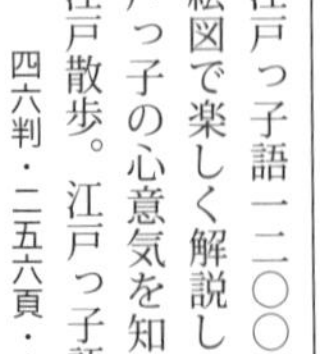